看我72变

西游人物众生相

林电锋◎著

中国财政经济出版社

图书在版编目（CIP）数据

看我72变：西游人物众生相／林电锋著.—北京：中国财政经济出版社，2014.9

ISBN 978－7－5095－5509－5

Ⅰ.①看… Ⅱ.①林… Ⅲ.①《西游记》－人物形象－文学研究 Ⅳ.①I207.419

中国版本图书馆CIP数据核字（2014）第143800号

责任编辑：潘　飞　　　　责任印制：刘春年
责任校对：胡永立　　　　版式设计：丁丁图文

中国财政经济出版社出版

URL：http://www.cfeph.cn

E－mail：cfeph@cfeph.cn

社址：北京市海淀区阜成路甲28号　邮政编码：100142

营销中心电话：010－88190406　北京财经书店电话：010－64033436

北京富生印刷厂印刷　各地新华书店经销

787×1092毫米　16开　16.75印张　283 000字

2014年9月第1版　2014年9月北京第1次印刷

定价：32.80元

ISBN 978－7－5095－5509－5/I·0124

（图书出现印装问题，本社负责调换）

本社质量投诉电话：010－88190744

反盗版举报热线：88190492　88190446

真经一　助你成功的绝对妙术

真经二　女人职场的独门暗器

真经三　屌丝阶层的小李飞刀

真经四　江湖情爱的极端魅力

真经五　生活工作的进步艺术

真经六　炒作自己的偏方妙方

真经七　壮大力量的巧妙手段

真经八　阴差阳错的意外成就

真经九　不为钱财的背后动机

真经十　妖眼观世的惊天发现

真经一　助你成功的绝对妙术

妙术一

洋和尚一领袈裟占了九华山

大唐贞观年间，佛教如日中天。新罗国王族的一名骄子，手牵着一只爱犬，不远千山万水，来到“唐山”求法。

他名金乔觉（公元630—729年），相貌清奇，很有悟性，两片头顶骨凸了出来，臂力巨大。唐高宗永徽四年（公元653年），他时值二十四岁，却削发为僧，法名“地藏”，人称“金地藏”。因仰慕大唐精深的佛家文化，便带着爱犬“善听”渡海，来到华夏。

金乔觉来到安徽九华山，发现这里风景秀美，清幽脱俗，山峰形状似莲花，便登上绝顶，感叹这里世上罕有。他在山谷中找到一个洞穴，隐居修道。渴了，喝山里的清泉水；饿了，吃掺有观音土的饭粥。

观音土也叫“瓷土”。在那个贫瘠的年代，黎民缺吃少喝，就靠吃掺有观音土的食物活命。这种土不能消化，吃了以后腹胀，易便秘，但少吃尚不至丧命。金乔觉身边只有爱犬陪伴，在恶劣环境下进行了长达多年的苦修。

后来，地方长者诸葛节游山，在这个荒无人烟的地方，发现了正在洞穴中坐禅的金乔觉，看到旁边支着一个破锅，里面残存些米粒和观音土，非常惊异。得知是新罗王子在此求法，诸葛长者非常内疚，感到没有尽到地主之谊，发愿要为金地藏修一座禅寺。

那时，九华山产权为地方富豪闵阁老所有，闵阁老获悉诸葛长者要修建佛寺的消息非常高兴，乐意捐出自己的山地为庙基。闵阁老对金乔觉说：“九华山的土地都是我的，你要多少，尽管说吧。”

金乔觉说：“只要一件袈裟能覆盖的地就够了。”闵阁老一口应承，没想到“金地藏”将袈裟一展，便将整个九华山覆盖了！

此时，闵阁老不是被吓怕了，而是非常高兴，因为他觉得见到真正的圣人了，不仅将整个九华山捐出，还让儿子跟随金地藏出家，法号“道明”。

在九华山地藏王菩萨圣像两侧，有两个侍者，一个是大护法闵阁老，一个是道明法师，菩萨的座前是白狗“善听”。这即为福报！

“善听”一只耳朵朝上，能听十方诸佛法音；一只耳朵朝下，可听世间疾苦。两只奇特的耳朵，使“善听”看起来机智威猛，像猎犬一样始终保持警觉。

在唐朝之前，地藏菩萨圣像没有“善听”。由于金乔觉的故事深入人心，后来的地藏菩萨圣像，就以“金地藏”为原型。

地藏王菩萨和他的爱犬在《西游记》中虽出场不多，但逢出现必经典，是画龙点睛之笔。地藏王的表现用现代的话说，就是一个超级大官僚。让我们见识一下这位老兄的官场手腕有哪些。

第一，善于“太极要得风生水起”。两个鬼差运气超级坏，惹什么人不好非去招惹孙悟空。孙总一怒之下，拿出金箍棒“奖赏”他们，两个鬼差一晃变成两个“肉饼”，仍不罢休，还想在地府大打出手，阴间十大天子吓得面如观音土，眼睁睁看着孙总将猴子猴孙的名字在生死簿中划去，正是鬼也有胆小的。当今恶人却怕鬼，实为自己的心鬼作怪。

阎王爷哭丧着脸求见“太上皇”地藏王。此君法力无边，难道教训不了孙猴子？佛家与道家本是两个系统，却与这些鬼仙同流合污，联名写状纸，跑到天上找玉帝喊冤，岂不是将矛盾上交？典型的“耍太极”做派！

第二，善于“明明白白装糊涂”。孙悟空遇到大麻烦，与六耳猕猴大战几千回合，一点便宜没捞到。一起打到南海菩萨处，没分辨出真真假假；到了天庭玉帝处，也没分出是是非非。于是他们又打到阴间。一个孙猴子已让地狱“鬼”犬不宁了，来了两个“孙悟空”，岂不要将鬼生生“吓活”？

生死簿中的猴子猴孙已被一笔勾销，查不出假猴子，这叫做自作孽！他们到地藏菩萨处折辩，菩萨手下的爱犬叫“谛听”，跟“善听”的意思一样，一菩萨一爱犬没有错！“谛听”辨出了真假猴王，只是不敢说出，害怕假猴子再来大闹地府，便说“佛法无边”，将矛盾转交如来。

第三，善于“卖人情”。唐僧来到灵山脚下，接受大善人寇洪的供养。很不幸，由于寇善人“阔多了”，引来盗贼的严重关切。

盗贼破门而入，抢劫财物不说，还一脚将大善人踢死。冤案得以昭雪后，孙悟空好事做到底，一扭屁股来到地府，找到地藏王，向他索要寇善人的魂灵。见到这个比鬼还讨厌的猴子，地藏王乐得做个人情，“领导”大笔一挥，特批寇善人增加阳寿十二年，死人得以复活。

如此地藏王，“忽悠”技术如孙猴子玩金箍棒，大家看出他像什么？像一个典型的官僚。无论是在当今社会，还是在唐宋元明清，倘若能够做到三个“善于”，那么在官场中闲庭信步就没有什么问题了！

在佛教中，地藏菩萨是一个伟大的形象，“安忍不动如大地，静虑深密如秘藏”，因此名叫“地藏”，与文殊、观音、普贤并列为佛教四大菩萨。他曾从远久以来发下大愿，“地狱不空，誓不成佛”。

地狱是个什么地方？三界六道中最苦最难的地方，谁也不愿意去的“鬼地方”。只有像地藏菩萨一样发出宏愿，才能安住地狱超度那些鬼魂，因此“地藏”也叫“大愿菩萨”。

至于为什么叫“地藏王”，是因为金乔觉出世前是新罗王子的因缘，后人加上“王”字尊称，即大愿地藏王菩萨。

有人要问，地藏王为什么那么圆滑呢？是不是不符合其本来面目？

事实上并没有不同！佛家为了教诲方便，形式多种多样，体现了“真俗”不二的道理，即本体本性与应化现形是一体的。地藏菩萨的本体本性，全部体现在“地藏”两个字。

“地”，是“四大”，即地、水、火、风之首，正如易卦中的“坤卦”，“地势坤，君子以厚德载物”，地之所以伟大，是因为其有博大的胸怀，没有什么东西不能承载，比喻人世间一切自利利他的圆满功德。“藏”，又有“吸摄”的意思，万物众生被地心的引力吸引住，大地中包含一切宝藏，与人的自性一样，也包含着真如宝藏。

例如，对付孙猴作恶，并没有一定的方法，用什么方法能够教诲他、超度他，就用什么方法，这称为“法无定则”。正是有了如地藏王一样佛门高手的调教，才使孙悟空成为“斗战胜佛”。

地藏菩萨的启示：让自己的心性犹如大地般广大，我们能否做得到？自己心中的宝藏，我们是否开发得到、用得到？我们也有像“善听”一样的两只耳朵，是否能跟它一样，也善于聆听世上的声音？

妙术二

赤脚仙偷笑被罚下凡当皇帝

宋真宗期间，国家发展态势良好，史称“咸平之治”。

美好的事物总有缺陷。他到四十岁时，由于“工作不力”，在“生产事业”上毫无收获，没有生下一个龙子，无人继承大宋的江山。

解决问题的方法，只能求神求佛求上帝。皇帝亲自出马，求爹爹拜奶奶，那份虔诚终于感动了玉帝。

玉帝很给力，专门召开常委会，研究真宗皇帝的申请问题。皇子皇孙，总要派个神仙才行，让一个叫花子去凡间当皇帝，岂不败坏了天庭的规矩？

派哪个神仙合适呢？玉帝开了金口：“众爱卿，到下界去过过皇帝瘾也不错，哪位主动向组织申请啊？”

别以为当皇帝是好事，在神仙的眼里，那是天底下最苦的差事。玉帝开了“金口”，换来的却是“鸦雀无声”，谁也不想去搅这趟浑水。

玉帝超级失望，关键时候这些吃皇粮的家伙个个装聋作哑，好像都是老板的事情，事不关己，高高挂起。

好在这个时候，赤脚大仙微微一笑。这一笑，好像是佛祖在灵山法会上拈花，迦叶破颜微笑一样，仿佛从内心上领会了领导意图。玉帝高兴坏了，没想到一帮“木头人”中间还真有个能喘气儿的：“爱卿，你是不是想报个名，到下界去挂职锻炼？”

“无意一笑”却让领导高度重视，把赤脚大仙吓坏了，连连摆手：“老板，不是那个意思，我是笑凡间的皇帝好可怜，连生儿子的本事都没有。”

玉帝说：“宋氏江山不错，你不必担心，到凡间当一回皇帝，是很好的人生履历，以后职务晋升，这是别人没有的基层工作经历。”

大仙差点尿裤：“老板，还是不行，那个破地方，虽墙上挂着很多奖状，其实内外交困，我去那里当老板，一定会亏大本的。”

玉帝说：“放心吧，你本身是赤脚的，难道还怕穿鞋的？你去干干再说，我会叫几个神仙下去协助你，放心去吧！”

赤脚大仙一转眼，变成宋真宗的儿子。刚出生时，不知道谁来保驾护航，日夜啼哭，弄得整个宫廷快发疯了。无奈之下，皇帝贴出公告，谁能让皇子不哭，重重有赏。

当时，江苏淮安涟水承天寺有位卧佛和尚，专程来揭皇榜，进入皇宫，抱过太子，打了几下屁股，念念有词：“你这个赤脚的家伙，闹什么革命啊？谁叫你那么喜欢笑？你笑多了就要哭吧！别哭别闹了，文有文曲星，武有武曲星，你怕啥呢？”

这一拍，真的不哭了。文曲星是包拯，武曲星是狄青。大家要明白一句话，“会哭的孩子有奶吃”，就是这个道理。

这个孩子是宋仁宗。有记载，说仁宗的妈妈李后在与皇帝龙凤配前，梦见一个没穿鞋的神人说，我来当你的儿子。不久与宋真宗好上了，生下龙子。

小时候，仁宗在后宫中，不喜欢穿鞋，总是光着脚乱跑，宫里人叫他“赤脚仙人”。赤脚大仙下凡的故事，是不是从这里衍生的？

赤脚大仙在《西游记》中，出现的次数不多，但每一次都很有意思。

第一次，是容易上当受骗的神仙。老孙没接到王母“蟠桃会”请帖，仗着自己脸皮厚不请自到。路上遇到赤脚大仙，便骗他说玉帝计划有变，因自己跑得快，当“邮差”告知参会的同志们。看到大仙被忽悠走了，老孙转身一变，假冒大仙前往瑶池，大开“吃戒”，暴饮豪食了一番。

第二次，是懂得溜须拍马的奴才。孙悟空被如来降伏，有谁高兴呢？玉帝高兴不起来，因被迫签订了“马关条约”。贤内助王母立刻恢复蟠桃派对，第一个献上亲手摘下的仙桃送给佛祖。此外，还有两个拍马屁的：一个是老寿星，献上什么莲藕；一个是赤脚大仙，奉上交梨火枣。“三个神仙代表”很有深意，这里不再详谈。

第三次，是充当救苦救难的角色。孙悟空师兄弟都是福将，危难时刻总有贵人相助。曾是卷帘大将的沙僧也不例外，在即将被砍脑袋的危急关头，大仙向玉帝求情。有诗为证：“多亏赤脚大天仙，越班启奏将吾放。”别人战战兢兢，此兄挺身而出。就这一点，除非有非法目的，否则哥们也敬服他。

这位快乐神仙出场机会不多，却很重要，至少表明几点职场之道。一是生活简单。就是头脑简单，不要那么复杂。现代人活得累，原因是喜欢把简单的事情复杂化。二是开心快乐。即使上当受骗，大仙没有一点愁闷，不像七仙女那样，喜欢向领导打小报告，说被孙悟空“行凶拷打”。三是心地纯洁。大仙快快乐乐的，对人都是抱着信任的态度。虽然世风日下，好人容易受骗，如果人人胸怀坦荡，不就和谐了吗？四是随风入俗。该送点礼时要果断出手，才能给领导留下好印象。

还有重要一条，大仙美名叫“赤脚”，这是他赖以成名之道。试问，还有哪个仙人不穿鞋子？没有！这就是特色！传说中，赤脚大仙的前身是《刘海戏金蟾》中的刘海，这双赤脚是他克敌制胜的法宝。既然鞋子没有了，光脚不也挺好吗？至少是一种独特的风格。

当今社会当官混职场，大家喜欢“创新”，你弄一套，我整一套，小树端掉种大树，小街改造变大街，都要“创新”，才能与众不同，才能与其他大仙区别开来！

由赤脚大仙的杰作引申而来的还是那句古话，“赤脚的还怕穿鞋的?”

当一个人真正做到无欲无求之后，那种淡泊的心情、处世的态度，一定是非常平易自如的。

赤脚大仙之脚，还传播了一种“养生之道”，一种健康至上的官场之道。健康排第一位，是“1”，其他都是“0”。

最后再忠告一下，平常“打赤脚”也是很好的养生之道。日本人认为“打赤脚”是一种独特的养生方法，从小推行赤足教育。科学研究表明，光脚行走能刺激脚掌，按摩穴位，从生理学上来说对人体健康有益，适度的赤脚对老年人、中年人、青少年、孩子们（简言之，老少通杀，刚出生的婴儿不算）的身心健康都十分有益。

赤脚大仙的启示：人不要背上太多的包袱，尤其是心理上的包袱，看待事物要有平常的心态，那就是“光脚的不怕穿鞋的”，我是流氓我怕谁？这是养生的第一道！生活简单化，每天保持快乐的好心情，心地纯洁善良，能帮别人做点好事尽量做，做后无欲无求，快乐自足，无忧无虑。有时候，为了能够攀上更好的“枝叶”，出点血也不要觉得可惜。

妙术三

玉帝仅靠“三句话”就能治天下

大家总认为玉帝没水平，这是不对的。

玉帝水平很高。赵普“半部论语治天下”，用了五千多字。玉帝仅用三句口头禅，共“十二个字”，便将天上治理得服服帖帖！

第一句，“依卿所奏”。孙悟空将地府和龙宫闹得鸡犬不宁，玉帝拍案要替部下出口气。太白金星说，陛下啊，不要跟小人计较，让他来天上坐坐班，岂不“双赢”。玉帝高兴了，“依卿所奏”。此后，凡是有重要工作，只要有狗头军师出主意，玉帝都“依卿所奏”。

第二句，“这等这等”。玉帝不像当今一些“砖家”，喜欢将简单搞得复杂。不管多复杂的事情，只用“这等这等”四个字，全部包括！各路神仙反映孙猴子犯有严重的作风问题，玉帝：“这厮这等这等，如何处治?”孙悟空进不了美女老鼠精的无底洞，跑到天宫状告李天王，玉帝从头看了，即将原状批作圣旨，为其解决师父差点变成“人种”的难题。

第三句，“遣将擒拿”。谁胆敢挑战天庭的权威，玉帝从来就不手软！孙猴子闹龙宫，玉帝“着龙神回海，朕即遣将擒拿”；闹地府，“着冥君回归地府，朕即遣将擒拿”；不服从管理，“若违天命，就此擒拿”。有这么好的领导，是部下的福气！谁说玉帝不够狠，将人抓起来不够狠？送上断头台不够狠？

这三句“口头禅”，贯穿取经过程，充分体现玉帝治天下的特点。

“依卿所奏”，说明他“两耳能闻天下事”，不是独裁者。能听从下级的正确建议，广开门路，体现了其“民主”的一面。

“遣将擒拿”，则强化天庭“宪法”权威，有法必依，违法必究。不管孙猴子是什么“大圣人”，犯了大罪依律当斩，体现了“法制”的一面。

“这等这等”，奥妙更多！你自己去想象吧。无论事情多么复杂，用这四个字可以全部概括，这就是玉帝的厉害之处！体现了玉帝最大的包容性。有这么一位具有包容精神，海纳百川的最高首长，天宫迎来新的辉煌岂不易如反掌？

“民主＋法制＋包容”，这是什么样的治理模式？

玉帝用超级牛气的“口头禅”治天下，是否跟他来源于一句“口头禅”有关？这里有一个问题，请问“玉帝贵姓”？

玉帝是一个很奇特的神仙，权力很大，权威不小！在传说中，玉帝是众神之王，是天国的最高首长，兼管人间的祸福。玉帝是何许神圣？

在道家系统中，玉帝不是最大的官员，上面还有“三清”这个“董事会”呢，即元始天尊、道德天尊和灵宝天尊。“一气化三清”，这是三位一体的，是道家模仿佛家的做法，设立了三位一体的最高首长。

在老百姓心目中，还是认为玉帝最大，是管理着“三清”的，毕竟“董事会”的所有决策都要依靠玉帝“总经理”来执行。拜玉帝没有错，潮汕地区称“拜天公”，他是老百姓心中的世界主宰。这就是玉帝的厉害之处！

玉帝的来源有很多版本，有佛家的帝释天的传说，有道家的传说，各有各的道，各有各的路。

在《西游记》中，玉帝的身份是明确的，他老人家姓“张”，孙悟空在大闹金兜山时说：“老君又使金刚套，把我擒拿到上方。绑见玉皇张大帝，曹官拷较罪该当。”

他大闹天宫失败，被抓去见“玉皇张大帝”，玉帝姓张一事看来是真金白银的！

有人说玉帝名叫张坚，农历正月初九出生。传说在很久以前，有一个叫光严妙乐的国家，国王叫“净德”，皇后叫“宝月光”，这些名字不似出产于本国，像是舶来品。国王老来无子，邀请道士进行祈祷，半年后，皇后梦见太上老君和其他神仙抱着一个婴儿从天而降，醒来就有了身孕，产下这个孩子。这个天降之子经过一亿三千二百劫的修持，后来成为玉帝。

这个说法跟《西游记》大致相同。如来佛对孙悟空说：“你想夺取玉皇的尊位？别妄想了！他自幼修持，苦历了一千七百五十劫，每劫十二万九千六百年，你算算，他要总共多少年，才能享受此无极大道？”

可见，玉帝的皇位不是像陈胜吴广一样，揭竿而起取得的，也不是继承的祖宗遗产，而是通过个人努力苦修得来的。

每个人只要努力，就会成为玉帝！这是佛祖对人们的忠告。

也有人说，玉帝名叫张自然或张友仁，这是一句著名的“口头禅”，或者叫禅宗“公案”。

据说，元始天尊授意让姜子牙拜相封神，所有的名额分配得差不多了，只剩下两个重要位置：一个是玉帝；一个是灶神。

姜子牙在钦点玉帝的位置时，一位名叫张自然的小神仙出来了，大胆地提问：“玉帝这个位置应该给谁啊？”

姜子牙有点走神，本想说位置是留给自己的，但有点激动和结巴，他笑着解答：“这个位置嘛，自然有人……”

张自然乐坏了，马上坐上那个位子：“自然嘛，我就是张自然！”下面的“臭神”随声附和：“有道理啊。”反正自己神已封了，也坐不上，大家何不捣蛋一次，做个人情？

于是，众“瘟神”一起下拜，让张自然坐上了“玉帝”的位置。

也有人说，这应该叫“张友仁”，即“张有人”也！那句“自然有人……”成为玉帝的高贵出身，岂不很有意思？

元始天尊看到姜子牙将事情办砸，极为生气，灶神也不给他，让他去当“看路神”，任务是看马路，有人叫“泰山石敢当”，只能蹲在边角的地方受香火。这就是倒霉的姜子牙！

也有一说，当年太白金星奉了敕命，下凡寻找能当玉帝的人。他来到了一个叫张家湾的地方，看到寨主张友人为人和善，水平很高，便将他带回天庭，当上玉帝。难怪后来玉帝对太白金星百依百顺呢！

至于玉帝为什么姓张，我看恐怕跟《百家姓》道理相同，谁是制度设计者，谁就有拍板的最后权力。

《百家姓》中第一句“赵钱孙李”，赵排第一，因为宋朝的老板姓赵！如果在明朝排百家姓，肯定是朱在第一！由此观之，很可能是老张家出的某个道士，比如张道陵张天师搞的鬼，厚着脸皮将玉帝放在了自家的姓氏下。

玉帝的启示：没有苦难的经历，就没有成功的机会。每个人只要经过努力，就能成为玉帝。关键时刻敢于挺身而出，你或许会有意想不到的重大收获。

妙术四

哪吒三太子成为阴阳两面派

哪吒是天上的“交际花”，高明地规避了一些职场风浪中的风险。他的两面派行为是否值得谴责呢？我们不妨看看他的作为：

第一，能将死人说成活人。哪吒的语言表达能力超强，如果让他当天宫的外交官，一定很牛叉。孙悟空说话如放屁，喜欢得罪人。与两个小妖打赌，拿根猴毛变成葫芦说能装天。他还恐吓玉帝，如果天不让装，“即上灵霄殿，动起刀兵！”一副无赖嘴脸。玉帝严重不高兴！好个哪吒，敢说老板啊！这个简单，拿把大旗当虎皮，将日月星辰遮住不就行了？另外，相助取经团队，“诚所谓泰山之福缘，海深之善庆”，真的将死人说活，让不高兴的玉帝“依卿所奏”，将一件难事轻松解决。

第二，能将坏事变成好事。孙悟空在美女老鼠精的无底洞中迷失了方向，没奈何跑到天上告御状。托塔李天王先发制人抓住孙猴子，要砍他的脑袋。须知那孙悟空超级赖皮，从不吃亏，天王这简直是自找苦吃。天王惹上麻烦事，还得儿子哪吒来解围。哪吒说女妖是佛祖放出来的，委婉地与妖怪划清界限。我们父子受了她一炷香，没有像贪官一样当情妇包养起来，也没有收“红包”，跟我们没关系。我们亲自下凡，帮孙大圣将妖怪擒拿。如此一举两得，既保住干妹妹的性命，又解决与孙猴子的官司问题，干得真漂亮！

第三，能将对手变成朋友。自从参加封神榜后，哪吒还没有战败的耻辱记录。但是跟孙悟空一交手，便被这只不讲江湖规则的猴子打伤。这既涉及人身攻击的原则问题，又涉及哪吒同志在江湖中的地位和威信问题。哪吒没有将不堪回首的往事记在心中，反而和猴子成了好朋友。在取经路上，他经常挺身而出，帮助解决了很多疑难杂症。难怪老孙到天上借兵，只是愿意找哪吒帮忙，将取经的功果与他分享。

第四，能将武功变做魔术。哪吒最厉害的本事是“三头六臂”，这是他著名的“商标”。如果问谁有“三头六臂”，中国人都会答哪吒。“那哪吒愤怒，大喝一声，叫：‘变！’即变做三头六臂。”孙悟空一见顿时“心惊”，能让孙大圣“心惊”的武功并不多。大战青牛怪和牛魔王时，哪吒也是用“三头六臂”的武功。能将武功玩到极致，像变魔术一样，真不容易！

第五，能将失败变为成绩。李天王父子围剿花果山，攻打不下，损兵折将，按照天庭的法律，至少是免职，重者要被判刑。当天王父子败回天宫参见玉帝时，玉帝心中不太欢喜说：“谅一妖猴有多少本事，还要添兵？”哪吒英明地对老板说，万岁啊，请赦臣死罪。那猴精本领高强，不仅打败巨灵神，还将我的上臂打伤了，您可以察看一下！微臣受伤不要紧，关键是这个家伙自称“齐天大圣”，说如果不给他封官，“还要打上灵霄宝殿也”。好哪吒，既装出可怜相，让玉帝同情自己，又软硬兼施：如果将我们定罪，恐怕妖猴打上凌霄宝殿，没人保驾护航啊！

哪吒以小朋友的形象出现，人们认为他很单纯，值得信任。其实，更值得信任的是他的人气、才气和帅气，是个“五有”好青年：

一是有关系，有如来的背景、玉帝的关系，老爹是天上的国防部长，这样的关系够硬。二是有能力，这小哥的武功确实太好了，还有斩妖刀等宝贝。三是有热情，这家伙最热心革命事业，什么活都抢着干，只要上级派任务，都乐呵呵地接受，总是冲在前面。放在今天，哪位领导不喜欢这样的部下？四是有智慧，体现在他的协调能力上，在哪吒的手里，几乎没有不能解决的难题。五是有性格，用一个字来形容，就是“急”，动不动就发火。当众神的宝贝被青牛精套走时，“火德怨哪吒性急”，确实是性子急。男人没有性格，哪能叫男人呢？女孩子肯定不喜欢软绵绵的。

综上所述，我们发现哪吒确实很优秀，几乎没什么毛病。但如果这么看，往往会出问题，因为哪吒还有不为人知的本来面目，他是一个彻头彻尾的“阴阳两面派”。如果你的马仔中有这样的人，可要小心了。

说他是阴阳两面派，有着极为充足的理由。

其一，哪吒的来历不明。哪吒是个舶来品、外来的和尚，不是土生土长的。哪吒是佛门的弟子，名字是梵语“那罗鸠婆”的音译。父亲李天王是个“中国化”的神仙，原是佛教的护法神毗沙门天王。他们父子成为玉帝的总司令和先锋官，是佛道两教在融合和博弈中被道教吸收进去的。可以说，哪吒是被道教改造过的佛家弟子。

其二，哪吒与父亲结仇的版本不同。神话小说《封神演义》中，讲述哪吒与父亲交恶的故事。哪吒莲花化身复活后，一直要找父亲算账。在燃灯道人的民事调解下，父子重归于好，前提是燃灯给了天王手中的宝塔，用来镇压儿子，颇令人心酸。《西游记》中，则说是如来佛用莲花化身救了哪吒性命，并告其父子“以和为尚”，即做和尚，赐给天王宝塔，“那塔上层层有佛，艳艳光明。唤哪吒以佛为父，解释了冤仇”。这个说法比较靠谱。

其三，哪吒父子接受佛道两家的指挥。他们白天上班听从玉帝的调遣，暗地里却将如来的话当成圣旨。无底洞的小妖偷盗佛祖的半根蜡烛，天王父子马上赶到灵山抓贼，这点小事有这个必要吗？其背后隐藏的真正原因是他们明白佛祖想通过这些小事考验他们的忠心。收伏牛魔王，他们也是听从佛祖的调遣。有如此部下，不知老板是喜是忧？

其四，玉帝任命干部的蹊跷。玉帝给哪吒封了一个官，叫“三坛海会大神”，很特别吧！“三坛”者，道教的天地水三坛界也，是道教的东西；“海会”者，是佛家的东西，即高僧云集一起做佛事也，还指僧众到寺庙里修行，如百川入海，归宿和目的都是一样的。这个光荣称号是佛道两家的，说明玉帝很高明，每做一件事都密不透风、无懈可击！

哪吒的启示：不管你投靠什么老板，靠山有多硬，关键时刻要靠自己的本领吃饭。今天的职场中，不但要求职员有看家的职业本领和技术，还要学点关系学和周旋之道，善于审时度势，明白在业务场合以及非业务场合的交际之道，应知道哪些场合的问题该用怎样不同的方法来处理等学问，不然会影响办事效果和人际关系，也会阻碍你的事业发展。

妙术五

孙悟空患有红眼病和黄眼病

孙悟空不怕硬的，什么金铙之类的法宝，一棍子“了账”；他怕软的，越软越没招，什么“衣袖”、“人种袋”之类的东西，一见就头疼。还有比“软”更头疼的，那是什么呢？

第一头疼是“一口气”。

师徒来到黄风岭，唐师父被妖怪请去做客。妖怪有一个绝招，张嘴一吹，立马一阵“夹脑风、羊耳风、大麻风、偏正头风”，将孙悟空刮到天边。

飞不怕，孙悟空最拿手的是会飞。问题是，这股风将老孙的眼睛刮坏了。孙悟空铜身铁骨，就是眼睛不争气。在老君的丹炉里，一阵风弄出烟来，将那双可爱的猴眼熏成火眼金睛，也就是“红眼病”。这一次不是“红色”的风，是“黄色”的，弄出了“黄眼病”。可怜的孙大圣，一双眼睛哪禁得起这样的折腾？

第二头疼是“一把风”。

鉴于一朝给蛇咬，十年怕井绳的无语经历，此后孙大圣非常注意风向。在他的熏陶下，连软包子师父也成为“风水”先生。天上神仙刮的，地下妖怪吹的，都有风向可寻。可是这一次，行夜路久了也遇到鬼！

横在他面前的是八百里火焰山，能够灭火的，是当地消防队长铁扇女士。糟糕的是，跟老孙还有尿不到一壶之仇。

仇归仇，生活要继续。既然敬酒不吃，就凭本事吃饭。孙悟空以为嫂子是个好捏的蛋，没想到巾帼不让须眉，冷不然，嫂子一扇子将他扇回了石器时代。

我的神，又是一股气！前后两股气，让老孙没脾气！一个是口里吹的，一个是扇子摇的，又不是大功率的发动机，怎么会刮出这么厉害的风？陈景润也计算不出来。如果我军掌握这个高科技，老美的航母就要触礁了。

“一口气”、“一把风”这么厉害，让老孙晕头转向，忘记自己姓什么。如果没有借助外力的“七十二变”，就算孙猴子再牛叉，也跨不过黄风岭、火焰山。

帮助孙悟空解决两股怪风、治疗眼病的，是一个名气并不太大的胖子，即八大菩萨之一的灵吉菩萨。

灵吉菩萨降妖的本事也是外来的，即后台老板如来赠送的，“须弥山有飞龙杖，灵吉当年受佛兵”。没有佛祖的飞龙杖，“灵吉”不灵也不吉。

“灵吉”整顿两股邪恶势力、歪风邪气，采取的是两种不同的策略。

对付黄风岭的怪风，使用佛祖的飞龙杖。黄风怪是灵山的得道老鼠，当年偷吃了佛祖灯盏上的香油，溜到这里开设“道场”，名义上灵吉菩萨代表佛祖看管，实质上放任自流，黄风怪逍遥自在。为何？这是佛祖有意为之的产物！

对付老鼠的“邪风”，必须用硬物飞龙杖来制约。老鼠的风再大，不过是在山头上透透气而已。

对付铁扇仙的阴风，使用佛祖的定风丹。风再大，只要有东西定住，再大也刮不走。有了定风丹，孙悟空欺负女孩子更加得心应手。奇怪的是，扇子本来在铁扇公主的手里，孙悟空却舍近求远，寻找被老婆扫地出门的牛魔王，岂不怪哉？要不，有了第一次当嫂子肚子里孩子的经验，再一次杀进嫂子的肚子里，将宝扇拿到手岂不轻而易举？

可以看出，不管灵吉菩萨手中有什么宝贝，重要的是孙悟空必须找到他，才具备战胜两股怪风的能力。这是为什么呢？

因为，《西游记》是一部讲修心成道的大作，孙悟空面对的困难，还不是自己心里产生的障碍？

治疗心病必用心药，“灵吉”是最好的心药！除了这个肉墩墩的菩萨，找不到第二剂。

黄风岭的怪风，是“小人之风”。老鼠者，生活在最阴暗的地方，吹出来的风很难成为“大风”，但是官场中这种“风”杀伤力却最大！治疗小人之风，最好的办法是“八风吹不动，端坐紫金莲”。不管敌人怎样猖狂，我自岿然不动。这就是“飞龙杖”，即心中的主宰也！

能够主宰自己的内心世界，难道还怕小人之风？

铁扇公主的扇子风，是一股阴风，不正之风。任何人受到这种带有女性阴柔功夫的风的侵袭，除了孙悟空这种石猴之外，即使是天上的神仙，也会腐化堕落，要不天蓬元帅会被贬到人间？

对付这种阴风，最好的办法是“定”，定风丹的“定”。《大学》说：“知止而后有定，定而后能静，静而后能安，安而后能虑，虑而后能得。物有本末，事有终始。知所先后，则近道矣。”

孙悟空学到了“定”，内心不乱，不被阴风所干扰。

如果说“灵吉”是药，这要查遍他的祖宗三代。

灵吉菩萨是“西方三圣”之一，西方三圣指阿弥陀佛和他的两个随从观世音菩萨和大势至菩萨。“灵吉”即大势至。

相对于观音来说，大势至菩萨知名度不高。佛经上说：“以智慧力，拔三涂苦，得无上乐，故名大势至。”

灵吉菩萨与大势至菩萨的叫法，主要是翻译不同，大势至是意译，如果将梵文翻译过来又称为“遍吉”，即普遍吉祥的意思，“灵吉”是也。

传说，几大菩萨是著名“超生大户”无诤念王的儿子，这位先生有一千个儿子，是我国“超生大户”周文王的十倍。

后来，无诤念王成为阿弥陀佛。长子名不眴，为观世音菩萨；次子名尼摩，成了大势至菩萨。西方三圣，实则父子三人包打天下。

据称，大势至的法力广大，以独特的智慧之光遍照这个世界，使芸芸众生解脱血光之灾，使他们具有无上的力量，逢凶化吉，遇难成祥。

菩萨道场在江苏南通的狼山，我国佛教“八小名山”之首，“八小名山”剩下的还有南岳衡山、中岳嵩山、江西庐山、滇西鸡足山、浙东天台山、陕西终南山和北京香山。

狼山古刹广教寺，始建于唐高宗总章二年（公元 669 年），开山祖师僧伽，又称“狼山大圣”。这里曾一度被白狼精占据，僧伽斗法战胜妖怪，使白狼精让出了此山，故名。

“灵吉”也罢，“大势至”也罢，他最高明的地方，是设置了取经的关卡，却又担当起放关的“卫士”；一边装贼，一边喊捉贼。

黄风怪是“灵吉”故意放在这里兴风作浪的，背后的老板是如来。铁扇公主的故事，难道与灵吉、如来没有渊源？牛魔王被转移至灵山问罪，可见他的后台老板在哪里了。

明知谁设置的障碍，吃了苍蝇还要答谢人情，这就是孙大圣又敬又恨灵吉菩萨的原因。

灵吉菩萨的启示：做好人、做坏人都是需要艺术的，能够既设置障碍，又能让别人求己谢恩，好处不少，责任没有，这就是混迹官场的最高法则。

妙术六

一对活宝让姜子牙心烦意乱

在《封神演义》中，无所不能的姜子牙碰到一件超级麻烦事：布置工作任务、排名布阵，总是遭人泄密，情报工作零分，保密检查不过关。

在一次战役中，殷纣王派出两名悍将，即高明和高觉兄弟。他们神通广大，变化多端，老姜虽辣，也奈何不得。于是，姜子牙部署了八卦方位，准备“用乌鸡、黑狗血，钉桃桩拿他兄弟”。高明高觉获悉后，“大笑不止”，“空费心机！看你怎样捉我二人!”

第二天，布阵严密、神机妙算的姜子牙，被“知己知彼”的高家兄弟打得狗血喷头，一败涂地。战后总结经验，姜子牙极为生气：“岂知今日本营先有奸细私透营内之情，如此何日成功也！将吾机密之事尽被高明知道，此是何说!”

老姜不明白，昨晚布置缜密的作战计划，怎么会传入纣营，一切的战斗完全跟着敌人的节奏走，没有亏得家底儿净算是老天爷很关照了。

经过查明，原来高家兄弟是有来头的。他们是棋盘山上的桃精和柳鬼。高明眼观千里，人称“千里眼”；高觉耳听八方，人称“顺风耳”。难怪姜子牙每说一句话，都被顺风耳听到，如此还谈何机密，除非学习佛祖“拈花一笑”，以心传心；每个作战行动，都被千里眼看得清清楚楚，如此打仗，焉有不败之理?

好在姜子牙命大福大，关键时候吉人天相。这次多亏杨戬师父的指点，找到了两怪的命脉。他们挥动所有的红旗，让千里眼眼花缭乱，看不清楚；敲锣打鼓，鼓乐喧天，震耳欲聋，混淆了顺风耳的听觉。兵来将挡，水来土掩，姜子牙派出部队，到了两怪的老巢棋盘山，将桃树和柳树挖光烧光，断了妖根，灭了妖邪。

这对活宝没帮纣王成就大业，但由于具有特异功能，被玉帝招入革命队伍中，成为天上的著名神仙，担任玉帝的情报官员。

在《西游记》中，某年某月某日某时，花果山一块大石头突然爆炸，声音之大类似于地球大爆炸，从中跳出一只石猴子，眼睛射出两道金光，像强烈的激光一样射到凌霄宝殿，连玉帝也惊动了。

玉帝第一反应是，派出“耳目”千里眼、顺风耳侦查来报。

两个果然有水平，很快将石猴子的祖宗十八代查了个清楚。玉帝一听，不当回事。没想到这家伙能量很大，大到后来要抢自己的皇位，想跟天宫分庭抗礼的地步。天上的秩序因为它，发生史无前例的剧变，类似于东欧剧变、苏联解体。

玉帝追悔莫及：早知道这样，不如当天就将他灭了。但后人研究，觉得玉帝想灭也灭不了，因为他没这个本事，只能哄着和养着。

关于“千里眼”、“顺风耳”的传说很多，有的认为高家兄弟死后，心有不甘，妖魂盘踞在桃花山上，经历了三千多年，被天后圣姑（即妈祖）收服，皈依门下，成为妈祖身边的常侍将军。

有的认为是道教发展的产物，“千里眼”、“顺风耳”成为了道教的护卫神，其塑像被安放在道观大门口，再增加两兄弟的编制，变成了“四大海神”，像是佛教的“四大金刚”。

也有一说，他们出自于春秋著名的人物：师旷和离娄。师旷是古代著名的音乐家，两只眼睛看不到；离娄是传说中的人物，据说视力特别好，能看到千里外动物身上的毛尖即便是孙悟空在这点上也不能与离娄一较高下。他们被尊奉为“千里眼”、“顺风耳”，也就顺理成章了。

纵观《西游记》，并非只有千里眼、顺风耳具备这两种特异功能，一些很厉害的大腕同样具备，只是没有对其的厉害听觉和视觉进行专题宣传而已。

吹牛型的，如孙悟空。他的火眼金睛，白天能看一千里，夜间能看八百里；耳朵一竖，阎王殿里讨论工作，他都听得到。事实上，他是个“近视眼”，如果真那么灵，取经路上就没有那么多磨难了。

狡猾型的，如地藏王的宠物谛听。它趴在地下，就可秒杀“四大部洲山川社稷，洞天福地之间”，什么都能“照鉴善恶，察听贤愚”。真假猴王在他面前，虽能辨别，却不说出来，水平很高，就是滑头。

商标型的，如四大天王中的广目和多闻天王。两大天王的能量：一是看得远；二是见识广。多远多广，没有定数，这就是能力。

苦命型的，如六耳猕猴。此物“善聆音，能察理，知前后，万物皆明”，“能知千里外之事”，听力不错，就是心力不行，被孙悟空棒杀。

万能型的，如千手千眼观世音。“千手”是动手能力强，实践经验丰富；“千眼”是慧眼观世上，看得明明白白。

智慧型的，如佛祖。佛祖是慧眼，什么都见得到，什么也见不到，你自己体会吧。

现代科学研究也能证明千里眼的存在。

英国北安普敦大学心理学家克里斯·罗伊博士，就相信“千里眼”的存在。在他早期的研究中发现，85%的人拥有“千里眼”。并且，只要经过一些简单训练，人们就能够熟练使用这种技能。诺贝尔奖获得者、剑桥大学物理学家布赖恩·约瑟夫森教授也说过：“众多实验已经排除巧合的几率，我认为不久就会有证据证实‘千里眼’确实存在。”

谁能掌握到“千里眼”、“顺风耳”的本事，就能在现代竞争中掌握到主动，尤其是在军事科技中，更是“千里眼”大显身手的时代。

据说20世纪六七十年代，前苏联找到了一种类似心灵遥感的精神武器，通过“遥视”收集美军基地的绝密情报。作为对手，从20世纪70年代开始，美军也在寻找“精神天才”，期望能打造出新一代“超级战士”，从远处搜集情报。

“千里眼”也罢，“顺风耳”也罢，不管能听多远，能看多少，对社会和谐的作用不大。现代人与人之间缺少平和、慈悲地倾听彼此的能力，导致人际关系的淡薄，甚至是家庭的破裂，事业的失败。

观音菩萨是具有非凡倾听能力的人，能够慈悲且真诚地投入到倾听中，方可成为能倾听并且能了解世间音声（即众生在苦中悲叹）的人。这才是真正的“千里眼”、“顺风耳”！

千里眼、顺风耳的启示：每个人都要培育一双明亮的眼睛、一对聪慧的耳朵来观察世界，才能发现比别人更多更精彩的东西。科学家、文学家等作出卓越成就的人，就是比别人早知道、多知道而已。深入观察是基础，大胆实践是法门，加上能够慈悲观听人世间的疾苦声，你就会成为伟大的人物。

妙术七

草根愤青为何当上半日阎王

玉帝的社会治安抓得好，其中一个重要原因，是有一个高效的“情报组织”。“明”，是“千里眼”和“顺风耳”，天上地下发生大小事情，半分钟内玉帝肯定知道。“暗”，是一个特别的机构，主要职能是“包打听”，类似古今政府的“特务组织”。

在《西游记》中，唐僧来到了乌鸡国，夜晚时来了一个求救的“死鸡”，即原来的国王，国王为妖所害，三年来有冤没处伸，今日见圣僧东来，终于等到出头之日。鬼魂是不能随便走出地狱的，因为要成就唐僧的功劳，以及取经中的一难，在玉帝的亲自协调下，国王的鬼魂才见到了大救星唐僧。引导鬼魂到来的，是天上的夜游神。

夜游神是何方神圣？很多人了解不多。

在《封神演义》中，姜子牙封神时，封温良为日游神，乔坤为夜游神，合称日夜游神。两神属于凶神。他们的职责是日夜轮值，四处游荡巡行，专门找人、神、鬼的麻烦，经常向玉帝打小报告，就像是阴间的“小特务”。

日夜游神不像其他神仙，丁是丁卯是卯，李天王是李天王，哪吒是哪吒。他们是一个固定而独立的组织，日游神十六名，夜游神十六名。日夜游神是一个独立商标，也即天上的职务或职称。

日夜游神的工作职责，决定了这是个不太受欢迎的角色。他们通常单独行动，行踪诡秘，鬼鬼祟祟，一副窥测人们隐私的“包打听”嘴脸。虽则如此，他们尽心尽力，忠于职守，勤勤恳恳为大老板玉帝服务，没有功劳也有苦劳，没有苦劳也有牢骚。

有一次，日游神打听到一个重要消息，引发了一场著名的诉讼事件。

话说东汉末年，汉灵帝不仅昏聩无能，而且亲自卖官鬻爵。

当时，他拍卖一个司徒职位，定价五百万钱，当见到买官者上朝谢恩时，后悔得直跺脚："好个官，可惜贱卖了。若小小作难，千万必可得也。"

有如此皇帝，天下还不混乱？只要出钱，就能买到官，钱多当"大王"，钱少当"小鬼"。

其时，蜀郡益州有一饱学的秀才，名叫司马貌，天资聪明，一目十行，八岁时下笔成文，被誉为"神童"。什么"童"也罢，在那个需要花钱买官的岁月，才学再好也是"零"。熬到五十多岁，阎王爷快来催命的年纪，还一无所得。

无所得也就算了，这老兄心中不痛快，写成一篇《怨词》："天生我才兮，岂无用之？豪杰自期兮，奈此数奇。五十不遇兮，困迹蓬虆。纷纷金紫兮，彼何人斯？胸无一物兮，囊有余资。富者乘云兮，贫者堕泥。贤愚颠倒兮，题雄为雌。世运沦夷兮，俾我嵚崎。天道何知兮，将无有私？欲叩末曲兮，悲涕淋漓。"

写完后，反复吟诵，觉得不尽兴，又添上了八句："得失与穷通，前生都注定。问彼注定时，何不判忠佞？善士叹沉埋，凶人得暴横。我若作阎罗，世事皆更正。"

这可不得了，"我若作阎罗，世事皆更正"，这不是反天地的诗吗？后人宋江在浔阳楼题反诗，估计是学到这一招。司马诗人越读火气越旺，愤然将诗稿烧掉了。

如此毁谤阎王爷，岂不找死？当天夜里，几个鬼使奉命，将司马兄抓走了。结果是什么？你懂的。

夜游神获悉情况后，及时报告玉帝。皇帝痛骂："世道变化，自有纲纪。小儒见识短浅，妄说天道有私。阎王殿积案多多，仅靠十个阎王，哪忙得过来？一定治罪，以儆效尤。"

老好人太白金星说："老板啊，司马貌口出狂言，必有大才。何不将他押到阴司，让他当半日阎王，身在其位而谋其政，若断得好，将功折罪；断得不好，两罪并罚怎样？"

玉帝觉得有理："依卿所奏。"发配司马貌当半日阎王。

好一个老阎王，弄刁难，将著名的汉初四大奇案交给新阎王处理。

哪四大奇案？一是屈杀功臣案，原告韩信等，被告刘邦、吕后；二是恩将仇报案，原告丁公，被告刘邦；三是专权夺位案，原告戚妃，被告吕后；四是乘危逼命案，原告项羽，被告杨喜等。

司马兄果然身手不凡，半日时间，将四大案件断得清清楚楚，公正无私。玉帝高兴坏了，奖励他转世当司马懿，将乱糟糟的三国收拾归一。司马邈当了半日阎王，转身收获了一个江山，真的要感谢夜游神了！有兴趣的读者，可以重读一下冯梦龙的《古今小说》。

无论是天上还是地下，都非常重视政务信息的搜集，及时掌握天下的动静。人间也一样。古今的统治者和臣僚之间，互相“监督”，互相“提防”，都将这个作为生命线。

有一次，秦始皇老远看到丞相李斯高车大马，阵容强大，招摇过市，便顺口说：“哇噻！好威风的丞相啊！”第二天见到李斯过街时，居然轻车简从。绝顶聪明的始皇帝知道泄密，一怒之下，本着宁可错杀一千，不可放过一人的原则，下令将昨天身边的人全部杀掉。从中看出，你中有我，我中有你，大臣与皇帝之间，互相通过“日夜游神”获得消息，并不是秘密的事情。

公元684年，唐王朝进入多事之秋，武则天控制了朝政，拉开了中国历史上酷吏随意杀人的序幕。为夯实统治基础，武则天配置一支以酷吏为首的“特务”队伍。在鼓励告密的政策引导下，社会上告密成风，因告密而得到好处的人比比皆是，大唐帝国进入了新的血雨腥风时代。

实行特务统治最为规范严密的，当属明朝的锦衣卫、东厂和西厂。特务像日夜游神一样四出，朝臣的一举一动，莫不尽收眼底。有的密探混入朝臣家里做家丁，连他们发什么牢骚话，皇帝都知道得一清二楚。很多人在毫无防备之中，脑袋就不知为什么飞走了。

当然，窃取情报并非是皇帝的专利。为讨好主子或对主子有一定的防备措施，很多高级幕僚通过各种方式，收买皇帝身边的人。而宦官作为皇帝身边特殊的一类人，就容易与高级臣僚之间勾勾搭搭，干起危害皇权的事情。

侦探和反侦探、特务和反特务，始终是政治斗争必不可少的“佐料”，甚至影响了历史的进程。

日夜游神的启示：现代社会中，信息是金钱、是财富，有些信息更是权力！谁能够在竞争中比别人更快获取信息，就意味着占领了未来的制高点。当然，获取信息是要付出代价的，有时候是要付出血的代价的。

妙术八

超级战神为明朝皇帝所利用

孙悟空打不过妖怪，只能请谁出马？一般请观音菩萨。但老是麻烦一个人，你有时会过意不去。于是这次，他去邀请降魔专家——荡魔天尊。

这个神仙祖宗是地地道道的中国人，道场在湖北武当山，官名叫北极真武玄天上帝。在《西游记》中，除取经团队之外，身世有全面介绍的神仙就是此君了。

这位上帝祖师，是净乐国王和善胜皇后的孩子。皇后梦吞日光，醒来时怀孕，并严重超过预产期，十四个月才瓜熟蒂落，于开皇元年某月某日出生。开皇元年不是隋文帝的年号，而是天地开辟时的年号，你就清楚他的爸妈是谁了。

荡魔祖师亲切地介绍了自己的辉煌历史：当年威镇北方，统摄真武之位，奉玉帝的旨意，消灭天下妖魔；奉元始天尊的政令，披发赤脚，统领龟蛇等神将，收降黑气妖氛。不是不给孙大圣面子，而是没有上级的命令，师出无名，一怕承担责任；二来妖怪不会造成什么危害；三来我派几个手下协助你。

天尊崇高的地位，让孙悟空无可选择，大神请不到，小神也凑合。不过结果一样，被妖怪统统当“人种”，装在袋子里。

在《西游记》中，被称为“天尊”的并不多。除荡魔天尊外，还有道家的“三清”如元始天尊、灵宝天尊和道德天尊，加上太乙救苦天尊，一共是五大天尊。元始天尊是老大，人称为“大天尊”。佛家的老大如来，也被称为“大天尊”。当然，还有一个更加老大的，是被如来称为“大天尊”的玉帝。

在荡魔天尊的官名中，隐含着很多秘密。

首先是“北极”。北极不是南极北极的意思，一般指北方。“真武”原叫玄武，因为宋太祖的乳名叫赵玄朗，为了避讳而改名。到了康熙朝时，他老人家叫“玄烨”，这个“玄”又悬了，改为“元”，成为元天上帝。神仙是人做出来的，再大的神仙遇到皇帝也没辙，需改名时要改名。

“玄武”是二十八宿中北斗七星的总称，在天上的排列组合如龟蛇，玄武也叫龟蛇，处于北方，叫“玄”，身上有鳞甲，叫“武”。中国古代神话系列中，东南西北四方都有大神把守，分别叫青龙、白虎、玄武、朱雀。

“玄天上帝”之“玄”，泛指黑色，也有幽深、精奇的意思，体现在哲学上就是“道”了。老子说“玄之又玄，众妙之门”，“玄”是道的总开关。所以，这个“玄”，不是一般的“玄”，充分体现了道家学说的思想精髓。

传说净乐王子跟释迦牟尼一样，不愿继承王位，十五岁离家进入太和山修道，在绝壁的岩洞中苦苦修行四十二年，于重阳日的清晨，悟道升天，因山“非玄武不足当之”，改名武当山。

王子得道升天后，展现出“战神”特色。有一次，元始天尊在天宫开设讲座时，突然一股黑毒血光之气冲进了南天门，严重影响了天尊的传法。

天尊极为震怒，命令真武大帝荡魔除妖。真武非常勇猛，脚踩龟蛇，披发赤脚，宝剑黑衣，部下的马仔高举黑旗，一夜之间将妖魔消灭，取得了“始判六天”的佳绩。因此，元始天尊命他镇守北方。

真武的“战神”特色更为鲜明是在明朝，明朝历代皇帝尊崇真武，免费为他大打广告，使真武的名气深入民心。

传说真武曾帮助太祖朱元璋。朱元璋与陈友谅交战时，战败逃入武当山，藏身于真武庙中逃避陈军的搜捕。当朱元璋进入庙里时，破坏了门上多年来结下的蜘蛛网。奇怪的是，当他藏身后，蜘蛛网自我修复，跟原来一模一样。

追兵至此，一见门上“天衣无缝”的蜘蛛网，认为不可能藏身此处，使朱元璋逃过了一劫。后来朱元璋登基后，为感谢真武的保佑，重新修建庙宇，重塑神像，献上“北极殿”匾额，并封真武大帝为玄天上帝。

朱元璋的儿子造反派朱棣，更是高度信奉真武。在起兵攻打侄儿建文帝的政权，以“清君侧”名义发兵誓师时，扮成了玄武“披发仗剑”的形象。当然，推翻了侄儿的“反动”统治后，也是对保佑自己革命取得成功的真武大帝供奉有加。

朱棣当上皇帝后，极力将武当山道教推上一个新高峰。明永乐年间，武当山道教建筑进行了大规模的设计和建设，宫观庙宇、经堂道房等多达两万多间，成为全国最著名的道教活动中心。

在大修庙宇的同时，朱棣对真武神像进行重新设计。其中的奥妙，让你想象不到。

相传，永乐大帝召集天下的能工巧匠塑造神像，特别强调：“真武大帝是天神，长得神武英俊，身材魁梧，一定要塑造得栩栩如生。”

谁见过真武大帝的真身？估计自诩是真武化身的朱棣见过。就像画虎画马画鬼一样，大家各尽所能、按劳分配，施展绝技，塑造出各种各样离奇古怪的真武神像。

虽然活灵活现，各具特色，但是没有一件符合我主万岁的心意。朱棣龙颜极为不悦，将这些“巧匠”重重责办，或者杀头，或者坐牢，或者充军。如此做派，让那些接班人个个如热锅上的蚂蚁，摸不透万岁爷的真实意图。

危难时刻，来了一位高丽族的高人，朱棣很快便召见他。高人与皇帝见面时，刚好朱皇帝在洗澡，不经意间看到皇上的“玉体”，吓得赶快跪伏在地，不敢抬头，突然间见到皇上跺着光脚丫说：“你们真是笨蛋，好好想一想不就明白了。”

这位高人灵机一动说：“皇上，我能不能找到熟悉的样板啊?”皇帝温和地说：“抬起头来。”高人心里极为明白，高兴地谢恩出来了。

没多久，高人就铸造出一尊两万斤的真武大帝鎏金像。你一定知道这是谁的化身了。朱棣一看，赞不绝口。从此，朱棣既是至高无上的皇帝，又是真武大帝的化身。即使是那些不喜欢他的大臣，上朝时要跪拜朱皇帝，回家拜真武，还是等于拜朱皇帝，朱棣通过这次造神运动一举两得，他是最大的获益者！

因此说，神仙都有一个人格化的过程，神仙佛祖随人所造，西方的天堂一定是欧美特色，基督耶稣一定得金发碧眼；印度的佛祖，就是印度人的特色，变不成中国人；中国的神仙和佛祖，一定是中华特色，天堂地狱也不会偏离方向。

真武的启示：神仙也一样要拼搏，能够被封为“战神”，也是努力工作换来的，如果真武没有扫灭妖邪的志气和壮举，那么北方之位肯定要为别的神仙所据，甚至有可能是勇敢的猪八戒。

真经二　女人职场的独门暗器

暗器一

最有办法对付男人的女高手

谁不想家？唐僧也想家。

当他看到一座“家庭式”建筑时，像回家一样兴奋。他迈着雄健的步伐——第一次自己找饭吃，进入了一个“家”，看到几位美女，竟然丧失了进去的勇气。

家是用石头随便弄的门，里面是石桌石凳，冷气阴阴。“围城”外面跟“围城”里面看到的“风景”是不一致的。当唐僧后悔进入“围城”时，女孩子不干了：“男人不能太薄幸”，家不是想进就进，想出就出的，毕竟这里不是宾馆酒楼！

唐僧的运气不太好，走进了一个叫“盘丝洞”的“家庭”。这个洞，有光鲜的外表让你神往，有美丽的姑娘让你心动。饭菜也有一些，味道不是很正宗，“原来是人油炒炼，人肉煎熬”。如果你对“家庭”不负责任的话，把你“炼出油来做饭”也是常有的事。

家庭是温馨的港湾，至少外表是非常温馨的，也是很有创意的。

在看待“盘丝洞”这个问题上，唐僧师徒四人，代表男人的几种典型心态。

美好憧憬型。代表人物为唐领导。他不应列入“热爱”盘丝洞的范畴。唐僧希望能够依靠个人的能力，进去找碗“饭”吃。愿望是美好的，家庭却是实在的，要吃饭可以，你要像个“男人”。可惜，唐僧不是一个纯粹意义上的“男人”。

见怪不怪型。猪八戒是典型人物。他是取经团队中唯一踏进“盘丝洞”的人，并且做人很失败。有了失败经历，使老猪对家庭既爱又怕。爱，家庭是温暖的；怕，一旦进入“盘丝洞”，不晕也会把人网死。

孤星冷火型。孙大圣修炼过几百年的道行，对尘世间的色相没有感觉，他的心中只知道打坐练气，捞一个长生不老。有时候，还来个恶作剧，把女孩子的“衣服”偷走，让一些“见不得光”的家庭现象“曝了光”。

门外观望型。“盘丝洞”好不好？进去的想赶快出来，没有进去的依然挤破了头。沙和尚的命就是苦，人家看过了一道“美丽的风景线”的时候，他还在“看马”。正因为徘徊的心情，让他错过了美好的机会，变成“钻石王老五”；也因为彷徨的心情，使他不像猪八戒一样，处处吃苦头。是福是亏，真的说不明白。

老猪对待女人的态度，实在不敢恭维。女孩子择偶喜欢猪八戒，估计会倒八辈子的大霉。一个女人运气不好，莫过于嫁给了“一头猪”。

对待“盘丝洞”的女人，老猪的态度第一是“玩”，第二还是“玩”。不管妹妹泡在水里多难堪，他不管三七二十一，脱光衣服扎进了温泉，变作一条鲇鱼精钻来窜去。猪八戒玩够了，跳出温泉，露出本来面目，一味粗夯，举着钉耙，对着几位手无寸铁的“女孩子”一阵乱扑。

“盘丝洞”里的女孩子也不是好惹的。男同志不要低估女同志的能力，否则要吃大亏。猪悟能可能原来玩的时候，就低估了女孩子的智商，吃过很多亏。不过这次他还是没有吸取教训。

女孩子被逼急了，拿出自己的“秘密武器”，捍卫“一亩三分地”。

首先，她们找出一大堆“社会关系”，美名叫“关系网”，“网”这个东西，谁“织”得好？无疑是“盘丝洞”里的蜘蛛精。

她们把各种关系网调动起来，让老猪大脑发懵了，把个呆子跌得身麻脚软，头晕眼花，爬也爬不动，只睡在地下呻吟。可见，不能忽略“女人”的关系网。

其次，她们还有更凶猛的“暗器”。

她们养了七个“干儿子”，是蜜蜂、马蜂、蜻蜓等。男同志与女同志相处时间长了，很多秘密会让女同志知道，什么房产物业、银行账号等。

老猪很可怜，当他再次上演“始乱终弃”的时候，女同志愤怒了。她们把所有的“暗器”齐发，拼个你死我活。只见那七种怪物，一个个现了本相，一个变十个，十个变百个，百个变千个，变成无穷之数，有的扎眼睛，有的叮头额，把老猪的嘴巴叮肿了。

在取经团队中，这些“暗器”只伤到一个，就是可爱的猪八戒。因为老猪是一个对“盘丝洞”不负责任的人。

家庭的冲突往往不是隐秘进行的，当矛盾冲突激烈的时候，往往会以“社会化”的办法来解决。

当美女把所有的“秘密武器”抛出来还是不能解决问题时，她们只能把矛盾扩大化，即寻求社会的力量来解决。最好的办法是借助“社会舆论”，把“坏男人”搞死搞臭，让“坏男人”没有被蜜蜂扎死，也要被口水淹死。

她们找到了一位“策划大师”，即她们的师兄——黄花观的老道士。他拿出第一个解决方案，就是家庭的事情用江湖的形式解决，这样的结果既快又好。他在茶水中投了剧毒，中招的同志们中，依然有可爱的猪八戒。一个对家庭不负责任的人，在社会上行走时，依然会处处碰壁。

老道士的办法看来不错，但他低估了孙猴子的智商。孙猴子之所以能屡次逃避灾难，原因就是他处事极为冷静，尤其是解决家庭的纷争，没有冷静的态度，一定会把事情弄得更糟。

老道士看一招不行，使出更厉害的一招，广泛运用社会舆论，四处放炮，想一下子把背叛“盘丝洞”的人搞死搞臭。

他解开衣带，脱了皂袍，现出两肋下一千只眼，眼中迸放金光，十分厉害。

曾子说：十目所视，十手所指，其严乎！如果有十只眼睛天天盯着你，我看你往何处逃？何况有一千只眼睛！

不过，老孙遇到问题，不像八戒那么冲动，他依然冷静地解决了问题。上天不行，那我就入地吧。他变做个穿山甲，往地下一钻开溜了。可见，社会舆论的杀伤力是很强的。

化解这个风险，一是逃，二还是逃。要不逃得远远的，要不钻进地道里。因为社会舆论杀伤力总在一个地方，如果你跑得远远的，或者钻进地道，就可以化解老道士的“金光”。但在现实中，走得远远的不是办法，你又没有老孙钻地道的本事，应该怎么办呢？

蜘蛛精的启示：走进“盘丝洞”，是人生的必然选择。不管是男同志还是女同志，最重要的是要履行自己的“家庭责任”。否则，无论是你拥有什么“暗器”，采用什么“绝招”，最终吃亏的还是自己！

暗器二

最擅长钓鱼工程的玉兔女郎

姜子牙七十多岁下岗失业，好在他太聪明太给力了，挖空心思标新立异，弄了个“脑袋不弯”的鱼钩，独坐磻溪岸边等鱼上钩，由此产生轰动效应，终于将周文王忽悠上了，创造了高龄再就业、当金领的奇迹！

这个经验，被《西游记》中一个美女学透了。她也搞了个“钓鱼工程”，专门“钓老公”，谁是她的目标呢？

这是一位超级聪明的美女妖怪，在她的身上，集中了几位美女妖怪的优点，称她为“三合一”的美女是没有错的。

第一，她有白骨精的妖艳。想吃唐僧肉没有错，错的是在孙悟空主持的新闻发布会上，白妹妹的“清白”给毁了。白骨精之美，体现在“清纯”两字，“眉清目秀，齿白唇红，左手提着一个青砂罐儿，右手提着一个绿瓷瓶儿”，真个是“半放海棠笼晓日，才开芍药弄春晴”。

这位美女有多美？小说中并没有进行正面描述，这就是玄妙了！一是通过《喜会佳姻》新词四首，点出她的美貌，“妖娆娇媚。赛毛嫱，欺楚妹。倾国倾城，比花比玉”。二是通过描写宫女映衬出来，“一双双娇欺楚女，一对对美赛西施”。羞羞答答，遮遮掩掩，给人想象的空间，这才是最美的！

第二，她有蝎子精的智慧。蝎子精是唯一让如来吃亏，让孙悟空、猪八戒“头疼”的女妖怪，她的“倒马桩”毒钩天下无敌。此美女的优点，一是逃得快，弄伤如来后一溜了之，灵山的“刑警”抓不到。二是打入敌人内部，不动声色。我分析过，女儿国的女王的行为举止，倒像一个女妖怪，应该是这家伙潜灵附体，这就厉害了。三是混迹民间，是重点“捞鱼”的专业户。当唐僧逃出女儿国，这家伙用迅雷不及掩耳之势，一下子将唐僧“捞”个无影无踪！

没有太多的前奏和征兆，一抓一个准，这是蝎子精妹妹的能量。

这位美女也是，事先没有什么征兆，倒是算准了唐僧经过的时间、地点，然后利用假冒公主的身份，搭起彩楼搞抛绣球找老公的把戏，把抓唐僧“世俗化”、“合法化”了！按照“抛绣球”的游戏规则，只要被彩球砸中的，就是俺的“老公”。

这就是超级聪明的妹妹设的局！

第三，她有老鼠精的人气。当一个成功的妖怪，首先看它出了问题会不会安然无事，如果被消灭了，都是失败的可怜虫。无底洞的金鼻老鼠精很高明，偷吃了佛祖的东西不仅没事，还攀上了天宫大腕李天王为干爹，哪吒三太子为干哥哥，付出的代价只是几支劣质香。当孙悟空找到她的“洞底”时，依然没法铲除，任凭她干爹干哥哥胡编个理由，送回天宫去疗养。

这个美女妖怪，也具备这样的人气。当孙大圣高扬“霸主鞭”时，天上的大后台及时出现，现场维稳的结果大家都知道了。一句话，该吃的饭吃了，该报的仇报了，该回的家回了。

这个美女，就是月宫里面可爱的玉兔儿。因为曾经被宫里的小丫鬟打了一巴掌，所以找准机会前来报仇。公主当了，富贵享了，仇也报了，唐僧哥哥也要过了。一切很好，结局很欢喜！

传说中，月宫里有一只白色的玉兔，她是嫦娥的化身。但玉兔何以成了嫦娥呢？有一个比较经典的传说。

原来“玉兔”源于“於菟”，“於菟”是古代楚地称呼“虎”的土语。在上古时代，巴楚那里有一些民族崇尚老虎，自称为“虎”，还将很多山水地名，用“虎”来命名，就连尊敬的神仙也叫做虎神，用土话来说就叫“於菟”。

嫦娥奔月后成为月中神仙，自然也就成了当地民众景仰的“虎神”，嫦娥也就变成了“於菟”。而把“菟”解说成“兔”，却是一个美丽的误会，晋代学者王逸注解屈原《天问》时，望文生义。后人将这个错误解释进行到底，便以“兔”代“菟”。又因“於”同“玉”相近，“於菟”一名也就被后人附会成了“玉兔”。可见，玉兔捣药就是月神嫦娥捣药。

《西游记》中，玉兔妹妹学习姜太公的做派，手法相当灵活。可以看出她虽身是宠物，但是智商情商都很高！主要体现在几个方面：

妖气不大，看不出来。所谓妖精，就有妖气。孙大圣的火眼金睛辨明妖怪，首先是观察其有没有妖气。老孙看到，“那国王我已识得他有些晦气，还未沾身，不为大害”，“见那公主头顶上微露出一点妖氛，却也不十分凶恶”，可见，这位妹妹是善于伪装的！

隐忍不发，挖不出来。妹妹的最大优点是非常有耐心，算计唐僧取经几月几日来到天竺国，提前将真公主弄走，先报了仇；再变成假公主，撒下鱼饵，等待唐僧上钩。这个守株待兔做得好，不像其他妹妹没有耐心，一见唐僧便手舞足蹈，恨不得一下子生吞活剥下去。

与邻为伴，查不出来。绝大部分妖怪，都与土地老爷不太和睦，经常抓他们的差，或者把他们当出气筒，因此他们的好事往往坏在土地爷的手中。毕竟土地是地头蛇，谁的来历和背景都清清楚楚。而玉兔妹妹好聪明，与土地关系不错，连那把“兵器”捣药杵都藏在“御花园土地庙”里！

背靠大树，抓不出来。一个是“亲爹”皇帝老儿，一个是月宫的太阴星君，有了天上地上两大“背景”，背靠大树好乘凉。难怪玉兔妹妹生活过得很滋润！

巧妙发力，察不出来。与孙大圣直接交手的妖怪，很多没有好下场。妖怪妹妹很有心，采用抛绣球的传统方式，从“理”上先将唐僧弄到手，成为名义上的“法定”夫妻。假如说，这个公主是真的，那不知唐僧如何收场！接着，妹妹采取有效措施，利用父皇的绝对权力，想让唐僧留下来，打发老孙师兄弟离开，多高明的手段啊！自己藏在后面，不需劳神动气，直接享受胜利成果，堪称《西游记》中“最聪明”的女妖怪！

玉兔妹妹的启示：她采用姜太公稳坐钓鱼台“钓老公”的方式，为我们职场工作提供了一个“谋划在前”的成功范例。思路决定出路，谁能谋划在前，谁就能抢占先机。好的规划，意味着成功的一半！谁能谋划在前，谁就能在职场江湖弄潮中，赢得先机，一步主动，步步主动！

暗器三

最性感最懂调情的绝对美女

唐僧是一个遗腹子，相当于单亲家庭，自称“胎里素”，没出娘胎注定是个和尚命。

伴随青灯古佛，哪有什么情情色色的熏陶？

唐僧在美色考验上过“五关”，斩“八女”。哪“五关”？四圣试禅心，三探白妹妹，杏仙露清纯，女王展富贵，玉兔巧钓郎。这一次，遇到万年一遇的情场高手，雪月花魁，差点无法全身而归。她有这个本事？

这美女，她的呵护让你陶醉。男人貌似顶天立地，其实内心非常脆弱，需要相识相知的红颜知己精心呵护，否则，为什么人到中年的时候，劳燕分飞的故事屡屡上演？美女诉说：郎啊郎，我这里虽不富贵奢华，但也清闲自在，“我与你做个道伴儿，真个是百岁和谐也”。

男人看女人，十有八九首先是相貌。有才艺却缺少一张美丽的脸庞、一副妖艳且魔鬼的身材，终是一件憾事。她有多美？“露春葱十指纤纤”、“锦绣娇容”、“金珠美貌”，“我美若西施还袅娜”，哪个男士不心动？

这美女，她的温情让你绵缠。看到和尚哥哥，美女就如雪山的狮子，见到阳光都化去了。她嘘寒问暖，知道哥哥为了赶路，早餐还没吃，就认真地准备了精美的早点，什么人肉馍馍、豆沙馅馍馍，有荤有素，既有营养，又讲究色味香俱全，饶是唐僧这块石头，也无法拒绝妹妹的情意，吃了半个馍馍。作为还礼，也拿了一个馍馍给妹妹吃，勉强体现出绅士风度。

这美女，她的知心让你流连。天苍苍，地茫茫，知音在何方？美女的心一直围绕着和尚情郎，无论是在女儿国，还是大道上，她含情脉脉地关注，即使吃个馍馍，也让哥哥不知怎样报答。唐僧拿个馍馍给妹妹。妹妹说：哥啊，为什么不掰开，你我各一半呢？哥哥上纲上线地说：我不敢破荤啊。妹妹说：你还不敢破辈，前日不是吃了子母河水怀孕吗？

妹妹的云情雨意，像召开世博会一样，全部展示出来后，看到哥哥仍是木头一根，石头一块，气得拿出了自己的“暗器”，继续征服，继续工作，正确的坚持就是胜利。

她的暗器，就是“一吊二打”。

“一吊”，既然你那么顽固，让你尝尝本小姐的厉害吧。妹妹拉拉扯扯，扯扯拉拉。唐僧岿然不动、上下不动，气得妹妹差点发狂：“小的们，拿绳子来！”将哥哥“捆的像个猱狮模样”，拖在房廊下吊起来。

“二打”，毫不客气打掉你的妄念，让你不要心存侥幸。哥哥为什么扛得住，是因为还存在着希望，等待帮手救援。妹妹也不是好惹的，亲自出马跟哥哥的部下打起来，一人敌住四手，感觉还挺好。幸亏哥哥的部下水平好，如果换上那些水货，估计也是完蛋了。

我们为美丽的妹妹而惋惜，为不解风情的唐僧哥哥而抱憾。

究其原因，是妹妹错定了目标，看错了对象，因而作出错误的判断，走入了邪道，英勇地献身。献身也没用，连猪八戒也不要。

透过美女妹妹，我们看到的是一颗错误的心，走火入魔的心。她的错误，就是目标错误，方法错误，行动错误，在错误的时间、错误的地点，面对一个错误的人，作出错误的选择。

蝎子代表什么？就是一颗心。当一个人存在极为错误的知见时，其心就被烦恼所蒙蔽，作出有违身心甚至危害别人身心的事情来。“心如蛇蝎”，应是对妹妹最好的说明。

蝎子精的启示：一个人选择目标很重要，但目标必须是正确的目标，加上正确的思维，正确的方法，正确的行动，才能取得预期效果。坚持不一定胜利，唯有围绕正确的思维策略和目标方法，这样的坚持才能取得胜利。

暗器四

最让当权者内伤的超级女人

玉帝遭遇到前所未有的信任危机！

好在他背后有一只貌似柔弱的“手”，帮他支撑着门面，他才能勉强坐在“位子上”，继续占据着茅坑。

这只“手”，就是贤内助王母娘娘。

如果问，玉帝有什么“高招”，相信看过《西游记》的朋友，从头看到尾，从尾翻到头，都没看出这老儿有什么“招”。难道是，玉帝高高在上，被大臣架空，成为傀儡皇帝？

事实上都不是！玉帝有一位超级“贤内助”！有了亲爱的她，玉帝就拥有了一切，拥有了控制天上地下的神奇资源！

如此一说，玉帝成了超级的“气管炎”！王母用什么东西帮助老公支撑门面呢？

第一，掌握着“命根子”。

天宫每年要热闹一场，无论是天上的还是地下的大小神仙，只要“入了编”，当了“神仙”，就有被邀请参加快乐大派对的机会，只是齐天大圣除外。

在这个派对中，有一样东西少不了，它是可爱的“蟠桃”。蟠桃是西红柿吗？是当成享受的名水果吗？不是。在“水果”的背后，是确定你是否继续“在编”的资格。没有“编制”，就有可能被打回原形，该当“鬼”的当“鬼”，该当人的当人，什么也不是的依然什么也不是。总之，像孙悟空的第一位师父所说，你从哪里来，就回哪里去。

没有吃到蟠桃的，就没法在神仙界继续混下去！看似快乐一大片，实则紧张一大片。在这个场合下，有些小神小鬼的，为了分到“一杯羹”，战战兢兢地像卷帘大将沙和尚一样，越小心越见鬼，总是将什么杯子打碎了，像猪某人一样吃到“蟠桃”高兴得醉掉了。神仙界貌似歌舞升平，实则一片乌烟瘴气！

没有王母的“蟠桃”，玉帝拿什么去犒劳部下，拿什么去控制别人？

第二，著名的公关专家。

玉帝经常干一些颠三倒四的事情，如制造出让人哭笑不得的官职“弼马温”、“齐天大圣”。该管的事情没管好，不该管的却将“手”伸得太长，挫伤部下的积极性，如让龙王下点雨还规定到“多少点”。

玉帝经常乱定刑罚，轻重不分，要不太重，要不太轻，颠颠倒倒。如猪八戒的“性骚扰”，将他罚成“猪”的处分太重。沙僧更冤枉，勤勤恳恳半辈子，不小心打碎个小杯子，却惨遭每天几百次的“飞剑穿胸”。这个老板能伺候吗？奎木狼偷偷下界十三年，生了两个小妖，只被罚去给太上老君烧火，不公平！

总之，这个世道长此下去，“李自成”不造反就怪了！孙悟空一根棍棒打遍天下，那些神仙个个游手好闲看热闹是有理由的！

所以，多亏贤内助王母，经常大宴小宴，亲自带领那些大美女跳跳舞，跟神仙哥哥们玩乐一下，调节死气沉沉的气氛，才死活帮助老公顶住半壁江山。

当然，金无足赤，玉帝对老婆也有一肚子苦水，只是不知道如何说。

首先，不知是谁弄的“拉郎配”，使玉帝糊里糊涂“被结婚”，与一个更像母亲一样的女人结成对子。

王母，究竟是哪个“王”的母？还是姓“王”的母？还是她的名叫王母？总是一本糊涂账。玉帝什么时候跟王母结成夫妻，也是一本糊涂账。

在我国古代记载王母故事的典籍中，《山海经》是较早的。如果你看了那个描述，不吓死也会被吓呆！

“西王母其状如人，豹尾虎齿，善啸，蓬发戴胜，是司天之厉及五残。”王母的形状“像人”，拖着豹子的尾巴，长着老虎一样长长的牙齿，这个怪物谁要当老婆？除非玉帝也是怪物！

好在国人非常有想象力，说王母并非是玉帝的太太，她是先天的阴气凝聚而成，成为女仙的“大姐大”。有了“西王母”，自然就有阳气所生的“东王公”。西对东，公对母，恰恰“对对胡”，西王母的“先生”应是东王公，没有玉帝的“名分”，玉帝怎么被“戴绿帽”了？

在古代一本奇书《穆天子传》中，说周穆王即周文王的孙子，有一天驾着由八骏马拉着的马车，不远万里来到王母的闺房瑶池——昆仑山，送去很多宝贝，也送去很多情意。两人卿卿我我，演绎着动人的美丽故事，在绵绵缠缠中依依惜别，后来没有再见面，没有再次让玉帝丢脸。那时候的王母，是一位风姿绰约的大美女，要不然哪能入周王的“法眼”呢？

在跟周王告别的“蟠桃会”上，王母婉转的歌声带着一丝苦涩：

白云在天，山陵自出。
道里悠远，山川间之。
将子无死，尚能复来？

多么美好的聚会，多么艰难的泣别，此情可待成追忆，只是当时已惘然！欢乐的日子总是短暂，神仙的生活总是过眼云烟，美好的爱情总是残存的传说中，天下总是没有不散的宴席！

周王神情黯然，举起酒杯，即席唱和：

予归东土，和洽诸夏。
万民平均，吾顾见汝。
比及三年，将复而野。

三年为期，希望能够再次相会！一别之后，再也没有重聚的一刻！不知道西王母的心境是怎么样的？“八骏日行三万里，穆王何事不重来？”

后来在成为权倾一时的天上“皇后”后，不知是不是由爱转恨的原因，在传说中，王母亲手制造了很多爱情悲剧，让人感到惋惜和唏嘘！

牛郎织女是美好爱情的象征！是被谁终结的？是王母娘娘。看到织女那个痴情的劲头，王母勃然大怒，拔下头上的金钗，划出了一道隔开美好爱情的无情之河——银河！天人两隔，“两情若是久长时，又岂在朝朝暮暮？”这是一种无奈啊！

“嫦娥应悔偷灵药”，犯了王母的天条，被贬做了一只丑陋的蟾蜍。这时的嫦娥尽管面容丑陋，但是那颗对人类的爱心，却是永恒的美丽！

王母的启示：成功的男人没有贤内助是不够完美的。美好的事物总是短暂的，珍惜当下才是最重要的。快乐幸福的缰绳不在虚无缥缈的天际，而是实实在在掌握在自己的手中。

暗器五

最会演戏忽悠人的神奇女人

有一位著名的女神仙，她最会演戏，演得比真的还真，猴精孙悟空都经常上当。可恶的吴承恩，一开场不经意的一句话，揭开了女仙演戏的序幕！

第一出戏：好丑之女难嫁人。

好的作品，总会让最平淡的事情波澜起伏。《老残游记》中“明湖居听书”一节，就是这个境界。从老残路上所见所闻，到黑妞的唱功，让人觉得如醉如痴，端的是好！

小说妙在这里，笔墨一转，白妞登场，那个好，才是好！她的唱功，让人“五脏六腑里，像熨斗熨过，无一处不伏贴！”“正在撩乱之际，忽听霍然一声，人弦俱寂。这时台下叫好之声，轰然雷动。”一个字，就是“好”！

这位女仙开始登场，并没有亲自出马，而是通过黑风山两百多岁的老和尚透出信息的。听说本院来了中华唐朝的僧人，千山万水一定带来什么宝贝。老院主不顾年老体衰，昏天黑地，亲自接见唐僧一行。

当他登台时，像个什么样子？头上身上脚上穿的戴的，无一不是世俗的宝贝。人家最关注的，无非是他活了两百多岁的相貌：“满面皱痕，好似骊山老母；一双昏眼，却如东海龙君。口不关风因齿落，腰驼背屈为筋挛。”

他老到什么样？又老又丑像谁了？本文的主角：黎山老母。一听“老母”两字，肯定不是少女少妇等美女，不过人总是要老的，再美的面貌也有红颜衰老的一天。

总之，给我的印象是，黎山老母长得很丑，没关系，老母亲嘛。年纪大了，也不需考虑嫁人的事情。

第二出戏：徐娘还是动人心。

唐僧出了娘胎就当和尚，从来没见过真正的“老虎”——美女，和尚难过美人关？和尚是色中饿鬼？

一位资深美女带着三个正当时的如花似玉美女，喜欢上取经团的四个歪瓜裂枣，还想结对子“对对胡”，岂不是西天取经史上的奇迹？

按照分析，资深美女既然是妈妈级的，至少四十岁左右，相当于“徐娘”的年龄，但绝对有超过徐娘的美貌！“脂粉不施犹自美，风流还似少年才。”难怪唐僧连眼睛都不敢睁开，“推聋妆哑，瞑目宁心，寂然不答”，差点被勾引破身了。

幸亏唐僧强迫自己闭上眼睛，好不容易逃过一劫，可是苦了食人间烟火的猪八戒，被演技高超的老菩萨骗了：“黎山老母不思凡，南海菩萨请下山。普贤文殊皆是客，化成美女在林间。”

原来如此，黎山老母级别高，受邀请变成老徐娘，带着文殊、观音、普贤三个小弟妹，在这里考验干部呢。还好，猪八戒为师父挡了“子弹”，在“色林弹雨”中熬了过来，虽然上级领导不太满意，给了个通报批评，关键是老猪为领导挺身而出的做法，彻底感动了直管领导唐僧。

自此，唐僧将老猪当成心腹，即使犯了错误都会包庇。孙悟空超级聪明，却没有看出官场的道道。

第三出戏：孝妇梨花带春雨。

面对师父师弟被黄花观道士毒害等自己无能为力的紧急情况，“美猴王正当悲切”，迎面来了一个身穿重孝的妇人，一边托着水饭，一边撒着纸钱，一步一声哭着走过来。老孙这块石头也有同感，点头嗟叹：“流泪眼逢流泪眼，断肠人遇断肠人！”

孝妇自称丈夫被黄花观道士毒死，情况与唐僧他们差不多。今天来此，专为指点老孙，去向一位圣贤求救。那位圣贤，叫毗蓝婆菩萨——一只大母鸡。

假戏真演完毕，孝妇现出真身，却是黎山老母，刚从龙华会上回来，见到唐僧有难，前来帮助。龙华会是每年农历四月八日，也即佛诞日，释迦牟尼佛的生日。黎山老母参加了佛祖生日派对，或者佛祖委托她前来救苦救难。因为，只要孙悟空哭了，佛祖心灵感应，就大慈大悲了。

整个过程，可以看出黎山老母喜欢“演戏”，也非常会“演戏”。从开场埋下了伏笔，到装嫩扮美女，扮孝妇，都把火眼金睛的孙猴子瞒住了。

这个表演，跟小说中她的名字一样，如变色龙一样多变，刚开始叫“骊山老母”，中间叫“黎山老母”，后面叫“梨山老母”，转了半天，看似三个人，实则一个人，就是居民群众最熟悉的黎山老母。

黎山老母是谁？关于她的来源有很多种，其中，有人怀疑她跟女娲是同一个人。鉴于她与秦始皇的“一段情史”，跟殷纣王与女娲邂逅的情节相似，也可以这么说。

黎山老母也叫骊山老母，一本记载上古时期历史的史书叫《路史》说，“女娲，立治于中皇山之源，继兴于骊”。《长安志》也有“骊山有女娲治处，今骊山老母殿即其处”的记载。

传说黎山老母是“古女神而帝者”，跟伏羲、神农一起史称三皇，是人类始祖。

道教的八卦神仙书《集仙传》中说，黎山老母长得美若天仙，风华绝代，曾经在骊山有庙供奉，秦始皇目睹美女像，跟昏君纣王一样，差点写下“娶回长乐侍君王”的诗句。面对这个色棍，老母很生气，施法小小惩戒了始皇帝，才不了了之。

众所周知，纣王在女娲庙中，看到女神的美色，动了淫心，故事跟这个一样，后人才将老母和女娲联系起来。

民间传说中，黎山老母最拿手的本事，不是演戏，而是带徒弟。她手里带出来的徒弟，都是民间传说中的英雄，影响了一代又一代的人。

最著名的徒弟，是被“三请三休”的樊梨花。唐贞观年间，薛仁贵奉旨征西，攻打西凉等不臣服的小国。时镇守寒江关的西凉守将樊洪，有一位既美丽又武艺高强的女儿樊梨花，马背通敌，与薛元帅之子薛丁山上演了一出催人泪下的爱情故事。

当然，宋代的杨门女将穆桂英也很有名。穆小姐是杨宗保之妻，十八寡妇征西，大破天门阵，英名远扬。千年白蛇白素贞，也是师从“骊山”。还有一个不为人知的小徒弟，据说祝英台殉情之后，被爱管闲事的黎山老母收去当徒弟了。

还有一个更搞笑的，是元朝杨景贤的杂剧《西游记》中，孙悟空说自己有兄弟姐妹五人，大姐就是鼎鼎有名的黎山老母。

黎山老母的启示：人在江湖行，要适当掌握“表演”的功夫。“演戏”，可以以假乱真，让别人摸不到自己的真实意图；可以假痴做呆，渡过一些面临的危机险境；可以提升形象，让别人知道你的能量。当然，如果是管理层的人，能带出几个好徒弟，就会受益终生了。

暗器六

最恶毒的女人究竟是啥样子

古代是一个男权社会，男人是天，女人是地。男人是皇帝，女人为着男人活。凡事有例外，能与男人分庭抗礼的女人，被称为“恶女人”。怎样称呼“恶女人”呢?

她们有被称为“母大虫”的，如《水浒传》中的顾大嫂。像老虎一样的女人，应该长得如日本的相扑手，身粗腰圆，孔武有力，一个女人能打几个男人，不叫“母老虎”还能叫什么?

比“母大虫”更厉害的，是被称为“母夜叉”的孙二娘。“母夜叉”长得怎么样?很斯文吗?很淑女吗?请看：“门前窗槛边坐着一个妇人：露出绿纱衫儿来，头上黄烘烘的插着一头钗环，鬓边插着些野花。”

这女人不是坐在椅子上，而是坐在门槛上，肯定是很粗俗的农妇。什么“钗环”呀，什么“野花”呀，一看“土得掉渣”。

再仔细看看：“下面系一条鲜红生绢裙，搽一脸胭脂铅粉，敞开胸脯，露出桃红纱主腰，上面一色金纽。”粗俗的脸上涂脂抹粉，就如“驴粪蛋上下了霜”。“敞开胸脯”，难道卖自己的肉?还露出什么来着?你对她会留下什么印象?

然后呢?妇女的工作表现怎样?“眉横杀气，眼露凶光。辘轴般蠢坌腰肢，棒锤似粗莽手脚……金钏牢笼魔女臂，红衫照映夜叉精。”武松同志是走江湖的，一看这个架势，没错的，碰到“母夜叉”了；斯文一点，是“碰见女鬼”了!

是不是“女鬼”都长成这样?肯定不是。在《红楼梦》中，也有一位著名美女，被称为“母夜叉”的，是著名的凤姐——王熙凤。有个女人为凤姐的老公贾琏抱不平说：“多早晚你那阎王老婆死了就好了。”是啊，这么凶的老婆死掉算了。贾琏说死了也不是办法，“我命里怎么就该犯了‘夜叉星’”。

凤姐办事干练，接管贾府综合事务后，管理很严格、很到位，那些下人私下抱怨："刚刚的倒了一个'巡海夜叉'……"

好一个凤姐，如果听到这些个抱怨肯定吐血。她当家认真负责，巡查勤快，累得大病一场，背后却被侮辱为"巡海夜叉"。

在机构编制中，"巡海夜叉"不仅地位卑微，干的是苦差事，既边缘又弱势，连一个名字都没有，是一群几乎不存在的"弱势群体"，怎么能跟权倾"朝野"、上下侧目的凤姐相比呢？

为什么说夜叉是"弱势群体"呢？

在《西游记》中，活跃着这么个群体，经常会见到其身影。这些"民工"主要在海里、河里和地府里"打工"，分别叫江河巡水夜叉、海洋巡水夜叉、地狱牛头夜叉等。

"夜叉"是个舶来品、进口货，来源于古印度婆罗门神话，它们生于大梵天（相当于盘古）的脚掌，充当财神的打手、保镖或守财奴，后来被印度佛教和佛典吸收进来，佛教传入我国后，就被中国化了。

开始，夜叉被译为阅叉、药叉等，逐步规范为夜叉。因为"夜"代表夜叉的习性是隐身、神秘，总是潜伏在黑夜或黑暗中。

夜叉更像现在的"保安员"，处于神仙世界的底层，就像人们见到保安员一样，呼叫"保安员"，不知道他们叫什么名字。这些"人"的共同特点是身体健壮，跑得飞快，身手敏健，也被称为"捷疾鬼"、"勇健鬼"。

那些夜叉们，有几个共同的特点：

第一，总是被吓大的。孙悟空第一次到海底做客，忽见一个巡海夜叉，挡住问："那推水来的，是何神圣？"老孙说："吾乃花果山天生圣人孙悟空，是你老龙王的紧邻，为何不识？"小鬼一听吓坏了，不识大仙，该当何罪？

第二，总是传信息的。无论谁到他们的地头，最先知道信息的，就是这些跑腿的了。像龙王深居简出，处于深海之中，如果没有大量的夜叉像信息员一样传递消息，他们何止是"山中方七日，世上已千年"？

第三，总是干重活的。好事轮不到他们，苦差事少不了。猪八戒到井龙宫寻找乌鸡国王的尸体，怎样搬运？龙王叫"两个有力量的夜叉，把尸抬将出去"，跟现在的保安员、协管员差不多。

第四，总是先丧命的。来客不高兴，或者对手不高兴，夜叉肯定第一个先倒霉。哪吒大闹龙宫，龙王派出巡海夜叉李艮前来巡查，两句话不投机，哪吒一个乾坤圈，就将他打死了。

这是一群生活在神话社会底层的普通劳动者。正如诗人黄海所说："好奇的小鹿回头一望，这个城市没有留下我的名字。"他们人数众多，如大量保安员、协管员散落在城市的各个角落，今天他们在这里值守，明天不知道到哪里上班。我们出入时，最多叫一声："保安开门。"何曾不是叫"夜叉"开门！

鬼有鬼路，蛇有蛇路。你千万不可小看夜叉的能量，虽然他们位子卑微，但他们是海上地狱的"眼睛"，是千里眼、顺风耳，甚至他们的某些举动，会使世界风云变色，使社会得到实实在在的改变！

整个《西游记》的故事，就是因为夜叉才导致了一系列的"蝴蝶效应"。如果没有夜叉的信息，这个故事还不知怎样发生呢！

话说长安城附近两个"大闲人"，有一天打嘴仗。渔翁说出打鱼的妙诀，只要每天送给算卦先生一条金鲤鱼，他给算的卦"教他百下百着"。

这是一个极为震撼的消息，不幸被窃听人间秘密消息的夜叉听到了。这位仁兄马上将重要信息上报泾河龙王，还添油加醋说："若依此等算准，却不将水族尽情打了？何以壮观水府，何以跃浪翻波辅助大王威力？"

泾河龙王是大脑少了一根弦的，立即要找算命先生搏命。后来，他化身前往，并与对方打赌，不仅输了赌注，连身家性命也丢了。

这可不得了！龙王壮烈牺牲，心中不甘，天天找答应保命的唐太宗算账。弄得皇帝丢了魂魄，才有了唐皇游地狱，有了水陆大会，有了唐僧取经。

一切的一切，皆因夜叉的倒霉信息而起！

因此说，位卑未敢忘忧国，即使是处于末流的小兵，往往做一件事，也能像杠杆一样，将地球撬动了！

夜叉的启示：在这个社会上，不能忽视任何小人物。大人物有大人物的位置，有他们运作的轨迹。小人物也一样。做一个小人物时，不能失意灰心，尽量把握工作和生活中的每一个机遇，或许某一天，你能像那个夜叉一样，干了一件惊天动地的事情，不小心撬动了地球！

暗器七

最为神秘的女人栖身于何处

“我思念的月光女神啊，你洁白无瑕。”

出于对月亮的崇拜，现代许多国家用高科技的手段，纷纷探月。即将看到的月球，是否只是一个简单厚朴的圆球体，我们心中的月光女神根本无从寻觅？

《西游记》中的广寒宫，并非那样的洁白，那样的纯粹，这是一个并不平静的地方，在平平稳稳的生活中暗藏着无限的波澜！

这里，为何充满着绯闻和无助？是因为美丽善良的嫦娥吗？自从奔月的那一天起，嫦女郎注定了要与各种传闻作斗争。离开心爱的后羿是为了自己得道吗？西王母与情郎后羿真的有那么一腿吗？玉帝这位谦谦君子真的金屋藏娇吗……为什么绯闻总是缠绕着无助的弱女呢，难道嫦娥妹妹受到的挫折还不够多吗？

这里，为何渗透着清冷和没落？月宫是众多仙娥工作和生活的地方，“寂寞嫦娥舒广袖”，冷冷清清的地方，不舒广袖找点娱乐怎么办，难道任凭寒气逼人，找不到美好日子的希望吗？

这里，为何残存着嫉妒和仇怨？素娥妹子不喜欢可爱的玉兔吗？那个小精灵人见人爱，本来是高级宠物，有空兼职捣制长生不老药，多么不容易，素娥怎么忍心打它一巴掌呢？小精灵报复心真的强大啊，因为这巴掌它宁愿下界化为妖精，将已投胎成为公主的素娥抛落荒野，一报还一报够重了。小精灵怎么还打起唐僧元阳的主意，纯粹为了报复，是不是理由不太有说服力？

这里，为何洋溢着暧昧和陷阱？天蓬元帅跟广寒仙子混得很熟，熟门熟路，想进就进，酒喝多了人大胆，才会“逞雄撞入广寒宫，风流仙子来相接”，没有平时的打情骂俏，哪会有一时的胡来？被贬到凡间的猪八戒一见到美女妹妹，立即动了欲心，大庭广众下“忍不住跳在空中，把霓裳仙子抱住”，还公开地说：“姐姐，我与你是旧相识，我和你耍子儿去也。”没有“暧昧”的存在，哪会成为

“色”的陷阱？

这里，有一个神秘的故事，有一群神秘的女人。最为神秘的，当属月宫的掌门人太阴星君。

人们以为，广寒宫是嫦娥的宫殿。实际上，嫦娥不是广寒宫真正的主人，嫦娥也并非是一个，而是一群仙女的代名称。

当孙悟空举起千钧棒，准备将兔子妖怪打死时，忽然听到九霄碧汉间，有人高叫：“大圣，莫动手，莫动手！棍下留情！”来者是谁？玉兔的主人太阴星君，带着一群嫦娥仙子旅游来了，顺便将宠物兔带回去。因为，小精灵玩够了，该回去了。

孙悟空平时不太讲礼貌，见到老太阴时却客客气气地说：“老太阴，那里来的？老孙先回避了。”老孙见到老女人，还懂得回避？这真是天上的特大新闻！

玉兔精下凡作乱，老太阴清清楚楚，按照惯例，老孙要发几句牢骚问问责，但老太阴一发话老孙就只能喏喏连声：“不敢，不敢！”看来老太阴在老孙心中的地位太重要了！

太阴星君的知名度不高，或是因为嫦娥的缘故。部下的光芒盖过领导，这忌了中国官场之大讳。好在老星君是月光女神，甘心做人桥，让嫦娥、玉兔等部下闪闪发光，难怪人们由衷地崇拜她，称之为月光娘娘、月光菩萨。作为女菩萨，就像观音一样，具有大慈大悲的愿力、仁爱慈祥的风范，会趾高气扬的孙大圣也尊敬三分！

但是，西游中的月亮宫殿里，很多刻骨铭心的事情，是因为两个字：寂寞。只有每年蟠桃会的一天，月宫仙子才会步出广寒宫，给神仙佛祖们歌舞弹唱；只有玉兔私下凡尘，她们才有机会出来透一口气，还是遇到了老星君这位“好领导”。她在黑夜中，给人们带来了光明；在月色朦胧中，使人产生了美好的遐想。

寂寞的人生是不完整的，但人生却不能没有寂寞！

国人对月的崇拜，是不是都因为“寂寞”呢？

待月西厢下，迎风户半开。崔莺莺在月夜摆设香儿，虔诚地向太阴星君倾诉，“心中无限伤心事，尽在深深两拜中”，希望能遇到意中人，“兰闺久寂寞，无事度芳春；料得行吟者，应怜长叹人”。我想，广寒宫中的妹妹，是否也“兰闺久寂寞”呢？好在月亮是她们自己的，要拜就拜地下的“人”吧。

拜月是女孩子的专利，男孩子不能拜月，除非与意中人一起。最著名的是貂蝉拜月，被列入了“四大美人图”。貂蝉在静静的月夜，几炷清香，不是期望平平安安、美美满满的幸福日子吗？幸福的日子还不是家庭圆满吗？据说她拜月时，其美貌让嫦娥自愧弗如，匆匆隐入云端。

明月千里寄相思。相思之情，溢于言表，关汉卿一出《拜月亭》的戏剧，让古今痴男怨女，感受到月光的清辉，真情的永恒。

在兵荒马乱中，弱女王瑞兰与母亲离散，途中邂逅书生蒋世隆，在逃难中产生感情，私下结为连理。后来瑞兰在客店中偶遇身为高官的父亲，本当苦尽甘来，但随之父亲嫌弃正在病中的穷书生。艰难苦恨，不一而足。在瑞兰的抗争下，有情人终成眷属。在这个过程中，三次拜月，几处深情，催人泪下。

第一次，在旅店中结为夫妇后，一天晚上，皓月当空，两人相携拜月于一亭中，将亭命名为“拜月亭”，“今宵非月兮，谁为之媒？”月光娘娘成了“红娘”。

第二次，瑞兰被父亲带回临安，夫妻分别，只能将府中的亭子取名“拜月亭”，并焚香祝天，为蒋郎祈祷。

第三次，大团圆后，夫妻在后花园中，见到“拜月亭”，蒋生感慨万分，又作了一篇《拜月亭记》：“月与天地久者也，尔我知道情，其月之于天地乎！宁容忘？”予曰：“情不忘矣。”

月亮给人们美好的遐想，寄托有情人的情思。“江畔何人初见月？江月何年初照人？”多么童真的月亮，多么美好的期盼；“白兔捣药秋复春，姮娥孤栖与谁邻？”发古人之幽思，寄深情于明月；“多情只有春庭月，犹为离人照落花。”月重于情，哪在乎阴晴圆缺？“今年欢笑复明年，秋月春风等闲度”……

太阴星君的启示：距离产生美，嫦娥与人相近，外表虽美矣，没有人说拜月拜嫦娥的，何哉？其婚姻本身并不完美也！老太阴居于后，与痴男怨女之间有了距离，就有了神秘感，成为人人景仰的月光娘娘、月光菩萨！又问，谁知道月光娘娘是老太阴也？

暗器八

最懂得放下之道的妙龄女子

普陀山人丁兴旺。观音菩萨收了红孩儿，任命为善财童子，加上家里的善财龙女，刚好是一对金童玉女。财啊财，人间有几人见到财不心动的？

在收服红孩儿过程中，由于顽童心性暴烈，观音命他“五十三参”，三步一跪前往普陀山根据地，狠狠地折磨了妖童的嚣张气焰。

“五十三参”和善财童子的故事，实际上蕴含了一个重大的秘密。

按照机构编制的配备，在佛教的首长身边，通常会有两个随从，相当于高级秘书，叫做胁侍。胁侍既是首长的左右手，就要协作开展工作。佛祖的左右随从是一等胁侍，即文殊和普贤菩萨。菩萨的胁侍是二等的，如观音的善财和龙女。配备胁侍的菩萨，是菩萨中品位高、名望大，受到人们单独供奉的。简单来说，都有自己的“山头”道场。

最初，善财童子并不是观音的弟子。佛经记载，文殊菩萨在福城的娑罗林中传道。其时，福城有一位德高望重的老人家，养有五百个孩子，善财是其中之一。据说，这个孩子出世时，地上涌出了很多珍宝。因此，会看相的老江湖给他取名善财。

善财是天外来客，不是普通农民百姓，生下来就是为求取大道的。近水楼台先得月，既然本地有著名的文殊菩萨开设讲座，善财便前往学习受教。文殊知道孺子可教，为考验他的恒心和耐力，要他去找南方可乐国的功德云和尚，说在那里就能学到无上大道。

谁知道，善财遇到的都是甩手掌柜、太极高手。找到了功德云，功德云说建议你去海门国找海门和尚，海门说你去找海岸国的善住和尚，善住说你去找谁谁，这么一转，前后找了五十三位高水平人士，佛教称为“善知识”，往返跑了一百一十多个国家，估计地球都跑三趟了。

多跑无所谓，重要的是，跑了半天，最后一名即第五十三位老师，将“皮球”踢回来，踢还文殊菩萨。就是说，谁的孩子谁家抱，你文殊的事情，不要麻烦我们。

在没有飞机火箭的年代，一位八岁的童子跑了天文数字般的路程，吃尽了千辛万苦，放在今天都无法想象。但是，有的人天生是为求道而存在的，那种宗教精神你无法理解。文殊看到善财的至诚，便收他为弟子，传授无上大道，使他成就了“无量大智光明”。

后来，文殊的弟子怎么被观音“挖墙脚”了呢？是因为善财拜访了一半老师的时候，实在太累，刚好第二十七位是观音，在她那里歇息了一会儿，接受了南海的熏陶，人们就将他作为观音的弟子。

说来也奇怪，善财龙女也是文殊的启蒙弟子。佛经记载，她是某个龙王的女儿，八岁时候，听文殊在龙宫讲法，忽然像孙悟空一样“顿悟”了。龙女开悟，立马到灵山礼拜佛祖，成就佛道。

关于龙女一步登天成佛的事情，在佛教内部引起了很大的争论，有的公开在互联网“发帖”，有的上了“电视辩论”，有的找文殊 PK 论辩，一片的热闹，不亦乐乎。

首先发难的是智积菩萨，他用“悄悄话”的方式说：“有这么快成佛的吗？”文殊回答：“当然有！只要在一念间发菩提心，就能立地成佛。”智积说：“好像不对，佛祖成佛尚且经历了无量劫的修炼，受尽了无数折磨，坚忍不拔才成就无极大道。我真地不相信一念之间能成佛的说法。”

这时，龙女突然现身，向智积致礼，显示出自己成佛的法力。

百无聊赖的舍利弗找到了机会，第二个“跟帖”发难：“你一个丫头片子，能立地成佛吗？女人的身体是不干净的，你连成佛的资格都没有。”

龙女不管有没有资格，拿出一颗大珠子献给佛祖，据说价值三千大千世界，连宇宙都能买。佛祖“笑纳”了，龙女回头问两个“活宝”：“你看，如来老师收下我的礼物，你说快不快？”两人回答：“很快！”

突然，龙女当众变为男子，坐上了莲台，并冉冉升空，飞往极乐世界成佛了。

有关龙女的传说有很多，最著名的是《柳毅传书》的故事。

唐高宗仪凤年间，书生柳毅名落孙山，在归途中偶遇一年轻貌美的姑娘，在泾河边牧羊，满脸愁容，翘首南望，声声哭泣，楚楚动人。

柳毅问明了原由，原来是洞庭龙王的龙女三娘，嫁给泾河龙王的孩子为妻，在龙宫中备受欺凌，还被赶出来牧羊，餐风宿露，受尽折磨。获悉情况后，柳毅激起了救人救到底的豪情，不远千里为龙女传书。得知女儿的境况后，老龙王老泪纵横，决心救回孩子。经过诸多波折，终于将龙女救回。

龙女获救后，深感柳毅的大德，愿以身相许。但柳毅坚持儒家的德操，坚决不答应婚事，毅然回乡去了。龙女更加敬重柳毅的为人，几经周折，有情人终成眷属。

善财童子和龙女的故事反映了佛家修炼成道的两种观点。一方面，智积和尚和舍利弗认为成佛艰难，是多生累劫的事情；舍利弗更绝对，认为女人不能成佛。另一方面，文殊菩萨认为，只要发愿修道，就能明心见性，立地成佛；况且男女平等，众生平等，青蛙和鱼等都能成佛，女人却不能成佛，这是什么逻辑？

这个故事，也是禅宗一直以来南顿北渐之争的一种客观反映。自从慧能和神秀分头弘化之后，南方禅法注重顿悟，直接契入佛理，明心见性；北方神秀禅师注重渐修，直至见性成佛。对于这个问题，慧能大师做了很好的解释。每个人的智慧有不同，有的能力强一点，有的能力弱一点，就像孩子上辅导班，能力强的上快班，弱的上慢班。法门没有区别，区别的是人的悟性，尤其是天赋的秉性。

善财童子走的就是渐悟的路子，龙女走的则是顿悟的路子。这就是故事的秘密。至于佛祖怎么会笑眯眯地收下龙女的宝珠，也很简单，龙女什么都要放下，佛祖帮她放下了。

放下，就是顿悟！

善财的启示：观音骂孙悟空“一毛不拔”，却让她善财也难舍，就有了“善财难舍”的成语。孙猴子永远是拔别人毫毛的，谁敢拔他的猴毛。不过，你想一毛不拔，必须有孙悟空的本事才行。至于什么是善财难舍，有人说，越是有钱的人越吝啬，爱惜钱财如命。我的理解是，财本无善恶，如果你用不好，善财舍出来也是恶财了。

真经三　屌丝阶层的小李飞刀

飞刀一

神秘奇人奇在什么地方

特入空门问苦空，敢将禅事问禅翁。为当梦是浮生事，为复浮生是梦中？

唐代大诗人白居易喜欢参禅，这是他向一位高僧请教的诗偈。人生如梦，梦如人生，为什么我们这些凡夫俗子，就是很难觉悟，以达到一种至高境界呢？

这位高僧，在《西游记》中只出现过一次。一个人在历史上的位置，并非要用一辈子去拼命，有的人在关键一刻，灵光一闪，立即达到佛的境界！引领唐僧一下子进入佛的境界的人，就是这位来无影去无踪的高人。只是唐僧愚陋，没有像六祖慧能一样开悟而已。

他是著名的乌巢禅师，一位非常奇特的和尚：第一奇，名字，乌巢的含意，实际是鸟巢、鸟窝；第二奇，住所，像鸟一样在树上筑了一个“巢”，难怪外号叫乌巢；第三奇，与猪八戒是老朋友，却不认识齐天大圣；第四奇，本领高强，孙悟空拿他没办法；第五奇，唐僧一见面，就当他是取经领路人。一个字形容是奇，两个字形容是奇怪！

唐僧与高人亲切会见的时间不长，却是《西游记》中最重要的环节。

如果出一道考题，问：“唐僧一共取了多少经？”答案是：一部经。一部相当关键的经。

之所以重要，是因为老禅师作为取经引路人，几乎解决了唐僧取经的某些问题：

其一，展示了清净爽朗的佛家境界。这个境界，是外在的。它有“青松碧桧”、“绿柳红桃”、“山禽对语”、“仙鹤齐飞”、“奇花异草”、“朵朵祥云”，这些景物哪里有？佛祖的灵山！难怪这座山叫“浮屠山”。“浮屠”是什么？是佛的意思。这里叫“佛山”，不是广州旁边的，是“灵山”！奇怪吧，唐僧一收上猪八戒，就见到了佛境界。

其二，指明了西行之路的前进方向。唐僧刚踏上西天路，心中几乎没底。总想找人问个路，好不容易有了神通广大的孙徒弟。但猴子老吓唬他、忽悠他，什么西天路远，你从小走到老，从老走到小都到不了。若听这样的话，还不如像老马一样在磨坊中打转算了。老禅师告诉他的标准答案是，“路途虽远，终须有到之日”。这就是方向和目标，很明确。

其三，强调了接受磨炼的心理准备。禅师告诉唐僧：一方面是物理空间的艰难，“远哩，远哩！只是路多虎豹难行”；另一方面，是心理障碍的危险，“只是魔瘴难消”，如果没有解决内外体制问题，西天就像孙猴子所说的一样遥远。

其四，解决了取经路线的根本问题。西行之路如何？“千山千水深，多瘴多魔处”，“若遇接天崖，放心休恐怖”，“老虎坐琴堂，苍狼为主簿”，“野猪挑担子，水怪前头遇”，“多年老石猴，那里怀嗔怒”。后面的道路跟这个预言差不多，这不是佛祖还有谁？

其五，传授了般若智慧的人生真经。唐僧取回来的，只有一部经！这部经，叫《心经》，全称为《摩诃般若波罗蜜多心经》。佛祖一生说法无数，但集中体现在大乘经典“大般若经”中，大般若经的精华为五千多字的《金刚经》，最后浓缩为两百六十字的《心经》。读懂了《心经》，基本掌握了般若智慧。学好《西游记》，将《心经》学好了就非常值得！我每天至少背诵一遍，感觉到心清神爽，很有收获。

唐僧从外在的佛境界，要经过艰难的修炼，最终才能达到真正的般若智慧的佛境界。这就是他在浮屠山中最大的收获。

因此，很多人在探讨：这位神秘的人物究竟是谁？

从上述观点来说，除了如来佛有这个本事外，还有谁呢？所以，这是一个没有答案，但不须说出答案的问题。

历史上，确实有一位著名的禅师跟乌巢相同，大家认为这里的故事，来源于晚唐的鸟窠道林禅师。

鸟窠禅师法号道林，杭州人。曾拜当时非常有名的禅师径山道钦为师，领悟到佛法的精髓。后来从北方南归，见到秦望山上有一颗巨大松树，枝叶茂盛，树枝盘龙错节，树冠如车盖，觉得“风水”很好，便在上面搭建了一间“违法建筑”，像一个鸟巢，住在上面，因此人家尊称他为“鸟窠禅师”。据说有一只喜鹊在旁边筑了个巢，和平共处，有人也称呼他为“鹊巢禅师”。

在今天看来，这位禅师够帅够酷，恐怕很多女孩子要到树上强迫老和尚还俗了。秦望山在浙江诸暨市枫桥镇，也叫刻石山。

现存的禅师史料记载了很多鸟窠禅师的奇闻趣事，其中可以看出他与白居易交往较多。

唐元和年间，白居易出任杭州刺史，类似当今的市长，听说这里有个得道高人，便闻名前往。白市长不仅诗文做得好，参禅也水平高，想趁这个机会向大禅师讨教一番。

见到禅师住在树巢中，白市长说："禅师啊，你住在上面不危险吗?"禅师说："我这里很安全，倒是市长您处于危险而不知道啊!"

白市长说："我为万岁爷镇守江山，脚踏实地，哪会危险呢?"禅师说："你真是聪明一世，糊涂一时。想一想，你既有外面为皇帝老儿卖命、伴君如伴虎的危险，也有内心焦虑不安、烦恼交织的危险。这好比干柴置于炉火之上，其势甚危，而你的识性不停，没有认识到危险而已。"

白市长有些领悟。再问："如何领会佛法的奥妙?"禅师说："这还不简单，'诸恶莫作，众善奉行'，简单来说，不要干坏事，尽量做好事。"

白市长很诧异地问："这个道理三岁孩子都懂啊!"

禅师说："话虽如此，三岁孩子都懂，但当你活到八十岁时，却无法做好!"

自此，白市长深深受到了启发。

白居易非常崇敬鸟窠禅师，写了一首《鸟窠和尚赞》：

形羸骨瘦久修行，一纳麻衣称道情。
曾结草庵倚碧树，天涯知有鸟窠名。

正像本文开头的诗偈所言，鸟窠禅师同样以诗偈回答：

来时无迹去无踪，去与来时事一同。
何须更问浮生事，只此浮生是梦中。

人生如梦，在这个短短的时间里，你如果能够找到自己安身立命之处，也不枉来到人间这一场。"安身立命之处"，就是每个人要结合自己的实际情况，不断提高修养水平，超越时间、空间"去"、"来"的限制，不断拓展个人的生命，找到精彩的"活法"。

白居易找到了安身立命之所，到了晚年，自号"香山居士"，醉心于念佛参禅，不为世俗的人情所羁绊，生活在自由自在的天地间。

乌巢禅师的启示：一个人并不需要处处放出光芒，在恰当的时机灵光一闪，便可照亮个人的小天地，甚至是社会的大天地。做好事并不困难，成佛也同样实在，难就难在，如何一辈子用实实在在的行为举止，来躬行自己的承诺并实现个人的目标。

飞刀二

让你触目惊心的地头蛇

有困难找谁?“有困难，找警察。”是真是假，你自己看着办吧。孙悟空有困难找谁?

最响亮的一句话:“有困难，找土地爷!”

这是一支庞大的队伍，贯穿于取经故事的始终。如果说，什么神仙离你最近?不须思考，土地爷最近。我们天天受他的保佑，而背后却在诽谤他，欠他一大堆人情和香火呢!

土地爷创造了几个世界纪录。一是家族最大，按照十里来计算，取经路十万八千里，就有一万多位土地爷，加上土地奶奶，用三个字形容:不得了!二是级别最低，神仙体系中，没有比他们再低的级别。三是香火最旺，官虽不大，实权不小，土地老儿乐呵呵地享受人间烟火，玉帝也眼红。四是消息最灵，几乎没有土地爷不知道的隐私。五是背景最杂，土地爷队伍里什么鸟儿都有，藏污纳垢。

别看他们“独霸一方”，作威作福，实际上生活得不是很滋润。世人皆道做官好，不知做官烦恼多。这是土地爷的真实写照!

他们经常被传唤。土地爷左右不是“人”，老板要他打下手，妖怪抓去当差。孙悟空打下的人参果掉进土里不见了，第一个想算账的就是土地爷。他念一口“唵”字咒，“拘得那花园土地前来”，连忙施礼说:“大圣，呼唤小神，有何吩咐?”

他们经常被奴役。红孩儿将地头蛇当成奴仆，“拘唤我等在他洞里，一日一个轮流当值哩!”听见“当值”二字，气得孙悟空仰天“猿啼”:“苍天，苍天!”我虽然牛叉，“更不曾把山神、土地欺心使唤”，这小子怎敢把山神、土地唤为奴仆?“天啊!既生老孙，怎么又生此辈?”好像是周瑜临死前的悲叹呢!

他们经常被剥削。谁是最可怜的神仙?当然是土地爷。钻头号山的土地爷，被孙悟空的棒子敲出“一伙穷神来，都披一片，挂一片，裩无裆，裤无口的”。可怜，这模样倒像是神仙中的乞丐。

他们经常被恐吓。妖怪将他们弄得“少香没纸，血食全无，一个个衣不充身，食不充口”。孙悟空动不动就说：“伸过孤拐来，各打五棍见面，与老孙散散心！”孤拐大概是指脚腕骨。一听大圣念咒，“拘得个土地老儿在庙里似推磨的一般乱转”，土地婆说：“他见你这等老了，那里就打你？”土地说：“他一生好吃没钱酒，偏打老年人。”

如此说来，土地爷真的很可怜吗？却也不是，俗话说：“切莫将土地爷不当神仙。”如果你看不起他，或者香火不到位，得罪了土地爷，这是很麻烦的，“强龙压不过地头蛇”嘛！

所以，土地爷的作用是一般神仙替代不了的。

土地爷路路通。哪路妖怪的生辰八字，通通知道。孙悟空如果需要，土地爷的“电脑”一打开，没有不知道的秘密，难怪叫做“地里鬼”！孙悟空奈何不了铁扇公主，土地爷告诉他，“找牛魔王去”，指明了前进的方向。

土地爷吃红黑。这伙势力红黑通吃，吃完被告吃原告，吃完原告吃律师。表面上是正儿八经的神仙，背后却与妖怪同流合污，如天竺国的女妖怪，便将宝贝藏在土地的豪宅里，她“跑到御花园土地庙里，取出一条碓嘴样的短棍”，那个土地庙成什么了？

土地爷作威福。他们手下有大批马仔，叫做阴兵，相当于保安，或者协管员，那也很厉害。大战牛魔王时，土地爷与猪八戒“领着土地阴兵一齐上前，使钉耙，轮铁棒，乒乒乓乓，把一座摩云洞的前门，打得粉碎”。关键时刻，体现了官小力不小的无穷功用。

土地爷神通大。孙悟空叫他们献上一批野味，立马筹齐；叫他们将比丘国的婴儿藏起来，一阵阴风办到了；叫他们给皇宫大院的头头目目派送瞌睡虫，一下子办妥了。总的来说资源丰富，神通广大，符合地头蛇的主要特征。

因此，有人用几副对子描述土地爷们的“可爱面目”！

第一副，“土产无多，生一物栽培一物；地方不大，住几家保佑几家”。

说出了土地爷的作用。土地爷虽然能量有限，也能保佑一方，谁有这个本事？民间香火是随便能享用的吗？人家给你供一根香蕉，你要回报五根才行，不然谁给你上香！

第二副，“黄酒白酒都不论，公鸡母鸡总要肥”，横批“尽管端来”。

土地爷要求不高，就要几杯小酒，一点鸡鸭而已，哪像那些贪官，要金银财宝和美色。

第三副，“莫笑我老朽无能，许个愿试试；哪怕你多财善贾，不烧香瞧瞧”。

一打一抬，绵里藏针，倒像是官场的“油滑子”。

第四副，“多少有点神气，大小是个官儿”，横批“独霸一方”。

你会发自内心地微笑，这多像我们身边一些“官”！

土地爷是掌管一方的神仙，雅称为“福德正神”。这些神仙与人民的生活贴近，也分为三九六等，“有钱住大厦，没钱顶破缸”。为什么呢？有钱的、富庶的地方，土地庙建设得金碧辉煌；穷乡僻野的地方，弄三块石头，砌成“磊”字形，便成为安居之所，自得自在，毫无怨言，说明其随遇而安的心态。

如果说土地爷位置卑微不值钱，那就大错特错了，当土地爷还是一种荣耀呢！

你看，南宋时临安的土地爷是岳飞，三国初期的祢衡是杭州瓜山的土地爷。岳飞、祢衡不值钱吗？看来，想当土地爷的还真得挤破头！

与别的不食人间烟火的神仙不同，土地爷除了像个慈善老人家外，还有一位贤内助土地婆，出双入对，让别的神仙很羡慕！

据说，土地婆聪明贤惠。有一次，玉帝委派土地爷到民间赴任，领导找他谈话：“你到下边有什么施政纲领？”老实肯干的土地爷说：“老板啊，我希望那些可怜的老百姓，通通变得很有钱，人人过得很幸福。”

土地婆坚决反对，她说：“老板啊，人世间应该有贫有富，才能发挥分工合作的功能。”

老公反驳她：“这样的话，那些穷苦的人不是很可怜吗？”老婆不屑地说：“如果个个变成有钱人，以后我们的女儿出嫁，谁来帮忙抬轿子呢？”

土地爷一听，无话可说，玉帝老儿也就“依卿所奏”了。

鉴于土地婆自私自利的表现，民间对她不太感冒，大家对土地爷好一些。因为，总是有求于他嘛！

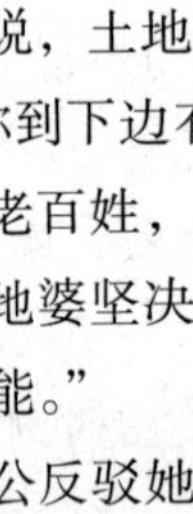

土地爷的启示：官场中遍地都是“土地爷”，他们权力或者不大，但是能量不小，成事不足，败事有余。所以，你要认真研读透那几副对子，该烧香的时候要烧好香，该绕道走的时候要绕道走，可以得罪“大神”，千万不要得罪这些“小鬼”！

飞刀三

怀孩子为何叫身怀六甲

毛主席骂那些写八股文的人，最喜欢大一下面有小一，小一下面有小小一，一层盖一层：“甲乙丙丁，开中药铺。”

甲乙丙丁，是传统文化中十“天干”的前四个。有一句成语，女人怀孕了叫“身怀六甲”，这个甲乙丙丁和身怀六甲，究竟是什么关系，有什么玄妙呢？

首先，要从《西游记》中一个无名英雄集体谈起，他们就是光荣的、伟大的六丁六甲神将。

如果说唐僧能够顺利走完长征路，离不开孙悟空战天斗地的功劳的话，那么，站在背后、默默奉献的丁甲神将，其功劳更是大大的。客观来说，没有他们不计报酬的辛勤劳动，就没有取经成功的一天。我们常说，一个成功男人的背后有一个成功的女人；以此类推，成功的取经团队背后，有一个成功的助理团队。

——孙悟空被清理出取经队伍时，谁来保护被妖怪化成老虎的唐师父？在金銮殿上见到唐僧化成的老虎，几个大胆的武将，领着将军校尉一拥上前，使出各种兵器乱砍。实打实的刀剑，人被砍上了不被剁成肉酱也会变成皮带肉的外卖！此时，“幸有丁甲、揭谛、功曹、护教诸神，暗在半空中护佑”，所以，唐僧的小命保住了。

——孙悟空被困小西天时，谁来消灾解厄使他渡过难关？老孙被黄眉老怪的“金铙”包成了饺子，一看妖怪的架势，就没有动过打开的念头，如此的话，这猴子真的变成“活宝”。关键时刻，幸得六丁六甲等通风报信，立即向玉帝发出无线电波，终于将救兵搬到，救活了这个猴头。

就凭这些成绩，如果唐皇帝不给他们发个“默默奉献奖”或“燃烧激情奖”的话，普天下的老百姓是不会答应的！

那么，这些无名小卒是何方神圣呢？

六丁六甲是道家的护法神将，跟二十八宿、三十六雷将、四值功曹等同属于光荣的战斗集体。如果你要招录天宫公职人员，或者竞争上岗的话，这些丁甲神将个个合格，都是善于使用“风和雷”，专门收拾鬼神的高手。因此，农村的红白事或者阴阳地理、民宅风水等，都少不了他们。

有一次，我在家乡看人家举行新房子入伙仪式，那个穿着道士衣服的年轻人，持着木剑，口中念念有词，在召唤那些天兵神将，其中丁甲神将是必不可少了。他口中哼哼：“六丁六甲，天兵天将，赫赫，千万兵马到此来……”来干嘛？抓鬼神。

在农村人看来，新房子入住前，一定要软硬兼施，既要拿好吃好喝的，进贡那些鬼神，让其开开心心；也要请这些神将发威力，牛鬼蛇神吃好喝好若不滚蛋，就请神将全部拿住，一个不留！

但是，农村人知道请来了天兵神将，请的是谁？不知道，反正神将都来了，当然丁甲神将也来捧场。

在最早的道教经典中，丁甲神将的主管领导是真武大帝，即北极真武玄天上帝，他是镇守北方的大神。

六丁六甲是六丁神将和六甲神将的合称，左右各六位，一共十二位。六丁为丁卯、丁巳、丁未、丁酉、丁亥、丁丑，是阴神；六甲为甲子、甲戌、甲申、甲午、甲辰、甲寅，是阳神。如何区分阴阳？在十“天干”即甲乙丙丁午己庚辛壬癸中，一三五七九位的为阳数，二四六八十位的为阴数。

这些神将，都是历史上一些有名的道士。

各神将大名如下：甲子神将王文卿，甲寅神将明文章，甲辰神将孟非卿，甲申神将扈文长，以及丁丑神将赵子任，丁卯神将司马卿，等等。其中，最著名的当属甲子神将王文卿。

王文卿是北宋末南宋初著名的道士，号冲和子，创立了道教神霄派。小时候王文卿聪明神异，喜欢道术，能诗善文，具有“红尘富贵无心恋，紫府真仙有志攀”的志向。父亲死后，辞别母亲外出游学。

据说，他出外时得到异人传授，尤其是学到了呼风唤雨、驱使雷电的本领，如同张无忌学到九阳神功，一夜之间成为武林高手一样。有了强悍的“金刚钻”，王道士便敢揽起“瓷器活”，将道士皇帝宋徽宗忽悠得昏天黑地，被封为“冲虚妙道先生”。

在那些本领中，王道士擅长“五雷法”。顾名思义，就是能通过符咒的办法，将雷神召来，想让他干什么就干什么。在《西游记》中，车迟国的虎力大仙也会“五雷法”，我怀疑是不是唐朝的动物，通过未来的时光隧道，拜王道士为师学到了“五雷法”？

在王道士的学生中，最著名的是萨守坚真人，即著名的“四大天师”之一，擅长“神霄雷法”，专好打抱不平，在民间享有崇高的声誉。

由此观之，六丁六甲这个光荣的战斗集体，是出了很多高级人才的。因此，可从这里入手，来分析为什么女人怀孕叫“身怀六甲”。

有人说，孩子出生时，满头是皱纹，就像是一个老太太的脑袋，“六甲”指的就是老人家，孩子长得像老人家，就叫“六甲”。

有人说，怀孕五个月的女人，肚子看不出，六个月“原形毕露”，叫做“藏五不藏六”，跟六丁六甲相似。

有人说，“六甲”代表六十年，通过天干和地支的推演，两相对应完毕刚好是六十，叫做“六十花甲子”，年过花甲说明年纪很大。“六甲”既是对人生健康长寿的美好祝福，也是对腹中胎儿的美好愿望。

有人说，六丁六甲是天上神将，如果你的腹中是神将降生，那是多么美好的事情。

从上述的观点中，我认为最后一条比较科学客观。

从天干地支来说，“六甲”排列出生的孩子，无疑是“命中福大”；从美好愿景来说，刚好与六丁神将吻合，一般情况下，谁都希望孩子是天上神将降生，培育一个如天神般有作为的子孙后代。

六丁六甲的启示：生活总是平凡的、简单的，就如这些神将们，谁也不知道他们的姓名，甚至不知道这是哪里的部队，但这从来不妨碍他们忠于职守，履行职责。天上的林子很大，鸟儿很多，但是能够以个人身份，杀出一条血路的毕竟不多，像孙悟空这样的草根阶层更是凤毛麟角。我们不是孙悟空，不具备他的能量，但可以当六丁六甲，从平凡、简单中，做出不平凡、不简单，这就是真正的生活。

飞刀四

最像阿Q的一组小人物

有个人生活在底层，连名字也没有，鲁迅先生为他取名并立传，叫做《阿Q正传》。

《西游记》中也有一组人物，他们没有名字，像阿Q，但一举一动却影响了取经进程。

他们叫樵夫。通读小说之后，我觉得有必要为他们树碑立传！虽是小人物，但给我们的“料”不亚于任何大人物。

樵夫者，山中的砍柴人也，一方面柴留家中自用，这是古代最主要的燃料；另一方面，砍了木柴，拿到市场去卖，赚点钱养家糊口。

古代文人自己不种田、不砍柴，却写出什么歌颂“耕樵渔读”之类的狗屁文章，杜撰出什么“渔樵问答”的风流故事。在酸文人看来，樵夫生活多么美好，自由自在，田园生活，在今天看来是求之不得的生活方式。

你要知道，这是酸文人损人的刻薄方式，站着说话不腰疼。那些以砍柴为生的人，都是社会最底层的，生活质量如何，我不需回答。如果在那个时代，你连砍柴谋生都不会，恐怕连饭怎么吃都不会了。

一部西游，一共出现五个樵夫，虽年龄有大小，但职业是相同的。从他们的对话中，可以看出，这是一班很有水平的樵夫，跟真正的樵夫很是不同。

第一，是神仙却不知是神仙。

一只没有名字后来“被命名”为孙悟空的猴子，一天“忽闻”林中有人声，忙“侧耳而听”，原来是某樵夫像南阳卧龙一样在唱歌：“相逢处，非仙即道，静坐讲《黄庭》。”

猴子找了十几年，找不到神仙，今天天气暖洋洋，运气特好，他满心欢喜，心想：“神仙原来藏在这里。”

猴子有礼貌地说："老神仙您好！"吓得樵夫丢了斧头说："罪过罪过，我衣食不全，哪敢当'神仙'呢？"

猴子说："你不是神仙，为什么说出神仙的话？"樵夫说："这不是我讲的，是一位神仙说的，他看我砍柴辛苦，便教我唱唱歌解解闷。"

神仙的歌，到了樵夫嘴里，成为"解解闷"的顺口溜，好笑吧。只要有九窍的，都能成仙，人有九窍，本是神仙，只是人人跟樵夫一样，没觉得自己是神仙罢了。

第二，不是神仙却自吹是神仙。

《西游记》中第一个小高潮，是樵夫与渔翁的斗嘴，堪称唐朝的"犀利哥"。

樵夫李定吹牛："你水秀不如我山青。"渔翁张稍也吹："你山青不如我水秀。"两个气球吹呀吹，不是神仙吹自己生活胜过神仙，神仙没做成，最后将泾河龙王吹死了。

这是神仙界中的第一大悲剧——影响西游进程的重大历史事件。

这个事件，是整个取经故事的总枢纽。没有这个事件，就没有龙王冤魂索命，就没有唐太宗游地狱，就没有玄奘法师做法事，就没有西天取经的故事。

可以说，"渔樵问答"影响了历史的进程。

第三，真神仙却装不是神仙。

这樵夫来者不善，看见唐僧这个"马帮"，厉声高叫："走路的和尚，不能往前走了，前面有妖魔吃人呢。"

妖魔不吃人，是人心吃人，万恶社会人吃人。

樵夫说，这里叫莲花山，有个莲花洞，有金角、银角两大王，专门吃取经的和尚。孙悟空猴气十足，说没事，是阎王爷的人抓了送地狱，是凌霄殿的神抽筋解天庭，是灵山的和尚戳他屁股还佛祖。

樵夫说，看来你是大脑有毛病的"疯和尚"。和尚没疯，孙悟空将他认出来了，原来是天上神将日值功曹。

真神仙变成樵夫，说不定前面的也是神仙变的呢？谁说得清楚呢？

第四，非神仙却是真神仙的境界。

外出的人要向孙悟空学习，道路不熟悉就要谦虚地向路边人请教，尤其是樵夫哥哥。每一次，都有重大收获！

这次，是在牛魔王太太的翠云山。

孙悟空一听，觉得真是冤家路窄，刚刚灭了牛太太的儿子红孩儿，老妈怎么会将自身宝贝掏出来？

樵夫看到猴子那个窘相，劝慰他说：“大丈夫鉴貌辨色，只以求扇为名，莫认往时之溲（音搜）话，管情借得。”

樵夫告诉老孙，要善于观察，别老惦念过去那些“糗事”，目标是借扇，别的不讲，一定能解决问题。

这多像神仙的语言！难怪老孙一听，十窍开了十窍，窍窍皆通，又谦虚地鞠个躬：“谢樵哥教诲，我去也。”

这个待遇，超过玉帝！

第五，想成仙却未能遇到神仙。

唐僧被抓，正孤苦之间，看到一个樵夫也被捆绑着。两泪对流，谁能度我们当神仙？要不只能在妖怪的口里成仙了。

断肠人遇到断肠人。樵夫说，我家里有老母，我死了谁来送终？真是不孝，“苦哉，苦哉！痛杀我也！”

唐僧闻言放声大哭说，可怜啊，“山人尚有思亲意，空教贫僧会念经！事君事亲，皆同一理。你为亲恩，我为君恩”。

说到底，都是做人最基本的忠孝问题。樵夫虽愚鲁，没文化，但人家知道百行孝为先，而今很多却将“孝”抛到脑后，岂不如樵夫所说：“苦哉！”

从孙悟空出世开始，到取经结束，樵夫伴随着取经团队走到最后，如果说作者无意为之，似乎说不过去，从中可以这样理解，樵夫在故事中，扮演几种角色：

一是取经的引路人。取经团队的方向是否正确，是关系到事业成败的关键。总不能由观音来指路，采取樵夫问询的方法更具说服力。二是展示美好的憧憬。虽“渔樵问答”有点像美好的童话故事，但正因为如此，才给人美好的想象，六祖慧能不也是樵夫吗？说不定佛祖和神仙就在那里呢！三是生活处处是学问。樵夫如李定之流，进过几天书斋，豪饮几滴墨水的毕竟不多，但他们的人生处世，都是在生活的最基层，一草一木皆是学问，他们的感悟更是人生的真谛！有钱学不来！

樵夫的启示：樵夫之所以是樵夫，因为认为自己是樵夫，所以就是樵夫。这是一个重要的认识问题，也是一个成功学的问题。你如果认为自己是个了不起的人物，并为之付出努力，有一天你会发现，自己离目标很近甚至是实现了。人最麻烦的是认识自己的问题，就是说，本来人人是神仙，却总认为自己是“樵夫”罢了。

飞刀五

哪个是活得最累的官员

如果你求神拜佛，买几根香蕉希望神与佛回报你几百上千根时，是谁将你的诉求传递给天上审批的“首长”呢？也就是说，天上有一套具体的公务文书操作系统，谁来接受并转达、申报你的诉求呢？

孙悟空与车迟国的虎力大仙斗法，看看谁能将雷公电母、四海龙王请来，下一场大雨。

虎力大仙首先出场，来到求雨坛上，一点不谦虚，拿起宝剑，念着咒语，将一道符烧了，再拿过“一个执符的象生，一道文书，亦点火焚之”。之后，高举令牌，一声响亮，果然半空中，“悠悠的风色飘来”。

这是真本事。一举手，一投足，就能控制风云雷电神这些神仙。神仙被什么东西指使呢？被他们的“老板”玉帝指使。玉帝又是听谁的？就是虎力大仙燃烧的那些符咒之类的东西。符是写在纸上的一些沟通神仙的秘密符号，咒语是通过秘密语言，与神仙达到心灵上的沟通。

在神仙和妖怪或凡人“两张皮”之间，起到沟通作用的是四位神仙——叫做四值功曹。

虎力大仙也罢，其他人也罢，当你跪下双膝时，念念有词，这些词由四值功曹转到各路神仙。神仙们根据你的德行，决定是否答应你的要求。如此而已。

在唐僧取经过程中，四值功曹主要扮演四大角色：

第一，保镖。表面上，是孙悟空师兄弟保护师父的；暗地里，却有六丁六甲、四值功曹等家伙在保驾护航。有几次，如果没有他们的果断出手，唐僧早就变成“沙僧”了。

第二，邮差。金角、银角大王危害平顶山，鉴于他们拥有极为特殊且厉害的背景，功曹们为了保证圆满完成任务，及时向取经团通风报信。同时，还兼任取经团与天上地下的联络官，有什么紧急事情，即刻上报，直达最高“首长”玉帝或如来。

第三，义工。孙悟空什么时候心里发狂，一定会抓他们来解闷，尤其是不知道谁给了老孙一句严重咒语的权力，此猴经常滥用职权，念一声“唵蓝静法界，乾元亨利贞”的咒语，就能将这些义工玩得团团转，叫干嘛就干嘛。

第四，会计。也即“记账员”，这是四值功曹的主要职责。唐僧一路上所有的履历，功曹们记得清清楚楚，每天写日志，发布了微博，甚至是发给佛祖和玉帝 QQ 或短信、飞信之类的。反正，取经团一举一动，瞒不过天上地下的眼睛。最后论功行赏，依然按照记账本上的成绩。

佛祖的督查室主任观音问功曹们：“那唐僧四众，一路上心行何如？”功曹们汇报：“唐僧受过之苦，真不可言。他一路上历过的灾愆患难，弟子已谨记在此，这就是他灾难的簿子。”

作为“记账员”，四值功曹主要的职责任务是什么？

四值功曹是道教设立的，在天宫中担任值年、值月、值日和值时的四位神仙。具体来说，相当于天上总值班室的值班人员。天上地下这些基层信息，包括哪里发生火灾事故，哪里有了恐怖袭击，哪里有了群体性上访等，都经过他们受理和转办。民间这些祈祷、祭拜等诉求信息，也必须通过这里，才能转达到天上相关部门。从这里看出，玉帝的组织机构，包括工作班子是很健全的，也是很有战斗力的。

四位值班室领导都有名有姓，即值年神李丙、值月神黄承乙、值日神周登、值时神刘洪。这些同志有来头有背景，他们于武王伐纣的革命事业中，在通天教主波澜壮阔的万仙阵中，舍生取义，英勇牺牲。为了纪念其功劳，姜子牙将他们封为四个值班神仙，后人称为四值功曹，主管领导为执年岁君殷纣王太子殷郊和怪杰甲子太岁杨任。有兴趣的，可看看《封神演义》。

在四值功曹中，值日功曹最累，因他是每天的值日生。不管谁需要，必须随叫随到。刚才说了，虎力大仙举令牌、念咒语、烧符书，一系列的动作，所发出的“命令”报告了值日功曹。虎力大仙说：“值日功曹何在？”值日生的反应速度奇快，马上上奏玉帝，玉帝立即下派工作人员，到基层排忧解难。“偷懒”两字，在这里没有生存空间。

关于“功曹”这个官名，现实上是有的。在古代，这是一个小官，类似领导身边的助理或秘书层级的。后来道教移植到神仙系列中，成为玉帝驾前的特别助手，主要任务是记录人和神的功绩，兼任值班期间的“保安队长”，偶尔也协助维护治安，就是没有加班费或双份工资。

四值功曹在唐僧取经前，确实有一段时间没事可做，玉帝很不高兴。为什么呢？因为他们跟随托塔李天王远征花果山，十万天兵天将遇到一只猴精，无可奈何，大败亏输，如此的话，哪里有什么功劳可记？即使后来邀请了二郎神，勉强抓到了孙悟空，但是，二郎神毕竟不是天上上班的神仙，其功劳是可记可不记的。

在工作本职中，出现了这么重大的危机，是不是意味着要下岗或失业？好在老板玉帝以“神”为本，没有将这些“不作为”或“无所作为”的家伙炒鱿鱼，而是让他们跟随唐僧团队，在西游路上再就业。为了保住饭碗，这些难兄难弟有了危机感，才在取经途中，尽力做事，尽量多做事，干好事，干成事，成为首长信得过、天上地下认可的神仙。

在日常工作和生活中，人们也不会让功曹们闲下来。《金瓶梅》中，西门庆到玉皇庙打谯，道士书写了很多文书和符咒之类的纸牒，其中就有一道请功曹们报送的“关文”。《红楼梦》中，秦可卿死后办理丧事，僧道们同样依照程序，为她打谯。打谯即打醮，是道士的一门功课，当有人重病或祈求升官时，邀请道士画符念咒，请神仙镇宅或驱除妖鬼，俗名叫“打铜锣”。

只要有人“出钱”邀请，或者打报告，哪怕是乱打报告，功曹们都要如数上报，客观上给不法分子如虎力大仙之流钻了空子，让神仙们干起一些不妥的活儿。这是功曹们不作为或乱作为的问题，也是大家比较关心的问题。

四值功曹的启示：符合一句流行话，“有作为才有地位”。当功曹们无所事事时，就是发生信任危机的时候，面临失业下岗的时候。工作是做出来的，成功也是做出来的。没有无缘无故的晋升、无缘无故的收获，也没有无缘无故的失业和下岗。关键是，要从自己的德行分析起，检点自己的问题，才能有所作为。

飞刀六

最为出彩的十组小人物

你会记得如来，记得孙悟空，可是你会记得那些小人物、小鱼小虾么？

没有小鱼小虾的水中世界，将会是什么样子？有了这些虾米鱼虫，取经的故事更加精彩绝伦！他们虽然是弱小的，甚至是没有名字的，但并不妨碍其在重大取经工作中发挥作用。生命中灵光一闪，历史记下了他们的名字！

改变孙悟空生命历史的，是花果山一只通背猿猴。

石猴能成为美猴王，不仅是其胆略超群，更重要的是有一颗不安分的心，总是想成佛作祖。

某一天，美猴王忽然担心石猴虽寿，犹有尽时，到时阎王爷派牛头马面先生请自己去了账，那该怎么办呢？此时，一只通背猿猴告诉他，只要你成为圣人、佛祖、神仙这三等人，阎王爷就拿你没招了。

美猴王乐得屁股两片红更红了，立即着手外出求学。如果没有这个“知识猴”，不学无术的美猴王能否大闹天宫，应是未知数。

帮助孙悟空武装到牙齿的，是其部下四只老猴。

孙悟空学到“三脚猫”的本领后，自我感觉良好，在没有合法“手段”的情况下，采取“空手套白狼”的战术，斩杀了混世魔王，收服了百洞群妖，生意场上红红火火。

但是，手中没“手段”，事业受限制。在四个老人家的建议下，他亲自到东海龙宫，向“紧邻”龙王要兵器。

好在老孙脸皮厚，死乞硬要，弄得龙王没办法，终于将定海神针贡献出来。从此，美猴王有了如意金箍棒，横扫千军如卷席。没有棒棒的孙猴子，将会是什么样？几只老猴子功劳大大的。

帮助孙悟空做广告的，是两个独角鬼王。

玉帝总是干“坑爹”、“坑猴”的糗事，既然诚心邀请名人到天上做官，就封个像样一点的官吧，怎么封个“不入流”的弼马温？

幸好两位不知来历的独角鬼王前来拍马屁，向猴王“奏道”：“大王有此神通，如何与他养马？就做个齐天大圣，有何不可？”

一个“奏”，一个“齐天大圣”，马上风云变色。感谢独角鬼王，没有他们的超级创意，就没有“齐天大圣”这个新职位。

引发唐僧取经事件的，是一个巡海夜叉。

两个疯狂的人，一个是渔夫，一个是樵夫，其对话内容震撼了趴在路边水里的小夜叉，用火箭般的速度报告老板泾河龙王。

龙王咽不下这口气，御驾亲征，跑到长安与人打赌，最后输光，被玉帝斩杀。

龙王的冤魂顺便修理了一下唐太宗，让他到地狱“吃喜宴”，被迫签下协议，回到凡间超度众生，才有了唐僧取经这回事。没有夜叉，一切可能重来。

改变天地颜色的，是阎王爷的“小秘”。

唐太宗在人间呼风唤雨，到了地府抬不起头。

看到阎王爷笑眯眯的，皇帝的内心越发紧张，早没了当年决战玄武门的气势。本来，他的寿命只到贞观十三年，被阎王的“秘书”崔判官私下改为三十三年，多活了二十年。

没有这二十年，皇帝在地狱只能等“活”——超生到哪里去了！

最早保护唐僧西行的，是一位镇山太保。

没有孙悟空师兄弟的岁月，唐僧其实很爽，自由自在，烦恼的是经常遇到老虎，有一次差点变成老虎叔叔的早餐。他来到两界山中，孤苦伶仃，忽然跑出一只老虎，看来西天不需去了，躲进老虎的肚子里念经吧。

危难时刻，猎户刘伯钦登台亮相，以无比高昂的英雄气概，战胜了老虎。他还偕同唐僧登上两界山，揭开五行山的魔咒，给孙悟空一条生路。

见证人间苦难坎坷的，是黑风山下一对小和尚。

黑风山下观音禅院，两百多岁的老院主想夺取唐僧的袈裟。

他正在发愁不知采取什么好措施的时候，座下两个小和尚广智和广谋参与进来，一个献计将唐僧杀掉，既谋白马又得袈裟，叫做子孙长久之计。一个说放火最干净，一烧百事了，叫掩耳盗铃之计。

结果唐僧没烧死，老院主却撞死了。人最怕的是“智谋”，尤其是姓“广”的。书中说：“广智广谋成甚用？损人利己一场空。”

堪称小诸葛的丑八婆，是通天河的女鱼精。

灵感大王童男童女吃不到，还被猪八戒的钉耙修理了一下，灰溜溜逃回河里直叹气。

一个斑衣鳜婆扭扭捏捏地走上来，向领导提了合理化建议。她让妖怪作起大法，将通天河冻住，然后叫那些小鱼小虾变成人身，引诱唐僧上钩。

一夜大雪，冰冻了通天河。唐僧取经心切，跨上了层层厚冰，殊不知中计被擒“湿身”了。鳜婆虽小，智慧不小！

最智慧却得不到重用的小人，是隐雾山的无名英雄。

说他是无名英雄，一是无名，二是见地高。

隐雾山的老妖怪想吃唐僧肉，这位小妖对此的反应很酷，“对老妖哽哽咽咽哭了三声，又嘻嘻哈哈地笑了三声”，弄得老怪莫名其妙。

小妖说，大王啊，唐僧是吃不得的，因为他曾经在狮驼岭工作过，那里三个超级牛气的妖怪都吃不了，你算老几想吃？两个字“找死”。老妖不听话，真的“找死”了。

比诸葛亮还“亮”的小星星，也是隐雾山的无名英雄。

老妖听了小妖的劝告，差点打消了念头。但他手下有个更“智慧”的无名英雄，给他出了个绝招，叫分瓣梅花计，类似三国中诸葛装神的故事，让一些小妖扮成老妖的样子，一个个出来吸引敌人的兵力，最后取经团队被“梅花分瓣”，剩下唐僧一个光棍司令，乖乖地束手就擒。

招是够绝，但却葬送了老怪的性命。星星再“亮”，变不成月亮；人再聪明，始终超越不了生死。

芸芸众生，谁是大人物，谁是小人物？干什么是大事，做什么是小事？其实，人没有大小之分，事没有长短之别。在滔滔的历史长河中，有些人在适当的位置，扎扎实实做好了自己的事情，有一天天亮了，突然发现，自己从小人物变成一个大人物。

小人物的启示：他们，都是生活中的平常人，平平常常生活，平平常常做事。对袁绍和曹操来说，许攸算不上有名号的人物。但如果袁绍听从了许攸的建议，战争结果就可能改变。历史的天平，决定其倾斜方向的往往并不是最重的那个砝码，一丝一毫的重量都有可能改变历史进程。小人物改变世界，并非一句空话。

飞刀七

最懂得享受的职场高手

谁最懂得享受生活？

是孙悟空？这厮猴心猴肺，天天想着当大官，哪懂得生活；是唐师父？最大的问题是不好色，不懂怜香惜玉的人，跟美好的生活绝缘；还是猪八戒？那副饿了几千年的吃相，让人觉得这家伙只能叫猪，能享受吗？

排排坐，吃果果，抽个签，只能是沙和尚。“老沙”懂得享受生活？一副苦行僧的样子，说话少过放屁，这种人跟享受能挂上钩？

先从沙僧的前世今生说起吧。

沙僧是天上的卷帘大将，玉帝的贴身侍卫，放在今天绝对是高贵的出身。凡事都是相对的，有利必有弊。在工作过程中，沙将军一定是不小心严重得罪了最高首长，成为领导的眼中钉。

一次毫不起眼的生活失误，彻底改变了将军的人生。他不慎打碎了一个玻璃杯，被早就动了杀机的玉帝抓住机会，以惊吓首长、谋逆造反的莫须有罪名法办，差点被押上断头台。即使被贬到流沙河，首长也毫不手软，每天飞剑几百次穿身而过，这种日子跟下地狱有什么不同？

好在贵人相助，沙僧被解除刑罚，跟随唐僧去开创全球文化普及事业。你想想，从高贵的出身，沦落到给人家打长工，就是蚂蚁也敢欺负你的角色，换成是你，作何感想？还能像沙僧一样，改变自己的生活处境吗？

这就是沙僧的过人之处！他对生活的态度是享受当下，随遇而安，该怎样就怎样！

该投降就投降。投降两字很沉重，革命战争时期，投降叛变分子是什么下场？沙将军下界开办流沙河实业公司后，由于不善于经营，面临倒闭的危机。幸亏观音菩萨指点迷津，“老沙”接受并购条件，不再坐地营销，而是成为一名出色的文化推销员。从神仙的字号，改变为佛家的字号，是需要付出很大勇气的。

该吃喝就吃喝。孙悟空不需吃喝，因是石头心肠；猪八戒喜欢吃喝，因是猪肚猪肠。沙僧从不讲吃喝，有吃喝则当仁不让。五庄观吃人参果时，没见此老兄谦虚，说此物来历不正，本人不吃嗟来之食云云。车迟国师兄弟偷吃妖道的供果，老沙差点连舌头也嚼下去。吃得多吃得好还很艺术，不像某些贪官吃相那么差。

该看马就看马。沙僧的地位，决定他只能充当围墙外的人物。踢前锋，有孙大哥在前面冲冲杀杀。中场有师父亲自坐镇，后卫有猪二哥顶缸，连守门员都有马师弟。他的任务是观望，挑好行李，看好马匹，服务领导，端尿倒屎，做个自由人。在美妙的盘丝洞，孙师兄、唐师父看到几位美女白花花的身子，假掩着眼睛装斯文；老猪不管这么多，剥光身子跳下水，变成小鱼举办一次超级鸳鸯浴盛会。沙僧在围墙外，虽然没见到美好风景，也不会出现如猪二哥一样的麻烦，眼不见心为净。

该散伙就散伙。“散伙”问题，一直考验着这个团队，其中最著名的是“老猪要散伙”。取经事业处于低潮时，改变一下现状也是必要的，难怪孙悟空也曾经动了散伙的念头。沙僧从不说这句话，一旦别人吵着闹着要散伙，他也不反对，只是国有资产分配时，别忘记了自己那一份就好。“唐僧睡在地下打滚痛哭，猪八戒与沙僧解了包袱，将行李搭分儿，在那里分哩”，这就是最好的生活照。

该糊涂就糊涂。有时候，不知道该支持谁、反对谁时，装一下糊涂也挺好。孙大哥打死白骨精，被师父扫地出门，看到铁打心肠的师父，可怜兮兮的师兄，此时，只要他出面“和稀泥”，估计事情会有转机。“老沙”不管这么多，装着不知道，让老孙失望而去。后来师兄对他发点牢骚：“你这个沙尼！师父念‘紧箍儿咒’，可肯替我方便一声？”“老沙”这回不糊涂了，一声声师兄长师兄短的，解决了问题。

该出手就出手。谁说沙僧没脾气？假猴王打倒师父，劫走行李，在观音菩萨处，一见到师兄，“等不得说话，就掣降妖杖望行者劈脸便打”；在脱离女儿国途中，女妖准备摄走师父时，他大骂“贼辈无知！”掣宝杖劈头就打；在黄花观盗水时，面对阻挠的道士，他“取出降妖宝杖，不对话，着头便打”。无论是正的邪的，只要违背取经宗旨，坚决予以打击。

该拍马就拍马。沙僧的拍马屁功夫堪称一流，只是很多人没察觉而已，这也是他在团队中赖以立足的本领。师父要独立行动，“老孙”和“老猪”不同意，

“老沙”说：“师兄，不必多讲，师父的心性如此，不必违拗。”凤仙郡“紧急求雨行动”后，沙僧说：“比丘国只救得一千一百一十一个小儿，怎似这场大雨，滂沱浸润，活彀者万万千千性命！弟子也暗自称赞大师兄的法力通天，慈恩盖地也。”一个“暗自”，又明白说出来，简直是绝了，堪称西游“第一屁”。沙僧还经常说：“二哥，你和我一般，拙口钝腮，不要惹大哥热擦。且只捱肩磨担，终须有日成功也。”

该调侃就调侃。沙僧话语不多，每句话都很经典，富有幽默细胞。他经常调侃猪二哥，当老猪肚子变大、怀了胎儿时，他说：“二哥，莫扭莫扭！只怕错了养儿肠，弄做个胎前病。”打胎之后，来到迎阳驿，沙僧笑着说：“二哥，你却去照胎泉边照照，看可有双影。”猪八戒想捉弄大师兄，弄巧反拙，沙僧笑他：“这呆子是死了！你怎么就敢捉弄他！如今弄得闻声不见面，却怎是好？”

该吹牛就吹牛。沙僧吹牛方式跟拍马屁一样艺术，他说大师兄本领通天，十万天兵无对手。二师兄也给力，只是“惟我弟子无法力，乃卷帘大将受戒。愚弟兄若干别事无能，若说擒妖缚怪，拿贼捕亡，伏虎降龙，踢天弄井，以至搅海翻江之类，略通一二。这腾云驾雾，唤雨呼风，与那换斗移星，担山赶月，特余事耳，何足道哉！”

该出名就出名。佛祖授予“金身罗汉”职务，比猪二哥的职位还高，是凡夫俗子梦寐以求的职位，老沙勉勉强强同意，算是给了佛祖的面子。

沙僧的启示：幸福离我们并不遥远，关键是如何把握当下，立足当前生活。幸福不是拼命地往山上跑，也不是毫无目标在山下闲逛，而是给自己明确一个有意义的目标，并为之快乐地奋斗，快乐地享受这个过程，丰富这个幸福体验。

飞刀八

毁灭孙悟空理想的豪杰

在天上酒肉兄弟的默契配合下，孙悟空大闹天宫接近成功，即将攻占封建最后堡垒——凌霄宝殿。

这是造反成功的根本性标志。

为什么人人想当领导，当了领导又觉得不好当？因你在挥舞权力大棒的同时，也要尽相应义务。当领导最难的是看人。毛主席说，当领导主要做好两件事，一是出主意，二是用干部。你的大脑专注想事情，想出些新点子，再找一班能干的人来落实。领导者，如此而已。

那些天将们，一个个被孙悟空打得“无影无形”，不是敌军太狡猾，而是我军太滑溜。敌人还没来，他们脚底抹油溜之乎也。

危难时刻，总是英雄闪光时。王灵官挺身而出，硬是将孙悟空挡在大门外。经过恶斗，孙悟空攻不进凌霄宝殿，为玉帝反攻倒算赢得宝贵时机。

王灵官者，玉帝手中的“小李飞刀”，他是何许人也？

他是道教镇山护庙神将，姜子牙封神时，被封为雷部二十四天君之一，即王变天君。入了神仙编制后，王天君的任务是，该下雨时下雨，该锄奸时锄奸。

雷部最高统帅是鼎鼎有名的闻仲闻太师，对部下管得特严。平时天君们要想喝点小酒、打点小牌、唱点小歌之类的，没门！王先生干久了，觉得老像富士康的流水线一样地干活，没劲！不如找个机会，申请到基层锻炼，一来增长见识，二来找几个恶人敲敲打打解解闷。

想法很好，有心人总能找到合适时机。从周武王时代，一晃到了大唐贞观年间。王天君终于托生到湖北襄阳府洛里王姓之家，当了一回“九头鸟”。

他的父亲叫王臣，父子没缘相见，天君没出生父亲就仙逝了，成为一个遗腹子。可能是克父的命，母亲给他取名王恶。名虽不雅，但他名恶人不恶，敢于行侠仗义，降伏恶人，除恶务尽，乡里那些恶霸，见到王恶只有绕道走。乡亲们很开心地说：“王恶就像个天神，受欺负的人有救星了。”

王恶的好友劝他：“天下很大，恶人到处都有，你不如到外地瞧瞧，增长见识，施展抱负。”

王恶觉得有道理，动身前往异乡，该出手时就出手，除掉了很多坏人。

人出名了，冒牌货跟着出现了。陕西扶风县有一个叫王黑虎的恶霸，竟然假冒王恶之名，抢家劫舍，淫人妻女，无恶不作。尤其是色胆包天，凡是乡里中颇具姿色的少女，都要强行霸占，才允许出嫁，跟东吴著名暴君孙皓先生一样。

王恶得知情况后，相当恼火，立马打上门来，三下五除二，将恶霸杀死。地方“土地神”不敢主持公道，将王恶送至官府。县官不分青红皂白，欲将王恶治罪。王恶大怒，眉毛倒竖，越过隔案，将县官扯下堂来，好好地痛扁了一回，吓得狗官连连求饶。此后，王恶返回了故乡。

在那里，有个江里妖怪占据一座古庙。每年要地方百姓祭祀，对祭品要求奇高，如果没有满足，就要降灾降祸。百姓尚得不到温饱，加上这个沉重的“赋税”，只能卖儿卖女，苦不堪言。

王恶见此惨状，怒火中烧，一把火将庙子烧掉。江怪不高兴，兴风作浪，意图祸害百姓。王恶毕竟是凡人，面对妖怪束手无策。此时，适逢萨守坚真人经过，暗中相助，打败了妖怪。

王恶不怕死不怕苦的英雄品格，惊动了天上最高首长玉帝。老官儿很高兴，将其收编为部下，封他为豁落元帅，赐给一颗大金印，上刻着“赤心忠良”四个大字。

王元帅认真履行职务，作出很多成绩。可是这个猴屁股的神仙，干没多久，便觉得腻了，尤其是喜欢到民间行侠仗义的性格，更是让他有了“驿动的心”。

为了做好准备工作，他先给自己改名，将“恶”变为“善”，王恶变王善，为的是不让百姓产生误会。

到了宋徽宗年间，经过上千年的申请，玉帝终于批准王善转业，到地方任职。虽然天上部队级别转业到地方，降了三级，从大元帅变成湘阴土地神，此仁兄依然很开心，想自己终于可以统管阴界亡魂，为阳间百姓做点好事。

然而，王善万万没想到，面对凶神恶煞、土豪恶霸，一眼可以看穿，该出拳就出拳，该揍扁就揍扁，不需要打官司，不需要火眼金睛。可是，自从管理阴间亡魂后，一切都变化了，一切都“阴”掉了。

这里，一切是阴的；这里，一切是软的；这里，都是口蜜腹剑之徒；这里，都是阿谀奉承之辈。面善心恶，诡计多端，大斗小称，性极阴险。时间长了，王善感觉生活太美满、真幸福。一切都是美言，都是靡靡之音，让这位从来没有享受过生活的大英雄，跟刘皇叔沉浸在东吴的温柔乡里，不想荆州那些患难与共的老战友一样。

不仅如此，他作威作福，恃强凌弱。他，忘记了之前的光辉诺言；他，忘记了黎民百姓；他，成为一个人见人厌的“妖怪”。不仅要吃好喝好，还染上恶毒嗜好，要百姓供奉童男童女！

这时，他的恩人萨真人又出现。他看到这个不争气的土地公，既生气又感慨，想不到昔日的正义之神，堕落到这个地步，一怒之下，发雷火将王善的庙子毁了。

王善没有立足之地，跑到天上告御状：“陛下，谁没有过错？有事情可以商量嘛，干嘛毁了我的家园？”

玉帝乐了：“是的是的，为了给你出口气，我赐你第三只眼，附加一只金鞭，你给我盯紧，哪一天看到萨真人干坏事，不需请示报告，用金鞭打碎他的脑壳！”

王善高兴坏了，自此如影随形，时时跟着萨真人，寻找他的过错。

一晃十二年。某一天，萨真人在龙兴府洗手时，忽见一神影。神将上前跪拜：“我是王善，暗中跟踪老师十二年。这么多年，您的言行光明正大，隐暗不欺，济世利人，慈悲为怀，没有丝毫违犯天律之处，使我既钦服又惭愧。我愿拜您为师，继续做好善业。”

萨真人很高兴，收他为徒，一起惩恶扬善，在民间留下了好名声。

自此，王善名声大震，“三眼能观天下事，一鞭惊醒世间人”。后人称赞：“王恶不恶，王善不善。过而能改，善莫大焉。”

王灵官的启示：一个人的修炼，是个长期的过程。今天的成就，并不代表明天的辉煌。在现实中，面对绝对的善和恶，可以马上辨别，但是，往往我们面对的，是表面的东西。邪恶的，可用善良来包装；善良的，可能隐藏在背后。这需要我们生就一双慧眼。在这里，还要表扬一下玉帝！

真经四 江湖情爱的极端魅力

魅力一　性骚扰问题毁掉一位元帅
魅力二　唯一下凡结成夫妻的妖怪
魅力三　饱受性丑闻困扰的奇女人
魅力四　佛祖大弟子一段无性婚姻
魅力五　猪八戒肆无忌惮抛弃发妻
魅力六　高人为何破坏人家的婚姻
魅力七　玉帝如何严厉打击性犯罪
魅力八　天上第一夫人的幕后情人

魅力一

性骚扰问题毁掉一位元帅

神仙也会犯错误。

孙悟空的错误越大，官升得越大；天蓬元帅可惨了，因为“性骚扰”嫦娥妹子，被迫“改头换面”，帅哥变成大白猪。

这是天庭社会不和谐的主要原因！缺乏公平正义，没有法治只有人治，无论发生什么事，都是玉帝说了算。天蓬元帅是一个优秀青年，正在前途一片光明的关键时刻，为何大老板对他痛下杀手，不惜将他变为猪呢?

首先，要了解天蓬是“公猪”还是“母猪”?

春秋时，鲁国有个勇士叫卞庄子，比武松还猛，能单独与老虎打架。有一次，他见到两只老虎在打架，一时手痒，拔剑准备刺向老虎。

驿馆中的小伙子劝住他，你急什么？两虎正在争吃一头牛，必有一伤，到时候大老虎斗得受伤，小老虎斗死，你才出手，岂不是一人杀两虎。这个新闻可以上两千多年后的中央电视台！

卞庄子旁观者清，最后一举出击，杀了两虎，成就勇士威名！所以说，干工作要动脑筋，有的人天天不干活，偶尔干一点，老板却拼命地表扬，这要学习卞庄子。

他后来在一次作战中阵亡，被封为九神的老大天蓬。

九神是什么？天上的北极星，共有九颗，七明二暗。天蓬比较幸运，刚出道即被重用，还遇上好领导——紫微大帝。看到天蓬刚当上公务员，工作积极肯干，紫微大帝很高兴，破格重用，将其任命为天蓬元帅。

这家伙就是猪八戒的前身。在天上，被破格录用授予“正式编制”，已经很难。孙悟空打拼半辈子，就是“入不了编”，无办法，退而求其次，跟随唐僧去取经，曲线救国搞到编制，不过类似“参公”的，即参照天宫公职人员管理罢了。

有了编制不牛，更牛的是坐上“元帅”位子，统帅天上八万水师。这是实打实的集团军，不像托塔李天王，不打仗时手头没有兵。一步到位，当上天上的海军总司令。

孙悟空造反不成被招安，弄了两个职务，一个是养马的，一个是栽桃的，岂不是在天上搞“种养业”？还是个进城“农民工”！难怪猪八戒一见这个师兄，从来就不当盘菜！

其次，要了解天蓬调戏的对象是“美女”还是“夜叉”？

天蓬元帅半世英名，栽在一个“弱女子”之手。

在官方的历史记载中，爱美女不爱江山的天蓬在蟠桃盛会上，高兴过头喝醉酒，心有灵犀“错跑”到了广寒宫。

这里，住着一位连傻瓜也认识的嫦娥妹子。关于她的传说，有说好的，也有说不好的。正反方争论的焦点，就是嫦娥为什么会“私奔”？

正方的观点认为，嫦娥与夫君后羿男才女貌，夫唱妇随，天生一对，过的是神仙般的日子。生活这么美好，后羿为何独自游荡到昆仑山瑶池边？

独守寒窗空寂寞的王母见到帅哥，相见恨晚。可是，再英雄的人也有化为白骨的一天，王母为了让“情郎”帅容永驻，便将名贵的仙药私赠后羿，希望帅哥长生不老，再回瑶池以解决相思之苦。

可惜后羿脑筋缺根弦，不明白“徐娘”的美意，拿着仙药回到家，不舍得吃，让妻子嫦娥藏起来。这个消息被坏人蓬蒙知道了，趁着后羿没在家时，准备盗走仙药。

为了不让仙药落入小人之手，嫦娥将药吃掉了。一下子，身体的重量没有了，飞到天上广寒宫。

我相信，这种说法是每一个善良的人所愿意相信的。

但也有反方一说。后羿射日有功，王母赏赐给他两颗仙丹，让他们夫妻健康长寿。可是嫦娥太贪心，一个人将药吃掉了，身体失重飞到天上。

如果在天上没有“编制”没有“关系”的话，就要像孙悟空一样有强大的本事。嫦娥没有这些，唯一能够端上桌面的是自己的花容月貌。

玉帝看到美女，找不到合适的职务和位置，只能私养在广寒宫中。

至于他们是什么关系，只能靠凡夫俗子发挥浪漫的想象力了。从玉帝赠送嫦娥玉兔来说，他们之间的关系比较暧昧。

因此，天蓬元帅貌似很幸运，其实倒霉的事情正等着他。正所谓，运气好时鬼变人，运气差时人变鬼。花开时，天蓬遇到好领导紫微大帝，遇到人生中第一个伯乐。然而好景不长，在天庭争夺最高领导权的斗争中，玉皇大帝占了上风，成为天宫最高的“首长”。紫微大帝退出老大的位置，从董事长变成副总经理，协助玉帝分管天经地纬、日月星辰及四时节气等自然现象的工作。跟随紫微大帝“打游击”的死党天蓬元帅，成为玉帝第一个清理的对象。

由此观之，天蓬元帅的问题有三个：

第一，站错了队。其实，能凭本事当到海军总司令，工作能力不成问题，关键是看你属于“那条线”。当天蓬元帅被迫变成猪八戒时，才有了初步的认识。

第二，侵犯了老板的隐私。连玉帝背后的女人也敢乱来，岂不吃了豹子胆?奎木狼做得很好，与玉女到凡间私通，混了十三年还生了两个孩子，过了一段美好的爱情婚姻生活。奎木狼被玉帝抓回去时，还说怕污染天宫的圣境。与人私通、犯了天条还为老板着想，这样的部下谁不喜欢？最后被罚去为太上老君烧火，只是象征性的惩罚，做做样子给人看的。

第三，关键时刻没有靠山。这个很要命，虽然老好人太白金星帮助说了几句话，但没有强大的关系，老星星也没有尽全力。如果有如来、观音、老君之类的关系，至少不需要被“改头换面”，变成让美女不欲直视的蠢猪。

也有人考证，天蓬元帅成为“猪模样”，是因为他本来就是“一头猪”，跟玉帝没有关系。

最典型的说法是，猪八戒的原型是夜空里西方七宿中的奎宿。古人为什么将这颗星想象成一头猪呢？因为奎宿叫“封豕”、“并封”或“屏蓬”，其关键字“封”和“蓬”都有“交合”的意思。有的说这是两个脑袋的猪，有的说是两头猪在交配，反正猪八戒好色，后者更能让人充满憧憬。

我倒赞成天蓬是佛教女护法神摩利支天手下的御车将军一说。

女护法的御车将军也叫天蓬元帅，而她乘坐的是由七头猪拉动的车。人家骑象骑狮子，女护法却骑肥猪，也是一大奇迹。七头猪代表北斗七星。天蓬元帅变成猪八戒，成为大白猪是有一段渊源的。

天蓬元帅的启示：混官场是有风险的，强大的靠山有时很脆弱；美丽的外表只能混得一时，不可能靠它吃一辈子饭。

魅力二

唯一下凡结成夫妻的妖怪

别小看玉皇大帝，“老官儿”本领不差，他的手腕非常多，这就是道家“无为而治”的最高境界。在用人方面，玉帝有一支相当强悍的战略预备队，绝不轻易出手。这就是赫赫有名的二十八宿。

二十八宿是一个光荣的战斗集体，轻易不拆开单独行动。虽然如此，在漫漫取经路上，有几个劳模从这个集体中脱颖而出。

第一个，犯严重男女关系问题却被老板重用的人。

天蓬元帅比较倒霉，喝口小酒醉醺醺，不小心碰一下嫦娥妹妹的玉臂，就被打成了猪模样，帅哥形象彻底被毁，多么不值。

二十八宿中的奎木狼，应该是个帅哥，也是性情中“仙”，否则玉帝最亲近的披香殿玉女怎么会看上他，以身相托？

奎帅哥最英明的一点，是干了严重犯天条的事情，还处处维护最高领导的面子，让老板玉帝很感动。天宫是一个很体面、很和谐、很严肃的地方，玉帝的权威至高无上，如果你胆敢与领导顶嘴，那么你随时会被穿小鞋踢到“北大荒”，甚至变成“白猪”、“蠢猪”。

天蓬元帅错就错在玉帝的眼皮底下犯错误，这个可不得了，领导如果不拿你开刀树立权威，以后个个装着发酒疯，天上的政令还有谁执行？

奎帅哥不同了，他与心爱的宝贝策划，并先后下凡，不仅干成了好事，还生了两个爱情结晶，整整在天上十三天没上班，也没人过问，其实领导不知道吗？

奎木狼被抓回天上，痛心疾首地对老板和亲密战友说，老板啊，我太喜欢玉女妹妹了，我们商量着不能在天上干，“臣恐玷污了天宫胜境”，所以下凡了。

玉帝内心很高兴，如此好部下处处维护领导权威，值得高度信赖。因此，搞个内部处分，记个小过，派去给老君烧火，有功升赏。这不是惩罚，而是派他到基层蹲点，好像到社区挂职一样，弥补了基层工作的履历，难怪很快被重用了。

奎木狼最大的“政绩”，是将唐僧变成“猛虎”，和尚是老虎！这着实为玉帝出了一口恶气，因为他长期被如来压制着。这也是奎木狼被领导高看一眼的原因。

奎木狼是二十八宿中西方白虎七宿之一，奎、娄、胃、昴、毕、参、觜中的奎。在《封神演义》中，他的名字叫李雄，“玉碎”于万仙阵中。姜子牙封神说：“奎木狼：李讳雄。”

第二个，危难时刻挺身而出打开“生命通道”的人。

唐僧一行到西天探险，遇到了“煤老板”出矿难，出了重大安全事故，煤矿重大塌方，外来工孙悟空被困万米井下。一时，新闻媒体纷纷告急，官方紧张进入前线抢险。

孙悟空被困“井下”自救无望，处于焦虑绝望之际，二十八位铁哥们赶来救援。大家面对着无情封闭的“井口”，手足无措，你看我我望你，人多不一定力量大！

此时，亢金龙站了出来，利用自己头上的尖角，用尽吃奶的力气，硬是将“井口”打穿，打开了一条神奇的“生命通道”。还不怕苦不怕痛，作出巨大牺牲，让孙悟空在自己的角上钻了一个小洞，再躲在洞里不出来，创造了取经途中抢险救人的奇迹。

伟大的亢金龙，以忘我牺牲、无私奉献的精神，弘扬了唐代革命干部的优良作风，谱写了一曲白求恩式舍己救人的颂歌，为伟大的二十八宿树立了威名。

亢金龙是二十八宿中的第二宿，为苍龙第二星，亢星之精属金，身上有鳞有脚，善于飞走，喜欢戏水，性情温和，形态与龙相同。据说修道的人遇到他，可以得到它吉祥的祝福。

第三个，母子联手专克多手多脚怪物的光明使者。

孙悟空路上幸亏两母子，才解决了两个多手多脚的怪物，否则仅靠自己的力量，是无法越过这场灾难的。

他们是二十八宿中的昴宿母子，即母亲毗蓝婆菩萨和昴日星官，说到底就是大母鸡和小公鸡。

毒敌山琵琶洞的蝎子精相当给力，连如来都吃过她的亏。女妖拍胸脯说：“你那雷音寺里佛如来，也还怕我哩。”观音说：如是如是，“我也是近他不得”。可见，孙悟空是没招的。

这应了天师的一句话：“此一时，彼一时，一物降一物。”真理！

蝎子精遇到大公鸡这个“光明使者”，不是死就是活不下去了。七个蜘蛛精的师兄是一只蜈蚣精，有千眼金光的绝技，然而再厉害的金光遇到昴日星官的妈妈大母鸡，“母鸡一叫天下白”，同样死翘翘。

这是唯一一对母子帮过孙大圣的，难怪老孙对鸡那么尊敬，属相中“鸡”和“猴”多么相配。

昴日星官是西方白虎七宿的第四宿，由七颗星组成，又称旄头（旗头的意思），住在天上的光明宫，太阳的住处，难怪公鸡一叫天就亮了，所以他的职责是“司晨报晓”。这样理解，昴日星官就是中国的太阳神！

第四个，一组专克“牛叉”人士的“四人帮”。

孙悟空师兄弟被三头犀牛精打得落花流水，这是集体打群架中最为丢脸的战例，一猴一猪一鬼（沙和尚算水鬼）的力量，比不过三头“牛”。

危难时刻，太白老星充当老好人，告诉老孙“四木禽星”可以击败几头牛。

开始老孙懵懵懂懂，不知四木禽星“贵姓大名”，弄明白后，原来是二十八宿中四个姓“木”的哥们，那个奎木狼还当过妖怪呢。

四星即角木蛟、斗木獬、奎木狼、井木犴，估计是“木克土”的原理或者还有什么原因，三个牛精一见到他们就害怕，赶紧逃跑。逃也没用，结果要不被擒，要不被杀。

这一次，孙悟空真正见识了集体的力量，原来“独木不成林”，“三木成森”，四木就不得了，四木能够轻易打败一群牛！

四星中最厉害的老大井木犴，是南方朱雀七星中的一员，人称“井宿”，它的最强本领是遁地，上山吃虎，下海擒犀，比牛叉还牛叉。

二十八宿，也叫二十八星宿，是人们把南中天的恒星分为二十八群，再沿着地球赤道延伸到天上，所分布的一圈星宿，共分为四组，又称为四象、四维、四方神等。

它的起源来自古代农耕时代的需要，属于天文、气象学等自然科学范畴，后来更多应用于人文领域，甚至大量用于星象占卜、算命预测等，对民俗、文学产生了重大的影响。

二十八宿的启示：这是典型的工作团队，体现了集体主义的精神，每个人默默无闻为团队作出贡献，共同经营整个团队的声誉。当然，集体中也鼓励各展所长，关键时刻显身手，这样的话，不仅团队的力量更强大，个人的魅力更卓越。

魅力三

饱受性丑闻困扰的奇女人

“嫦娥应悔偷灵药”，大诗人李商隐一个“悔”字，既给大美女下了结论，也让月宫仙子蒙受了不白之冤，成为比窦娥还冤的悲情女人。

多少年来，美丽的嫦娥默默地承受天上人间的误解，成为一个颇受争议的人物。争议的焦点，就是她飞到月宫的真实原因。

普遍的说法是，她的丈夫后羿是个大英雄，“终日”和妻子厮守在一起，是人们非常羡慕的“样板”恩爱夫妻。

生活非常美好，后羿怎么舍得放下娇妻，千里迢迢跑到昆仑山访道？王母娘娘见到英勇的大帅哥，就像猪八戒见到美女一样，“忍不住口嘴流涎，心头撞鹿，一时间骨软筋麻，好便似雪狮子向火，不觉的都化去也”。

人与神仙的最大差别是什么？生命周期不一致！神仙长生不老，人不逾百年而亡。王母那时肯定是千百万岁的老太太，虽然外貌很美，但后羿最多是二三十岁，喜欢也没用。上万岁的老女人喜欢上二三十岁的小朋友，怎么行呢？因此必须消除年龄上的差别，只要后羿“长生不老”，就没有年龄上的限制。

为了达到这个目的，王母不怀好意地赠送小情郎“六味地黄丸”，催促他赶快“成仙”。成仙的结果是什么？要抛家离子！虽然后羿还没孩子。这是人世间最为烦恼、最为痛苦的地方。很多人想成仙，但成仙后究竟怎么样？不知道，反正没有人会来告诉你。现实上的利益却千丝万缕，看得见、摸得着，尤其是像嫦娥这么好的爱妻，谁舍得抛弃，去寻求那个看不到的利益？

后羿很矛盾，但转念一想，自己一直以来苦苦追求的理想是什么？现在就要实现了，胜过彷徨不前！还有，曾经信誓旦旦答应新的“情人”王母的话，还在耳边回响。每天睁眼闭眼，就会出现王母殷切的眼神：“亲，赶快吃药吧！”王母无所不在的呼唤，弄得后羿心神不宁，吃睡不香。你想想，这个“私密”，只有王母与后羿知道，难道王母也想度“情敌”嫦娥成仙？典型的吃饱饭没事干，三个字：不可能。

面对日渐消瘦的后羿，嫦娥看在眼里，急在心里，她那么聪明，肯定看到老公的变化，为了这个家庭，为了自己的爱情，她终于下定决心，到天上去“维权”，毅然吃下“仙药”，飘然成仙，来到王母的架前“上访”。你上访的对象，是解决这个问题的“裁判”，结果会怎样？你乖乖地去天上的“北大荒”——广寒宫劳动吧，每天的任务是捣长生不老药，谁叫你这么浪费？白痴！

嫦娥成为这次“维权”运动的失败者。在与公权作斗争的时候，个体的力量显得是多么单薄，难怪后来有一位姓毛的先生，从中得到莫大的启发，提出了“枪杆子里面出政权”的著名论断。

可怜的嫦娥，被困广寒宫，过着极为凄凉的生活。在这次“维权”运动中，王母与嫦娥都是失败者，变成了“鱼死网破”，王母担心受到世人的谴责，只能将后羿帅哥藏在心中。嫦娥也没办法，成了“被神仙”。如果说谁是最大得益者，有人猜测是玉帝。因为老人家见到了嫦娥的美貌，干脆顺水推舟，将美女藏娇在“后宫”，谁胆敢再动美女的念头，杀无赦。天蓬元帅不知道斤两，当了一回冤死鬼，换了个“杀一儆百”。

后羿呢，气得发疯，不敢直接面对月球，只能对着太阳发脾气。有一天竟然射杀了九个太阳，要是换成孙悟空，玉帝肯定要派李天王抓他了。大家心知肚明，玉帝也就睁一只眼闭一只眼。

话说美女嫦娥在天宫中，过着“非人”的生活，主要体现在以下方面：

美丽却无人欣赏。嫦娥有多美？你能想象多美就多美，在仙女中能够被人们记住的“尤物”，除了她还有谁？你中秋赏月时，不也动了想见美女的念头吗？

维权却无人理解。面对自己的爱情危机，她发动了“婚姻保卫战”，何罪之有？人们看到的，是“偷灵药”的一面，谁能看到在那个社会背景下，女人的脆弱与无助？

想爱却不能表达。谁不希望拥有美好的爱情！天上尚且如此，人间岂有不同？在沉沉寂寂的天上，只有玉帝能够享受情爱，别人想都别想。即使是玉帝的“公主们”，想和董永“天仙配”，只能私下凡尘，付出的代价何其大！

受辱却不能控诉。在封建社会里，女人的地位处于弱势，被强暴、被侮辱，就会被家庭和社会抛弃，难道罪在她们吗？猪八戒干了坏事，还将罪行当成“成绩”，到处宣扬调戏、侮辱天上第一美女的光辉事迹。如果你是嫦娥的老公，心中会怎样想？

想玩却没有去处。像古代的后妃一样，进入了皇宫的高墙大院，终生与世隔绝，再无出头之日。同样，嫦娥在广寒宫中，就像住在一个寒冷的监狱，活在里头受罪。难得利用玉兔精下凡为害的机会，跟着老板出来透透气，可恶的猪悟能还当着大众，对她动手动脚，孙悟空打了他两巴掌痛骂："你这个村泼呆子！此是什么去处，敢动淫心！"八戒说："拉闲散闷耍子而已！"

想家却永不能回。嫦娥最想家了，想念着自己的亲人，想念着温暖的邻居，想也没有用，她永远回不来了。为什么不能回？

从旧制度和旧秩序上来说。天宫是一个保守的官僚机构，比封建王朝还封建王朝，谁在里面都必须遵循这个旧秩序，谁胆敢挑战，只能付出血的代价。泾河龙王私下修改圣旨，一个字"杀"；猪八戒碰了嫦娥的玉臂，两个字"痛扁"；卷帘大将失手打碎一个杯子，三个字"飞剑杀"。诸如此类，谁还敢不遵守规矩，谁还敢改革开放？

从当时人们的认知水平来说。嫦娥已被定性为"不祥的女人"，就是给男性或以男性为主体的家族和社会招致不幸的女人。这样的话，嫦娥更麻烦了，老公还敢要她？家族还敢认她？

因此，嫦娥会像今天一些著名的女人那样悲叹：当女人难，当美女难，当著名的美女更难。加上一句话，想找到帅哥容易，守住他就难了！

嫦娥的启示：在漫漫的人生道路上，会遇到很多波折，会遇到很多误解。没有误解的人生是不完整的，但是完全被误解则人生是不幸福的。我们既要坚持"清者自清，浊者自浊"的观念，但更多的时候要主动出击，化解危机，解疑释嫌，这样就能让大家理解，营造一个宽松的交际环境，找到自己美好的活法。

魅力四

佛祖大弟子一段无性婚姻

有一天，在灵山法会上，大梵天王（相当于盘古）拿了一朵金色菠萝花敬献佛祖，请佛祖为众生开设速成班，演讲获得幸福生活、登上极乐世界的捷径。

当众人伸长耳朵，着急等待我佛大开慈悲之口时，佛祖坐在那里犹如庙里的泥塑菩萨，一言不发，只是手里拿着鲜花，慢悠悠地给大众看。这些活宝呆若木鸡，不明白师父的意思。看来，今天这节课算是黄掉了，白交了学费。

这时，佛祖的大弟子迦叶尊者突然"破颜微笑"。记住，这个"破"和"微"两个字用得真妙！大家处于极为严肃的氛围，这个"破"犹如石猴出世，惊天动地！这个"微"，妙到毫端。

佛祖兴奋得差点跳下讲坛，在大弟子的脑袋上敲打三下，背着双手装着不高兴走人。其实不需要，因为佛祖的秘密电波，已与迦叶心意相通，这么快便将九阳神功传过去了。就像武侠小说一样，你遇到一位盖世高手，将手往你的脑袋一搭，打个坐一下子就将他的绝世功力传给你了，一下子，你从五年的幼儿园功力，变成了七十年的功力！

佛祖很开心！终于打开了慈悲之口："吾有正法眼藏，涅槃妙心，实相无相，微妙法门，不立文字，教外别传之旨，以心印心之法，传给摩诃迦叶。"从此，不立文字、以心传心、教外别传的中国禅宗，从此生根发芽了，大迦叶也成为中国禅宗的西方第一祖。

说到迦叶这个家伙，在《西游记》中出场的机会不多，但给人们的印象并不好。

首先，他是一个"跟屁虫"。他和阿难永远侍立在佛祖身边，佛往前走，他肯定不会向后走。其次，他是一个"装屁袋"。为什么呢？凡是众生送给佛祖的礼物，他们负责打包运送，像是一对"搬运工"。在这种环境的熏陶下，不喜欢"脑白金"就是脑痴了。第三，他是一个"屁人物"。如果你看到唐僧在灵山被刁难那个劲儿，“经不可不传，也不可白传”，会怀疑这是一个典型的“卡拉”不“OK”的专家。

不过，我怀疑吴承恩与迦叶有仇，不然怎么会将这么优秀的“佛门名将”，写成一个人见人厌的菩萨呢？

话说佛祖将花摆一摆，迦叶心领意会，接受了佛祖的衣钵，这个简单的行为，彻底改变了佛教的世界格局，这个“心灵感应”的电波，传到了中国大地，自此增加了佛教中最重要的宗派——禅宗。佛门有一句话叫“临天下，曹一角”，即中国现在的寺庙，大多是禅宗的支脉临济宗和曹洞宗的，临济宗占主导地位，其影响可想而知。

因此，禅宗便将迦叶尊奉为第一祖，到了第二十八代传人达摩时，祖师在少林寺面壁九年，让禅宗的种子在华夏大地生根发芽。达摩被奉为中土始祖，到了六祖慧能时，禅宗全面兴盛，一直影响到现在。

迦叶尊者是摩竭国人，姓婆罗门，父名饮泽，母字香志。据说，迦叶父母的财富比当地的国王还多，但家家有本难念的经：本来生了这么优秀的儿子，继承父业是理所当然的，偏偏这个儿子与金银财宝有仇，即使再多的金钱，也视如粪土。更为严重的是，儿子从小就不喜欢女人，当然也不是同性恋，这就麻烦了，哪能指望他结婚呢？好在儿子是个孝子，父母希望他结婚的心愿总是要完成的。

为了解开这个纠结，迦叶想出了一个办法，建议父母以紫金铸造一座美女像，如果有美女具有此像一样的相貌，就与她结婚。看似一个美好且不可实现的计划，被无情的事实粉碎了！世界上竟然有比这个美女像更美貌的女孩子！

在劫比罗城有一个大婆罗门，养了一个如花似玉的女儿，名叫妙贤，说她的美貌像什么？可以用“佛祖拈花”的情节来形容，只可意会！

为了配合儿子的大动作，迦叶的父亲命令下人抬着美女像游街，高声大喊，谁能供养这尊天神，有五大好处：一是生于富贵家，二是嫁于贵族家，三是不被丈夫轻，四是生育有德子，五是丈夫常随意。投资少见效快，这么好的创意吸引了千千万万的美女，都不放过瞻仰和供养美女神的机会。

妙贤的父母也劝女儿去见见世面，可惜那几点好处，对妙贤来说都是滑稽的行为。因为，妙贤的性格与一般的女孩子不同，既不想嫁人，也不希望生子，更无意求得什么如意郎君，所以不想去礼敬什么天神。世界上真的奇怪，有这样的男人，就有那样的女人！

不过，妙贤不想让父母失望，温顺的个性使她迈出家门，去礼敬那尊金像。

没想到，金像见到妙贤后，黯然失色，变成一堆废铁，等妙贤离开后，才散发出原来的光芒！

迦叶的父母获悉情况后，立即着手上门求亲。妙贤的父母知道对方是大户人家，男孩子相貌稀奇英俊，门当户对，立马答应了婚事。

再严密的“天衣”也是“有缝”的。迦叶自己设定的苛刻条件，没办法阻挡命运的安排，人世间真的有这样的美女？他决定亲自上门考察“干部”。

他化成一个乞丐，来到妙贤的家门口要饭。按照这个民族的习俗，凡是讨饭的都由这个家里的女孩子赠送饮食。迦叶终于如愿以偿，看到了比美女像更美的美女。他自言自语：“如此美貌，举世无双；虚度光华，实在可惜。”

“难道我的未婚夫去世了？”妙贤惊讶地问。“没有，他没有去世，却是一个不贪爱欲的人。”迦叶回答。“真的吗？”妙贤更加惊异，叹了一口气说：“这是稀有的事情，也是我最欣慰的事情，其实我也是一个不贪爱欲的人，因为不忍违背父母的心意，才答应了这件事。”

这么一说，两个人表明了身份，竟然有共同的语言！两人有了共同的信仰和目标，便立下誓言：“父母的慈命，我们不要违背。除了结婚时暂时握手外，以后彼此的肉体，誓不相触。”

佛祖说：“如是如是。”他们结婚后，共度十二年玉洁冰清的夫妻生活，互相鼓励，共同精进，直到迦叶父母去世，便将产业财物，全部布施给穷人，毅然出家。后来接受佛祖的教诲，进行最为刻苦的修行，即“头陀行”，其修行之苦被佛祖称赞，誉为“头陀第一”，与爱妻一同修得正果。

迦叶作为佛祖的十大弟子之首，在佛涅槃后，为了保持教法，主持了第一次佛经结集活动，为佛教的传播作出了重大贡献。他活到一百多岁时，将教法传给阿难，随之到我国云南边陲的鸡足山席地而坐，发誓愿以神通力使身体永不败坏，等到过了六十七亿七千万年，弥勒菩萨降生成佛后，再去拜见他，将如来佛的衣钵传授给弥勒佛，以便教诲众生。

据说，有人在鸡足山还可以见到迦叶呢！他真是世界上最长寿的人！

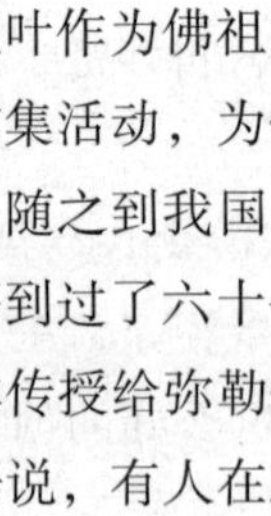

迦叶的启示：每个人在社会中，最重要的是心灵的相知，如果隔着一张肚皮，没有做到用心相待，那么人与人之间的距离，何止相隔几万里。

魅力五

猪八戒肆无忌惮抛弃发妻

说起猪八戒的情史，大家知道他在高老庄有一段正式的婚姻，有一个念念不忘的温暖的家，还有一个单相思并刻骨铭心的情人嫦娥。但是，老猪一段“草根式”的婚姻，却被遗忘了。

话说天蓬元帅被玉帝踢到凡间，一个大帅哥被组织强制“整形”，变成了猪模样。好在老猪是“猪坚强”，否则直接就一头撞死了。作为曾在天上指挥八万水军，相当于今天海军司令员的“名人”，什么时候需要自己做饭洗衣服，安排床铺？这些生活上的小事，都有勤务兵搞定。现在不同了，英雄落难比贫民落难更凄惨，人家从零开始，他从负数开始。

第一，要解决一日三餐的问题。作为一头“猪”，胃口很大，用地瓜野菜能填饱肚子吗？他不是凡间的猪，是天上派下来的猪，不吃杂粮，要吃肉类牛奶之类的，没肉吃，就去挖死人尸体吃，就像遇到了大饥荒的岁月。

第二，要解决遮风避雨的住房问题。当今当房奴很“杯具”，古代当房奴同样“杯具”。

第三，要解决生存技能问题。天上的世界，跟人间的世界一样，要生存就必须有技能。老猪在天上的技能是指挥军队，当元帅；到了人间，元帅没有了，只有管自己，即使吃肉也要去找被吃的对象啊。所以说，会当元帅的人不一定会当兵，当兵的大多当不了元帅。

第四，也是最重要的问题，老猪为什么犯错误？因为营养好、身体好，幼年专门上过大学，专业是男女“熬战之法”，到了人间，如果不继续实践，岂不憋死？因此，要找到一个“性对象”，才是老猪生存之道。

能够满足这个条件的，只有一位小女人，沦落在草根的女人，名叫卵二姐。卵二姐是谁？她的籍贯背景，还有家庭成分、本人成分呢？

根据他先生猪八戒的介绍，其福陵山云栈洞，是卵二姐的闺房。当老猪像浪子一样游荡来到这里，估计遇到了英雄救美的好事！一只大老虎之类的怪物，见到娇弱有点姿色的卵二姐，想解决性功能或温饱问题，猛然向小女孩扑去。千钧一发之际，老天给了猪八戒千古良机。天蓬元帅的能力是毋庸置疑的，三下五除二，怪物被老猪赶跑，美女得救了。

美女战战兢兢：赶走一个怪物，眼前还是怪物。但那个年代重视感恩报答，于是美女便屈尊邀请老猪去当“家长”。是否属实，无从考证。老猪“半推半就”，“勉勉强强”地去做“倒插门”家长。幸福的日子非常短暂，老天爷总是折磨憨厚老实的老猪，不到一年，卵二姐死了，老猪成了其遗产的唯一合法继承人。

这些事，篇幅不多，主要出自猪八戒的口述，真实性是很高的。

卵二姐的名字非常奇怪。从百家姓来看，没有“卵”这个姓氏。一个女孩住在洞穴里，不是原始人类，就是小妖怪。姓“卵”是不是说她是卵生的动物？既然能招人为奴，则是小妖无疑了。从老猪尚能惦记她的故事来说，对老猪应是很体贴，至少教会他懂得生存的道理，实现“人格化”了。有了人格人身，才有下一步跟随取经团的可能。从英年早丧来说，可怜的她或者是身体不行，或者是抵挡不住老猪强大的性欲，最终被折腾死了。

该死的死了，该取经的也去取经了。问题是，猪八戒一边守着这个值得怀念的“家”，一边毅然走进了新家高老庄，又上演了一次人间的爱情悲剧。猪八戒的爱情故事，都是以悲剧告终。

卵二姐的悲剧故事，实质上暗喻古代的夫妻关系问题。古人三妻四妾，非常正常。不管妻妾多少，第一次结婚的夫妻叫做结发夫妻。在农村，女孩子出嫁时，妈妈会选择一对长相不错的莎草头，作为新婚礼物拿到夫家种植，表示夫妻恩爱、白头偕老，莎草被称为“草头香”。因此，结发夫妻也叫草头夫妻。

古人到了婚配年龄，在头顶上把头发挽成一个结，叫做“结发”。结发夫妻称为典范的，是东汉初年的大官宋弘，他为人正直清廉，敢于向皇帝说真话。

有一次，汉光武帝刘秀想把姐姐湖阳公主嫁给他，就让公主躲在屏风后观听。皇帝说：“俗话说，高贵了就忘掉了交情，富有的想另娶老婆，这是不是人之常情？”宋弘说了经典的两句话：“臣闻贫贱之交不可忘，糟糠之妻不下堂。”意思是，我认为对贫贱的朋友不能忘，共患难的妻子不可抛。皇帝听后，回头对姐姐说：“完蛋，这件事办不成了。”

这里，刘秀犯了一个错误。因为你给宋弘一个问题，宋弘给你一个标准答案。这个答案成就了宋弘的美名。如果采取另外一种宋弘能够接受的方式，结果会是如何呢?

结发夫妻在那个时代，一般感情是很难持久的。为什么呢? 女人红颜易老，男人又在追花逐草，尤其是在那个时代是有条件的。例如，铁扇公主与牛魔王是结发夫妻，感情再深也敌不过玉面狐狸。人家年轻貌美啊!

跟卵二姐一样，一般的结发夫妻都是创业与共、患难与共的夫妻，说白了，不是享受型的夫妻。那个时候，“净身出户”的猪八戒一无所有，大脑中想象的是面包牛奶和遮蔽风雨的寒舍，再加上一位“异性”作伴，就是很幸福快乐的事情。这毕竟是人生的第一需求。

人的欲望是无止境的。一般说，只要脑袋不残，手脚不懒，就能使生活环境有所改变。人是一种极易见异思迁的情感动物，一旦生存的条件好了，第一想改变的就是“结发夫妻”。在那个极端的男权社会中，一切都是理所当然的。

当代出现的“二奶”、“情人”、“小三”以及“包养”等字符，既是现代人对此发扬光大的产物，也是男性满足第一需要之后，普遍最愿意改变的心理。我想，宋弘也不例外。

当奉献自己的青春，投入百分之百的感情，换来的却是那头“丑猪”的背叛时，卵二姐的心里在滴血! 唯一能够送猪八戒前往高老庄的，就是了却自己的情感，结束自己的生命。难怪，对这段情史，即使不太重义气、重情感的猪八戒，心理也是内疚的。

卵二姐的启示：和谐的家庭关系是和谐社会的基石。一位老师说过，家庭破裂的孩子受到的损害是最大的，因为直接影响到他们的健康成长，甚至是一生的心智模式。没有良好的心智模式，很难取得最后的成功，这说明了维护良好家庭关系的重要性。良好的家庭关系，结发夫妻的关系是根本。如何彼此护持，患难与共，是当代婚姻家庭中一个重大课题。

魅力六

高人为何破坏人家的婚姻

如果你是个完完整整的男人，身边有位超级美女陪你三年，你却无缘与她亲近，会不会发疯呢?《西游记》中有个倒霉的妖怪，辛辛苦苦在“淘宝网”中淘到一个“国宝”，眼睛早就发绿了，只能憋着、忍着、等着，多么痛苦啊。

他号称“赛太岁”，很有背景和来头。为什么呢?他是佛国大人物观音菩萨的坐骑，美名叫金毛犼。京城下派的领导，逢官大三级，总理衙门的小厨师，到了地方就是机关事务局的局长。

赛太岁牛在哪里?将朱紫国的皇后抢来了。但是抢来了一个“花瓶”，只能看，不能碰，一碰手就痛。因为，皇后身上长了肉眼看不见的“刺”。如此，赛太岁只能苦笑摇头，自称“没福”，不是没口舌之福，是没有“性福”。

原来，这身“肉刺”是一位仙人的杰作。他经过这里时，看到妖怪作孽，便脱下自己身上披的“棕衣”，变成美轮美奂的霓裳彩衣。皇后穿上后，浑身就像长了刺一样，别人摸不得，自摸则无事，保住了清白，诚为救苦救难的好仙人也!

这位仙人，便是著名的道士张紫阳。“棕衣苫（音山）体放云烟，足踏芒鞋罕见”，初看张真人的打扮，就是古代的行脚僧、云游的老道士形象。

“青箬笠，绿蓑衣，斜风细雨不须归”，好似一幅风景画。张真人的穿着，重要的是那棕衣。以前没有人造纤维，出门遮风避雨，除了折伞外，农民更多地使用“蓑衣”，即用草或棕毛织成“雨衣”，身上披着，下面穿着，头上戴着斗笠，就可走遍大江南北。如果家里穷得叮当响，大姑娘还穿着棕衣遮羞呢。

穿着棕衣的张真人，一看就是行脚天下的，经历风风雨雨，只有一股求道的决心。不过，说起来也有趣，张真人是宋朝人，取经故事发生在唐朝，作为神仙，反正都有移山缩地之术，时光变化之道，一切也就正常了。

史实上的张紫阳，名头很响，却没有这么潇洒。

他的名字叫张伯端，字平叔，号紫阳山人，浙江天台人，今属临海市。生于宋太宗雍熙元年（公元 984 年），于宋神宗元丰五年羽化登仙。从小喜欢释儒道三家经书，精通刑法、书算、医术等杂学。虽然才华横溢，但是缺乏应试教育的技巧，参加了几次“高考”，没有考上大学，当不了大官。

后来，为了解决“肠胃”问题，只得放下读书人的臭架子，屈就台州府打“临时工”，当个刀笔吏之类的，类似宋江的“押司”，机构编制名册中找不到名字和位置的。光阴荏苒，一眨眼过了四十年。张老兄从风华正茂的青年，变成年过花甲的老夫子。

张老兄有个不良嗜好，就是喜欢吃鱼，每餐吃饭如果没鱼，真的会食不甘味。

有一次，有人给他送来一条鱼，有位同事想跟他开玩笑，就将鱼藏在了房梁上。没见到鱼，吃不到鱼，急得老张上蹿下跳，找来婢女痛骂，甚至拿棍子抽了几下，好像是被她偷吃了一样。女孩子性格刚烈，想不开上吊死了。

过了一段时间，烂鱼从梁上掉了下来，就如“当头棒喝”，彻底把张伯端震醒了！从这件事中，他深深自责，反省自己几十年来的各种荒唐，更加感受到衙门的黑暗和无助。他觉得塞满箱子的各式案卷，类似这条鱼一样的冤孽不知有多少，于是，拿起笔来，写下了一首诗：

刀笔随身四十年，是是非非万万千。一家温饱千家怨，半世功名百世愆。

紫绶金章今已矣，芒鞋竹杖任悠然。有人问我蓬莱路，云在青山月在天。

写完后，万般自责的张伯端，在极度懊恼之下，把那些案卷全都烧掉了。这可不得了，严重触犯了大宋刑律，张伯端被追究刑事责任，发配岭南充军。

六十多岁的老者，在晚年遭遇此劫难，应是九死一生，“好收吾骨瘴江边”！

好在运气不错，由于年纪较大等原因，张伯端服刑不久便获释了。张伯端没有回乡，而是在岭南一带开始了云游生活，行走到了桂州即桂林时，遇到了好老乡——当朝龙图阁大学士陆诜（音深）正在此处镇守。陆学士既欣赏他的才学，也同情其遭遇，让他做幕僚跟随自己。

有了稳定的生活，张伯端公务之余，求仙访道，研读丹书。后来，随着陆诜的迁任，先后到了陕西延安、甘肃天水等地。宋神宗熙宁二年（公元 1069 年），陆诜任四川节度使，镇守成都。

同样，公务之余，他四处出击，访仙问道。精诚所至，金石为开，就在刚到成都这一年，他游青城山归来，天色已晚，在郊外天回寺留宿。正是这一晚，他遇到了超级神仙刘海蟾显圣，向他传授了金丹大道。一夜之间，张伯端完成了从

“假人”向“真人”的飞跃。从此，张伯端改名张用成，号“紫阳”。

你知道吗，张伯端得道时几岁了？答案是：八十六岁！

我们常说，“黑发不知勤学早，白首方悔读书迟。”其实，只要你用功，到了八十岁悟道，跟十八岁悟道的结果是一样的。

张伯端悟道后，遇到一位也是悟道的和尚，两人非常投缘。张紫阳问他：“禅师，今天我们能一起远游吗？”禅师说：“好啊，我正有此意。”于是，两人相约到扬州观花会，看美丽的琼花。

两人一起进入静室，相对瞑目静坐，此时灵魂出窍，阳神到了扬州。张紫阳说：“今天我们既然到了，齐天大圣到此一游，不如折一朵花回去？”禅师说好，各折一枝花回来。两人回神后一看，张紫阳手中有花，和尚则是孙悟空，两手空空。

这是什么问题？道理很深奥。是真是假？只能由有心人去研究了。反正说，张紫阳的道术高一点。

到了成都第二年，陆诜病故，张紫阳又开始“芒鞋竹杖任悠然”的云游生活。

在此过程中，张紫阳写成了道教史上的重要著作《悟真篇》，并以其为理论经典，形成了一个庞大的宗派——金丹南宗，又称紫阳派，与全真道并列为金丹南北宗。《悟真篇》与东汉炼丹家魏伯阳的著作《周易参同契》并列，被誉为道家丹道派的基本经典。

张紫阳的启示：求道的人，都有一种一往无前、百折不挠的勇气和精神，即使遇到重大挫折也不会丝毫退缩。专注于一件事，集毕生精力于一件事，且身体力行，你就会像张紫阳一样，得到上天的垂顾，在某一领域中成就个人的“金丹大道”。道是要流通的，以人为本的，悲天悯世的情怀必不可少，见义勇为必不可少。

魅力七

玉帝如何严厉打击性犯罪

神仙世界，也有人间的烦恼。有的人想当大官，如孙悟空；有的人要“性福”，如猪八戒。他们在天上“为非作歹”时，玉帝都想到一个人，他是谁呢？

他是“小小猫”的纠察灵官。孙悟空大闹蟠桃会，玉帝吓得胡须脱落：“这厮假传旨意，赚哄贤卿，快着纠察灵官缉访这厮踪迹！”不一会，灵官回来汇报工作：“搅乱天宫者，乃齐天大圣也。”不仅如此，还将孙悟空的陈芝麻烂谷子“劣迹”，通通揭发出来。

猪八戒调戏嫦娥妹子，“纠察灵官奏玉皇”，广寒宫立即被围了个水泄不通。此时老猪“酒在心头还不怯”，正是酒壮英雄胆！猪八戒像醉猫一样醉驾，醒来才知道问题的严重性，“押赴灵霄见玉皇，依律问成该处决”。

玉帝就是利用严刑峻法，来维护天上的统治的。当然，“老官儿”也从善如流，如果有人说说情，死罪可免，活罪难饶。天蓬元帅最悲惨的，是被彻底“整形”，变成猪模样，这是对天上“性犯罪”最严厉的惩罚。

放在今天，如果对性犯罪者不判处有期徒刑，而是将男人的脸蛋变成女人的，或女人的脸蛋变成男人的，肯定会产生极佳的震慑力！

纠察灵官，顾名思义，纠察是检查督办，灵官说明是天上的护法神，即天上负责纠察督办的护法神。天上有五百灵官，最厉害的叫王灵官。

纠察制度，古今都有。我们看到的，如军队纠察队，主要是检查军人的军纪军风；警察纠察队亦然。南昌起义前夕，起义部队成立了一支三千多人的工人纠察队，名义是对工人的纪律实行监督，实际上是一支准军事力量。

从中可以看出，负责纠察的人员或官员，主要是对系统内部进行监察，重点是其工作人员的守纪情况。

天上设立纠察灵官，可以看出玉帝制定的一整套天上司法监察制度。

首先，纠察灵官绝对向最高首长负责。也就是说，首长挥手我干活，首长说啥我干啥。有人说纠察灵官占着茅坑不拉屎，孙悟空在天上干了那么多坏事，玉帝主席没有发话之前，灵官同志装着糊涂，只是暗中做好“记账员”而已。因为除了孙悟空、猪八戒外，天上犯错误没被发现或清算的有很多，如私自下凡的奎木狼、玉女等，他们犯的错误都是大大的。

其次，蒙上眼睛抓小放大。据说，纠察灵官也是“火眼金睛”的家伙，这个眼睛跟孙悟空有点差别。孙悟空的火眼金睛是看妖怪，纠察灵官的是看那些对首长当面一套、背后一套的家伙，难怪工作业绩一般，却赢得玉帝主席的高度信任。

再次，执法金鞭打谁有讲究。此君知道谁有一肚子坏水，手握执法金鞭，专治天上、人间违法乱纪之人，有不顺天意作恶者，雷厉风行立即正法。我们确信他的职责很神圣，但就像孙悟空痛骂雷公叔叔一样，你这个正义之雷，究竟劈死了多少贪官污吏、黑恶势力？同样，纠察灵官又干了多少让平民百姓高兴看到的事情？可能是玉帝主席说谁有问题，执法金鞭就打谁，至于是不是有问题，并不重要。

从纠察灵官担负的神圣职责来看，他相当于今天国家监察部的领导，属于纪检系列的。重视纪律监察，无论是古代的封建王朝，还是现在的国家，都是一样的。

我国古代监察制度，起源很早，有史可查的追溯到春秋战国，到了明清时期已相当成熟。

以明朝为例，朱元璋建立明王朝后，总结历朝国家治理经验，在废除丞相制的基础上，由皇帝直接管理六部，在加强中央集权的同时，使监察制度更加严密和完善。

朱元璋对最高监察机构御史台不太信任，因为权力过于集中，容易危害皇权，便解散了御史台，设立了都察院；为加强对六部的监察，创新性地设立了六科给事中制度。

都察院设监察御史八人，为正七品。七品芝麻官不大，但职权却很给力。它是都察院直接行使监察权力的官员，地位特殊，总理的秘书逢官大三级，既归都察院管辖，也可独立行使职权，相当于美国的独立检察官。就像纠察灵官一样，他的职务虽不大，但是“通天”的人物，你有个屁事，他可以直接向玉帝汇报。

监察御史外出公干时，就是钦差大臣，“代天子巡狩”天下，“大事奏裁，小事立断”。

什么叫大事，什么叫小事？这不得看御史大人的心情？尤其是他有“尚方宝剑”，先斩后奏，你的脑袋落地了，鬼魂去向皇帝申诉吧。因此，这些人是千万得罪不得的人物。加上明代文人有一股穷酸气，认死理，遇到问题有一往无前探究到底的勇气，很多以敢于得罪权贵甚至是皇帝为荣。如果你作为官员遇到这些“超级无赖”鸡蛋里挑骨头，肯定是极为“头疼+倒霉”的事情。

综上所述，纠察灵官的职位相当于明朝的监察御史，有共同的职责和使命：一是纠劾百官，肃正纲纪。明代法律很明确，凡是大臣奸邪、小人结党，或作威作福祸乱朝政的，“劾”！凡是百官贪赃枉法者，“劾”！凡是学术不正，奏陈空谈一无是处者，“劾”！二是参与审理案件，辨明冤狱。明朝的重要案件，都是三司会审，如果出现不公正的问题，都察院可以弹劾。三是考核百官。四是巡视、监督各地等。

可见，官不大而力不小，位不高而气很盛。越是这样的职位，风险也越大，出问题的几率也大。

降低风险的概率，就是死心塌地当好老板的奴才。老板的眼色往东，则往东不往西。老板的指示是宪法，老板的意志是法律。无论天上还是人间，结果是一样的，干得好不如跑得好，跑得好不如吹得好，吹得好不如送得好，送得好不如献得好。

虽然如此，依然要遵循做人做事的准则，忠实履行自己的职责。这就是纠察灵官等的为官之道。

纠察灵官的启示：官场的纠察，或其他方面的纠察，是保证系统内部良性运行的一种自我完善措施，正如改革开放一样，是社会主义制度的自我完善。每个人的内心世界也需要纠察，需要完善。我们每天产生耗费自己大量精力的杂念，要时时通过自我纠察的手段，将杂念进行“弹劾”，自己将其“炒鱿鱼”，这样自身的气质将更完美。

魅力八

天上第一夫人的幕后情人

玉皇大帝最近很烦。

自己“被和谐”的一个家庭，有王母娘娘这样精明能干的贤内助，又有如花似玉的七个宝贝女儿，虽然生男生女都一样，还是觉得少了一个“哪吒三太子”。玉帝很快乐了，还烦什么呢？

社会上尤其是网络上在炒作，玉帝好像被“戴绿帽”。据传闻，敢于将“绿帽子”扣到天上人间“一把手”头上的，叫做东王公。这么大胆，有何来头？

在《西游记》中，此君出现过一次。话说孙悟空惹了祸，将镇元子的人参果树断了根，又没本事弄活，只能跑去拉关系，找人帮忙。第一个找了福禄寿三星，他们会使人长生不老，却不会让树长生不老，说白了自己能否长生不老都是个问题。此路不通，老孙一个筋斗云，来到了一个地方。

这里叫方丈仙山。据《史记》等典籍记载，东海上有三座仙山，叫蓬莱、方丈和瀛洲，蓬莱住着福禄寿三星，方丈仙山住着一位让孙悟空极为尊敬的人物：“圣号东华大帝君，烟霞第一神仙眷。”

孙悟空见到玉帝，最多“唱个喏”，即“老官儿，你好啊，哈哈”。见到这位客人，叫声：“帝君，起手了。”起什么手，大概是“这厢有礼了”，弄得帝君手忙脚乱：“大圣，失迎。请荒居奉茶。”为什么脚乱呢？因为猴子对他的礼仪超过了玉帝，玉帝知道了，会怎么想？

获悉老孙来意，帝君狠狠批评一通：“你这猴子，不管一二，到处里闯祸。”有几个神仙敢这么大胆教训老孙，连直管领导观音也是边哄边压，这说明帝君的地位不一般。帝君很谦虚，知道该做什么和不该做什么，推辞说我没这个能力，果树“如何可治？无方，无方！”弄得老孙灰头土脸。

东华帝君也叫东王公，与西王母一起被奉为道教尊神。东王公位于东方属木，叫“木公”；西王母于西方属金，叫金母。“道教尊神”是道教供奉的最高首长，如三清之类的。从这个名字中看出，东王公对西王母，更像个对联，也称为对子。既然是结对子，那就是夫妻关系了。这样一来，玉帝往哪里摆呢？

有时候，人类的想象力丰富，也很简单，简单就是好嘛。

现实基本如此。西王母的职责是领导所有的女仙，东王公理所当然领导男仙了。这样关系更加紧密，民间人士当起了神仙老大的红娘，用红线将两位神仙大腕绑在一起，有情“神仙”终成眷属，西王母成为东华帝君即东王公的太太。

两位神仙眷属把控着神仙的“入编”部门，类似当今的机构编制委员会。凡是希望成为神仙的，必须先拜木公东华帝君，经过考察合格后，再拜上金母，领到“入编通知书”后，才具备了升上九天的资格，才能入得了三清殿，拜上太上老君、元始天尊。

东华帝君不仅把握着重要的编制部门，还有一项极为重要的职权，就是把握着神仙官员职务晋升、职称评定的命脉。道教神仙体系中，将神仙分为几个等级，最高档的叫九天真皇，第二档叫三天真皇，第三档叫太上真人，以此类推，分别叫飞天真人、灵仙、灵人、飞仙，最低档的叫仙人。所以说，不了解这个神仙等级，以为成为仙人就很了不起，说“一人得道，鸡犬升天”，是很肤浅的。

由此可见，东华帝君的地位非同凡响，连老孙也要礼敬三分。这恰恰说明，官大不如权大，权大不如地头蛇的普遍真理。

东华帝君这么牛，在今人看来，肯定有着强大的背景，没有“四大名爹”做后盾谁也不信。我也不信。因此想办法找找，真的发现了秘密。

晋人著名的道士葛洪写了本《枕边书》，顾名思义，枕边的书，就是消遣怡情、给太太讲笑话的天方夜谭，当不得真。里面忽悠说，东王公是元始天尊和太元圣母的孩子，如果是真的，那他就是典型的“富二代”、“官二代”。

元始天尊是谁？道教的最高首长，三清排名第一，太上老君才排名第三，你就知道这个分量了。

不过，在道教的传播过程中，这些很玄很闲的故事，恐怕连老百姓也不相信。如果大家不相信，没有群众基础，这个“道”就会变成空中楼阁，没法传下去，也就没法混下去了。

因此，道教尊神中，很多都有出处，甚至是以响当当的历史人物为原型，这就增加了可信度和文化内涵，增加了道教的凝聚力和吸引力。

东王公或东华帝君就有一个历史人物的原型，传说是道教少阳派的创立人王玄甫，在道经中被称为“少阳帝君”。

更玄乎的是还有一说：王玄甫是道教八仙中的铁拐李。说起老李，民间的知名度就高了。

王玄甫是道教北五祖的第一祖，得上了无上大道后号称东华帝君，隐居在昆仑山修炼。他遇到一位大仙人叫白云上真，学习了成仙的无极大道，经过艰苦的修炼，终于得道成仙，玉帝便封他为东华帝君。

从中看出，东华帝君首先是人，再由人转化为神。尤其是唐代以后，被赋予了掌握神仙入编晋升、职称评定等权力，地位便非常显赫。

从东华帝君的演变历程之中，可以发现渗透着很多国人的传统价值观。

男尊女卑的思想。西王母高高在上，虽然能力很强，也很温柔美貌，但她是个女人，怎么能领导我们这些男性仙人呢？说不通！于是，强制性地将他嫁给东王公，成为名人背后的女人，后来转嫁给了玉帝，哪有自己的自主权！这就是古代女性命运的真实写照。

平衡协调的思想。有了金就有对应的木，有了东王公就有西王母，有了男人就有女人，东对西，红对黑，等等。这个理念影响了历史几千年，充分体现在文化、艺术、医药等众多的领域中。

利益至上的思想。这可麻烦了，因为东王公掌握着人类和神仙的祸福，所以得到了人们的尊重。如果没有这些东西，谁还会给他烧香呢？这个社会如果只讲利益，不谈道德，不显风格，很快就会走向没落，这是很可怕的。

神仙是人的思想。求人不如求己，只有自己重用自己，才能创造生命的奇迹。不是神仙帮你，而是你在帮神仙，一旦机缘成熟，你就是神仙了。

东华帝君的启示：一个人，能否让人们记住你的名字，关键是看你能否有所作为。无论是“官二代”还是“富二代”，道理都是一样的。如果你拥有很大的权力，而却能像东华帝君一样，做人做事低调，不滥出风头，积少成多，这样你离神仙也就不远了。

真经五　生活工作的进步艺术

艺术一　拍案惊奇最善于拍马屁的人

艺术二　最擅长忽悠术演戏功的高人

艺术三　孙悟空让人震撼的外交手段

艺术四　谁是第一个“戴绿帽”的人

艺术五　比阎王爷更牛气的“医托”

艺术六　最佳女领导为何喜欢男秘书

艺术七　最富有价值的“双面间谍”

艺术八　唐三藏装着糊涂不敢碰美女

艺术一

拍案惊奇最善于拍马屁的人

唐僧很忙。几个徒弟要晋升，需要师父给出工作鉴定。

这一次，干部组重点考察猪八戒先生，据说要晋升他为净坛使者。作为日夜相处的直管领导，唐僧的考察谈话具有盖棺定论的功效。

对宝贝徒弟，唐僧回首往事，感慨万千。西行路上的一幕幕像电视连续剧一样，在他的头脑中播放出来，精彩场面不亚于亲身经历，让考察组成员非常感动。

唐僧说，悟空老想知道一个答案：为什么我那么能干，师父却老跟我过不去；猪小弟浑浑噩噩过日子，师父却“怜香惜玉”，厚爱有加？师父肯定偏心！

悟空的想法没有错，我承认对八戒有些偏心。为什么呢？

八戒跟我去取经，代价比谁都大！他原来有一个温馨的家，虽然老丈人不喜欢，但两口子感情还没有破裂啊。一个有家当的人，要抛家离妻，跟我们做和尚的干活，说实在的，换成是我，能否转换心态都很难说，别说八戒了。他思想上有些波动，有些起伏，都很正常。作为领导，能不多关心、多爱护吗？

八戒跟我最贴心，我想要的他能尽力去办，虽然经常开空头支票。问题应这样看：能力有大小，化斋的问题，对悟空来说是小菜一碟，对八戒来说，就有点难度。不过八戒尽力克服自身缺点，后来化斋的事情不也做得挺好嘛！有培养前途。作为领导，我的看法是，能力是第二位的，贴心是第一位的。悟空什么都好，就是不贴心，有反骨。

八戒是个老实人，不会那些做歪歪扭扭的事情，这样的部下放心。人家说八戒很多缺点，缺点多意味着是个实在人！有些人在领导面前装孙子，背着领导当老子。八戒绝对不会这样。他即使编个石头山石头洞之类的笑话蒙你，也是出于对领导的爱心，让老板开心一刻解解闷。

八戒有点人脉关系，不会藏藏掖掖的，能跟领导分享。自我从首长身边下放后，那边的情况一头黑，首长是否对我满意？是否有人说我的坏话？是否有人想取代我？说实在的，整个西行路上我一点底都没有。悟空有人脉，尤其是首长身边的人，个个都是铁哥们儿，可他什么时候跟我分享过情报？那些所谓的灾难困难，他哪里不知道？天天跟我装孙子，天天吵着要立功、要授奖。八戒不一样，资源不多，却能跟我共享，特别是他介绍乌巢禅师跟我认识，解决了我很多思想认识问题，真的感谢八戒！悟空还不高兴呢！

八戒生活经验丰富，幽默诙谐，天生是个乐观派。他学历虽然不高，但阅历丰富，什么都懂。我骑马踩在冰上，他赶紧找来稻草绑住马蹄防滑；我要过冰盖住的通天河，他让我将锡杖横在马上，如果掉下去还能应急救人；悟空被红孩儿的烟火险些呛死，是他使用急救技术，让师兄转危为安。每天，他无论是说话还是举止，非常诙谐幽默，让我在苦苦闷闷的历程中，找到了生命的一丝亮色。

八戒能力很强，关键时刻挑大梁，是个理想的 B 角。悟空出事或不在身边，他挺身而出，成为悟空第二，当然的 B 角。有了他，我对前途的信心更足了。可以这样定位：悟空属于提防的对象，八戒属于重用的对象，沙僧属于培养的对象。

唐僧讲了这么多，最后跟考察组成员说，我对八戒的具体情况做个归纳，你们也好写考察材料。

第一，他是有缺点的人，有缺点的人好办，怕的是没有缺点的人。八戒有点小家子气，见到什么喜欢什么，原因是当过“家长”，知道柴米贵。见到一件背心，就想带回家，哪怕穿一会儿也行。有缺点的部下好带，像悟空几乎没有缺点，没缺点的部下，分分钟可以革你的命。

第二，他是有担当的人，该出手时决不含糊。我们在路上遇到很多困难，最麻烦的是“色情关”，我也是食人间烟火的，但是我知道肩负的使命，有时候不装糊涂还不行。八戒这点好，拿得起放得下，既能脱光身子跟美女鸳鸯戏水，也能玩够了该杀就杀，不留后患。有一次我看见蜘蛛精妹妹魔幻洁白的胴体，差点被竞争对手抓住辫子。如果不是八戒下手狠，转移了监察灵官的视线，就那一次我可能就身败名裂了。

第三，他是有肚量的人，从不计较个人得失。大家知道，取经的荣誉属于集体，我和悟空虽然出的力多一点，但升职的时候，应该排排坐才行。八戒好歹也应该弄个“副斗战胜佛”的职位，他没有，发一句牢骚便不过问，随遇而安，从不给领导添麻烦。他能进能退，能屈能伸，大肚能容。悟空经常捉弄他，他不记在心上；任命他顶替悟空的职位，他感觉自己能力有限，主动让贤，没有闹意见，或占着茅坑不拉屎。

第四，他是有智慧的人，表面憨厚内心不糊涂。最典型的是我落难时，被妖怪变成了“老虎”，八戒此时与悟空闹意见，他顾全大局，亲自跑到花果山，邀请师兄出来主持工作。师兄屡次刁难，他不计个人得失，用智慧将师兄请出来，才使我渡过一次空前的人生危机。

第五，他是有心计的人，关键时刻敢于为领导“挡子弹”。这是我对他最大的认同。刚刚下派基层工作时，我人生地不熟，一头雾水，战战兢兢，生怕给取经工作带来矛盾和困难。可恨的是，悟空有经验、有魄力，却不真心帮助我，处处设陷阱看我的笑话。那次观音首长设下“四圣试禅心”的棋局，还不是考验我的取经意志？我还不知道吗？装糊涂罢了。幸亏八戒顶替我，面对上级的考验毫不畏惧，敢于跳下“火坑”，让自己的领导不至于身败名裂——给我挡了一颗最致命的“子弹”！这样的部下，不是好部下？危难时候站得出来，关键时候豁得出去！

当然，八戒的缺点也很明显，刚才我说过了，伟大的人物之所以伟大，就是因为他有缺点，八戒也不例外。这些缺点不妨碍他成为伟大的人物。

猪八戒的启示：在工作生活中，处理好与领导和同事的关系非常重要。工作再苦再累，没有领导的认可是白搭。这一点，可以学习猪八戒的经验，平时处理好同事之间的关系，关键时候能够为领导“挡子弹”，有了这些经历，工作一定是开心愉快、顺风顺水的。

艺术二

最擅长忽悠术演戏功的高人

当你看到天亮前后，东方有时会出现一颗耀眼的星星时，可会想到，这颗“启明星”是《西游记》中最引人注目的星星！

他叫太白金星。如果说，须菩提是孙悟空的授业恩师的话，太白金星则是指引这只猴子“向前进”的伯乐，是孙悟空生命中的“启明星”！

金星人缘很好，天上地下的各路武林高手，见到他都无不服服帖帖。天上最牛的玉帝，只要金星提出合理的意见，都是一句话：“依卿所奏。”第一牛叉的孙大圣，见到老人家客客气气。金星究竟有什么特殊的本领呢？

首先是他的“忽悠术”。什么叫“忽悠”？就是凭着一张嘴皮，让你自觉掏出腰包高价买单还要对他心存感激的技术。金星就有这个超级牛气的本事。

当面一套，背后一套，是金星“忽悠术”的绝招。他毛遂自荐，只身来到花果山招安。历史上当招安的“钦差大臣”，有时候是苦差事，如水浒中的宿太尉奉命到梁山泊招安，战战兢兢，如履薄冰。某些钦差趾高气扬，结局并不好。

金星深谙此道，对心高气傲的孙猴子毕恭毕敬，左一声“大王”，右一声“大圣”，反正形式不重要，重要的是将孙猴子“忽悠”上天再说。来到玉帝面前，马上改口：“老板啊，我将‘妖仙’给你忽悠来了。”

因人而异，随机应变，更是“忽悠术”绝招中的绝招。获悉孙猴子自封齐天大圣，玉帝气得七窍冒烟：岂有此理，竟敢和老子“平起平坐”？金星说：“老板，没事的，没有编制的职务，说他高就高，说他狗屁不值就狗屁不值！只要有官无禄，什么大圣小圣，都算不得职务。”玉帝开心了，随手炮制出齐天大圣的“大官”假象。

其次，金星的“马屁功”纵横天上，无人能敌。

“拍马屁”谁都明白，一般是部下擦老板的皮鞋。皮鞋貌似容易擦，其实在职场中，能擦好皮鞋的，真的不多。

老龙王和阎罗王，一对难兄难弟，相约来到大老板处诉苦，一只超级捣蛋的猴子将海里地上闹得鸡犬不宁，老板，你看怎么办？

玉帝本着无为而治的祖宗遗训，轻易不会动起刀兵。想不动吧，没法向部下交代；动吧，冲冲杀杀不是好事。好在金星善解老板意图，便说："您是有德有仁的君王，'可念生化之慈恩'，降一道圣旨招安不就行了吗？"

一句话说到老板的心坎上！

"马屁功"的核心，是时时处处为老板着想！从一开始到取经结束，金星是玉帝最信赖的人，一路暗中伴随着取经团队呢！

假如评选谁是最会"演戏功"的，第一名肯定是金星！他的"演戏功"堪称西游第一绝！

在狮驼国，金星给取经团报信，说前面有几个妖怪很牛。当化身为老爷爷的金星见到"相貌丑陋"的孙大圣时，"吓得面容失色，腿脚酸麻站不稳，扑的一跌；爬起来，又一个蹿踵"，"那老儿战战兢兢，口不能言，又推耳聋，一句不应"，好像是真的一样。

见到更丑陋的猪八戒时，"方拄着杖挣得起来，战战兢兢的要走，忽见八戒，愈觉惊怕道：'爷爷呀！今夜做的什么恶梦，遇着这伙恶人！'"

简直是超级的表演艺术家！

如果你认为，这老儿是非常圆滑的神仙，其实并非如此。金星的一切行动，都是服务于取经事业的。

没有金星的"忽悠"，孙悟空当不上"弼马温"和"齐天大圣"；没有他的"马屁"，玉帝哪会认识孙猴子？哪会救得犯了色戒将被杀头的天蓬元帅？没有他的"表演"，托塔李天王与孙大圣不会冰释前嫌，化解了唐僧进入"无底洞"的危机！

透过这些表面的现象，可以看出金星作为取经团队的"启明星"的本来面目！

缺乏智慧的孙悟空，有了这颗"启明星"，得以纳入神仙编制，才有了成就大业的机会；唐三藏有了这颗"启明星"，战胜了取经途中的第一难，没有成为老虎叔叔的早餐；天蓬元帅有了这颗"启明星"，才有了变成猪八戒的机会，混进了取经队伍。

每当取经事业进入新阶段时，金星总忘不了为他们"指路"，"指明了前进的方向"。孙悟空在黄风岭被老鼠精吹瞎了眼睛，没有金星的帮助，眼睛哪会重见

“光明”？这个“启明”多么重要？有了“长庚传报魔头狠”，才有了“行者施为变化能”。

有的人觉得奇怪，天上的金星，怎么会跟取经团队沾上边，好像是“一伙”的呢？

很多人也奇怪，孙悟空第一任授业恩师须菩提为什么见首不见尾，忽悠一下孙猴子后，就去向全无？

我倒觉得，须菩提老师自始至终并没有离开过孙猴子，类似禅宗的老师，教你之后，始终会关注这个弟子的成长，只不过没有让你知道或者不太感觉在身边而已。

从这个角度来说，金星就是须菩提！

因为，无论他们为孙悟空做了多少贡献，都是“功成而弗居”，就像“启明星”一样，为你默默奉献，但你并不觉得它存在于你的身边！

这一点，跟现实的太白金星是一致的！

太白金星是“二合一”的名字，太白星即金星，早晨出现在东方，叫启明星；黄昏出现于西方，叫长庚星，实质上都是金星。在道教的神仙系统中，除了“三清”和玉帝、王母外，知名度最高的就是老太白。在民间影响大，得益于金星忠厚善良的品格，和他甘当伯乐、俯首做人桥的师长胸怀！

至于孙悟空老喊他“李长庚”，为何姓李？估计跟唐代诗人李白有关。传说中，李白的母亲梦见太白金星入怀，生下这个“仙人”般的儿子，取名李白，字太白，号“诗仙”，从他的为人处世，吟诗饮酒等方面来看，不愧“诗仙”之名。在明清小说中，那些酸文人干脆给长庚星取个姓，就姓“李”吧，确实也应该姓李！受之无愧！

金星得到读者的喜爱，还有一点是“出淤泥而不染”。神仙系统乌烟瘴气，很多大腕不太干净，有些“司机秘书”、“亲戚朋友”趁着唐僧取经的机会，纷纷下界捞一把。这一点，老金星洁身自好，没有一点糊涂。这就是过硬的本领，想学学不来！

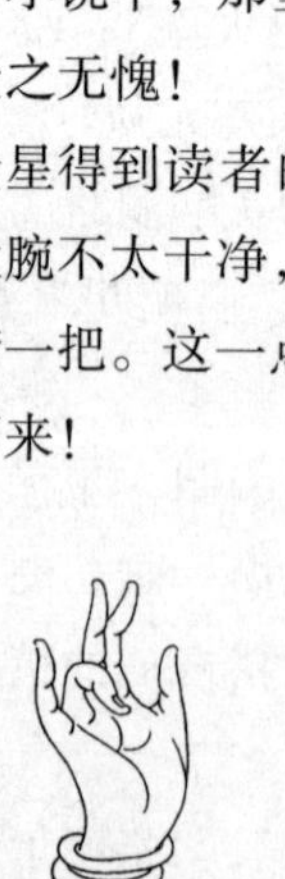

太白金星的启示：善良的本性，始终是成功的第一秘诀；俯首做人桥，就能育出满山芬芳的桃李；你有多少的付出，就会有多少的收获，人们永远记住为民服务的人，哪怕是神仙！

艺术三

孙悟空让人震撼的外交手段

大师兄真了不起！沙僧经常这么想。

跟随大师兄走过了风风雨雨，挣得金身罗汉果。瞅得有点空，总想给大师兄写点什么，作为纪念。老沙最佩服的是，大师兄除了超级聪明外，怎么还有那么好的外交手段？如果学到一点，我肯定也能成佛。

大师兄是谁？齐天大圣孙悟空也。他的父母是谁？第一任师父是谁？这些，在一起共事的岁月中，他一直跟我玩深沉。那我猜测，他肯定有背景，有大后台，要不然，一只屁股两片红的石猴子，就能反上天宫？

即使到了公元21世纪，那么开明的时代，那么民主的时代，像石头出身这般毫无背景的人，凭借自己的实力，就能得到大师兄的位置的，绝对没有！如果说有，打死我老沙也不相信！

我最佩服的，是他抬高自己的策略。

大师兄常常得意地跟我说："小弟，我在花果山时，为什么能一'跳'成名？"我故意逗他："还不是跟某美女一样，一'脱'成名？"

大师兄哈哈大笑："你这昏人，只懂得放马，我还需要脱吗？本来我就没穿底裤啊。"

他告诉我，道理很简单，水帘洞那个破洞，他早就知道了。为了实现目的，他收买了马流二元帅、崩芭二将军几个马仔，然后引诱那些蠢猴，让他钻进了水帘洞，当上了美猴王。当然，几个马仔从不起眼的小猴，变成了元帅和将军，名垂青史，跟这样的领导干活，值得！

我很羡慕，恨自己为什么遇不到这个机会。

大师兄抬高自己，最牛的是对玉帝的藐视态度。我的心理素质不过关，一见到高层领导，总是战战兢兢，越怕越见鬼，我的大手竟拿不住一个杯子，掉到地上惊动了首长，以为有刺客，我的前途、我的未来统统摔没了。

大师兄就有见高层领导的气质，最牛的是他的装疯卖傻。见到玉帝，装着糊涂不拜。玉帝乐了，因为他从来只见人家下跪的，今天突然见到个没膝盖的，腿部不会弯，不会下跪，差点乐出声来。记得洋人见乾隆爷时，也是这样子。看来，他们学习了大师兄的先进经验。

自此之后，大老板有了好奇心，总是喜欢见大师兄。他想弄明白，这贼猴究竟有没有膝盖？

贼猴顺水推舟，更加肆无忌惮，没大没小，口称首长为“老官儿”。

首长更开心了，天天听人家叫陛下，今天享受了新花样，“老官儿”是高级尊称啊。一直以来，总想让别人这样叫，搞个改革创新，终于让贼猴叫出来。据说，首长兴奋了几天几夜，因年终总结有素材了。

你想，连最高首长他都这样干，见到别人，能享受他叫个“老官儿”，都是无上的光荣！

我最羡慕的，是他高攀别人的技巧。

在花果山，大师兄自封为王，那是什么级别？不过是谁也不当一盘菜的“官”。

自从他外出留学归来以后，一切发生了翻天覆地的变化。他跑到最牛的东海龙宫要兵器，自称是老龙王的“紧邻”，是“天生圣人”，连见多识广的老龙王也被唬得将他请为座上宾，不仅贡献了兵器、盔甲，还不敢动他一根毫毛。几兄弟联名上奏玉帝，倒像是给大师兄打免费广告。一下子，天上最高首长知道了下界有一个很厉害的“猴”。这比自己上央视做广告还有效！

他本来是佛国最高领导如来和观音的对手，不知使了什么法术，变成了普天下最信仰的人士的“弟子”？

从此之后，他逢人就说：“我这辈子只拜三个人，如来、观音和唐僧。”

如来、观音偷着乐。为什么？贼猴给他们做了超级的免费广告。原来“蜗居”在灵山，担心编造的经文卖不出去，需要自己投资找出版社，没想到此猴这么一宣传，引起了轰动效应，天上地下都知道我佛有宝贝，先到先得，后到不得。

玉帝一直在做“猴子究竟有没有膝盖骨的研究”，不太重视这些世俗的工作，无意中促成了妖猴广告的推广效应。大师兄就是牛！

我最费解的，是他隐瞒师门的伪术。

据花果山狗仔队绝密消息，大师兄曾经漂洋过海做学问，奇怪的是，他从来不提及自己的恩师是谁，好像是跟师父签过保密协议，不得说出师学渊源。

这更令我费解了，当今能傍上大名人，谁都巴不得。反正师父又不在眼前，保密有个屁用？如果是我，肯定说，如来是我的大学老师，观音是我的中学老师。某些同志说话时，还喜欢说："我的恩师谁谁呢！"

后来我总算明白了，这是跟大师兄时间长了，悟性有长进的收获。原来，这是炒作的实际需要：反正我的水平很高，说是如来你不相信，说成须菩提你觉得我的辈分低了；不说，保持一定的神秘感，才会让那些无聊的狗仔队去找新闻！

绝了！难怪花果山经常涌来很多"小记"，原来在帮他免费做宣传。

我最感动的，是他团结草根的绝招。

西游的江湖，就是人生的江湖。能在这个江湖中当弄潮儿，关键要看你有没有过硬的人脉。

大师兄真是牛中之牛，人脉太广泛了。想要什么，就有什么。

我在天上的那些老同事，如四大天王、二十八宿之流的乡镇干部，你可不能嫌他们没权没势，得罪他们，不然以后你到天上服务大厅办事，他们会找个理由，让你连门也进不了。

这些鬼人，跟大师兄简直是亲兄弟，在花果山作战时，他们装腔作势、装模作样，抓了很多虎呀鹿呀顶任务，一只猴子也没抓。

我真的佩服大师兄。

我最想学的，是他借力打力的艺术。

天上地下那些大腕，每次出来都要不菲的出场费。大师兄仅用一招，就把出场费免了，还让大腕们很高兴。

原来，每到一处，大师兄都会想办法让狐朋狗友出场露脸，名义是搬救兵，其实是给朋友创造机会，出镜头创效益。大家心知肚明，戏演得跟真的一样。

大腕们出场后，难道没有回报吗？大师兄聪明就在这里，让他们光明正大露了脸，让天下群众知道他们的真容。这个广告价值，比上央视、上美国时代广场还够劲！

接着，邀请广大群众给他们建立庙宇，享受香火。这个长远利益能算出来吗？

难怪这些大腕都以能与大师兄相识为荣，他真是我学习的好榜样！

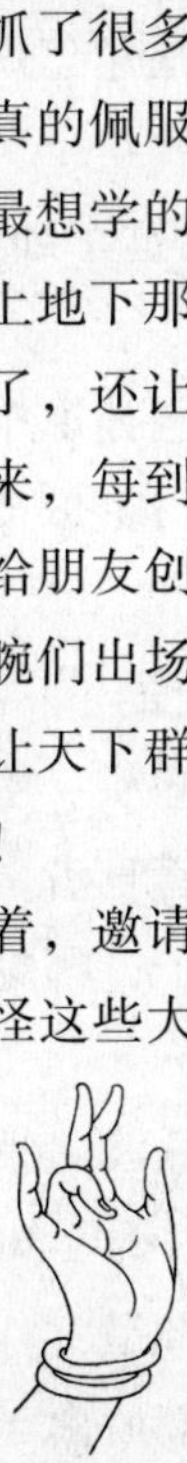

孙悟空的启示：美猴王达到了游戏天上人间的境界，想什么就能做什么，做什么就能成什么，这叫心行如一。达到这个效果，关键是他具有"五种气"，即豪气、胆气、杀气、义气、骨气也。谁能通达五气，则能内外通达、无障无碍。

艺术四

谁是第一个“戴绿帽”的人

孙悟空自称是“盖天下有名的贼头”，在他的眼里，别人小偷小摸都不算盗窃。就有一个人，在他的眼里具有“窃贼”的资格，资历还比他老，堪称真正的“峨眉飞盗”。

他是谁呢？他叫东方朔。

老孙由于偷吃人参果的糗事，找东华大帝君帮忙。在帝君那里，见到了“老友”东方朔。一见面，两个打起了嘴仗。孙悟空见了，笑着说：“这个小贼在这里哩！帝君处没有桃子你偷吃！”东方朔回个礼说：“老贼，你来这里怎的？我师父没有仙丹你偷吃。”

两个好像是多年的老相识。大小在一起，是两个“贼”。虽然这个细节很短，但值得玩味。

焦点在哪里？其一，两个家伙是怎么熟悉的？其二，为什么老孙说东方朔是偷桃的人？其三，东方朔为什么在帝君家里当侍者？其四，帝君与王母及蟠桃又有什么关系？等等。

这里只探讨一个问题，东方朔是不是偷桃的贼人？答案是肯定的。

在孙悟空管理蟠桃园的时候，这位小哥经常到蟠桃园，偷摘蟠桃。鉴于东华帝君与王母的亲密关系，老孙睁一只眼闭一只眼。老孙名义上是管理者，事实上是个摆设，因为王母娘娘控制得紧紧的，每熟透一个，就摘走一个，哪轮得到老孙偷吃？

加上王母的秘密情人东华帝君，也即东王公，受到王母的“秋波”授意，不敢自己摘桃，叫东方朔偷偷过来摘。老孙是公关战场上的高手，哪不知道这个“潜规则”？估计是瞒住玉帝这个“戴绿帽”的神仙，其他的谁不知道？

因此，孙悟空乐得不闻不问，有机会自己偷摘一个尝尝鲜。最后由于各种原因，天庭领导们将偷桃的责任像“屎盆子”一样，全都扣在老孙的头上，老孙成了最大的冤大头。好在老孙肚量大，代人受过也无所谓，英勇“献身”了一回，后来得到“栽赃者”的帮忙，前后相抵，收获还是大大的。

大贼小贼好久没见面，有点惺惺相惜，英雄惜英雄。

这个东方朔是谁？就是汉武帝期间著名的辞赋家，字曼倩，山东人。他的经历与孙悟空有点像，难怪能够搅在一块，成为知己。

第一，都擅长自我举荐。

孙悟空的成名，靠的是自己。无论是出国留学，苦心经营“花果山公司”，还是当美猴王，当弼马温，都依靠自己推荐自己，毛遂自荐。

东方朔的成名也一样。汉武帝即位初年，向天下征集贤良有才的人。

东方朔的自荐书一定让你瞠目结舌！那时没有现在这么好的条件，有钢笔电脑有纸张，而是用的竹片雕刻。这封自荐书共用了三千片，写得洋洋洒洒，实为奇文。至少汉武帝真的愿意看，并花了整整两个月！放在现在，那些官员那么忙，才不会花两个月时间看你的自荐信。一来说明汉武帝有耐心，二来说明文章写得好！这里创造了几个吉尼斯世界纪录，有兴趣的可以找一找。

第二，都当过小官。

孙悟空除自封为齐天大圣外，还当过弼马温，是见不得人的小官职。老孙自认这段经历不光彩，非常忌讳。别人一叫他弼马温，便恨不得将人家吃了。

东方朔在世间，才华横溢，但也是“不见面不知道，见面羞杀天神”的小官。虽然自荐信写得不错，但汉武帝很吝啬，只给了个叫公车署署长的小官。这个署相当于政府设立的临时客栈，专门招待来京应试的学士用的，鱼龙混杂，难得施展才华，更谈不上见到皇帝。

第三，都要到待遇。

官太小，自己要。要不到，便造反！孙悟空因为官小炒了老板鱿鱼，厚脸皮要到齐天大圣的职务，没有权力也是不爽。

东方朔更绝！得不到重用，见不到皇帝，不需哭哭啼啼闹，他有智慧，用“脑子”闹。他将署中几个只有一米高，给皇帝养马的“弼马温”叫来，吓唬他们说：“皇上说你们既不能种地，也不能打仗，更不能治世，光是耗费国家粮食，留着何用？杀了算了。”吓得侏儒们哭着向皇帝求饶。假传圣旨，该当何罪？

皇帝召见东方朔。此兄厚着脸皮说：“我不得已才这样做。侏儒身高三尺，我却九尺（相当于一米九，帅哥一个），福利待遇却一样，总不能撑死他们而饿死臣吧！皇上如不喜欢用我，就放我走，也不需白白耗费京城的白米。”

汉武帝闻言捧腹大笑，遂任命他侍诏金马门，不久又升为侍郎，随从左右。

第四，都敢于犯上。

孙悟空不说了，你懂的。东方朔也干了一件石破天惊的事情。

汉武帝有个姑妈馆陶公主，或叫窦太主，丈夫去世守寡，五十多岁了，连徐娘都沾不上边。有一个女人带着十三岁的儿子董偃，经常到公主府里卖珠宝。小董长得帅气，公主便将他留在身边，教他一些生存技能，当然少不了床上功夫。到了十八岁时，董郎更加英俊，床上功夫更加娴熟，公主与他俨然如夫妻，出双入对。

汉武帝知道后，亲自上门考察。这一天，小董戴着顶绿色的帽子，战战兢兢拜见皇帝。没想到皇帝也喜欢他，想把他发展成“gay”，即同性恋也，据说汉武帝好这一口。皇帝一高兴，准备在先皇议政的正殿设宴，请姑妈和小董吃饭。这时，东方朔手里拿着大戟，守住宫门，坚决不让他们进去。

由于东方朔正气凛然，言辞在理，汉武帝没法，只能另找地方请姑妈两个吃饭。自此，董郎逐渐失去宠爱，三十岁便郁郁而死。窦太主死后，还跟情郎葬在一起。据说，“戴绿帽”一说，就是从这里开始的。

第五，都当过小偷。

他们都偷过同样的东西，即王母的蟠桃。东方朔是在哪里偷的呢？

一次汉武帝过生日时，王母娘娘前来祝寿，带着七个蟠桃。自己留着两个，另外五个送给“情郎”汉武帝。皇帝吃后，想留着果核栽种。王母说不可能，又指着东方朔说：“他曾三次偷我的桃子。”是真是假，大家一看就明白。

东方朔偷桃是一笔糊涂账，后世文人都当真了，唐伯虎专门画了幅《东方朔偷桃图》，颇有影响。

前后对比，可见两个“贼”臭味相投，有很多共同点：上天入地，太有才了；性格独特，与众不同；喜欢叛逆，哗众取宠；等等。这种性格或许会成功一时，但不可能成功一世。

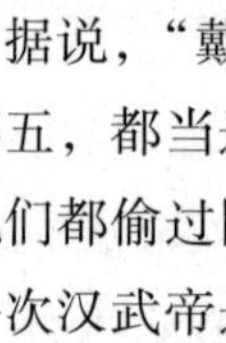

东方朔的启示：在人生道路上，仅靠超级聪明是不够的。仅靠摸着老板的脾气，想得到重用也是不够的。取得成功的人，往往是聪明加勤奋，走得最远、取得重大成功的，一定不是最聪明的人。

艺术五

比阎王爷更牛气的“医托”

只要是不公平不透明的地方，就有各种“托”的存在。最著名的“托”叫医托，即在医院里面，帮助别的诊疗机构或医生拉客而谋取利益的人。

唐太宗在死神的威胁下，无奈只能找“医托”。

首先，他陷入了一个诡异的“庞氏骗局”。所谓“庞氏骗局”，就是呈金字塔形的投资诈骗，典型的如非法传销，或叫做“拆东墙补西墙”，“空手套白狼”。谁能够“空手”套住大唐皇帝这只“白狼”呢?

很多烦恼的发生，出于主观上的随意。唐太宗认为能轻易帮上泾河龙王的忙，事实上这个忙是帮不了的，答案等他到了地府才被揭开。

起初，李皇帝痛心疾首，没有保住龙王的命，并为自己的疏忽而自责。但阴间十大阎王说了，那龙未生之前，“南斗星死簿上已注定该遭杀于人曹之手，我等早已知之”。说明什么问题？龙的大限到了，该死的活不了。李皇帝突然“顿悟”，就这么简单。

唐太宗聪明绝顶，难道不明白这是个骗局?

接下来，阎王又讲了一句摆乌龙的话，请你老人家到地狱旅游，是因为那倒霉龙王在这里缠访闹访，弄得地府鸡犬不宁，鬼魂们纷纷被“激活”，阴间发生“颜色革命”，黑色变白色，阴间变阳间，鬼王变人王。

难怪当下缠访闹访那么多，可能是学习了泾河龙王的先进经验，毕竟中国人是最善于找窍门、走捷径、玩聪明的。既然阎王爷“打哈哈”，李皇帝将错就错“哈哈打”，装着糊涂，白赚了一次免费“火星游”。在这个过程中，最让李皇帝眼熟心跳的，是本次的超级“导游”，也叫“地陪”的。他是比阎王爷还牛的人——地狱酆都判官崔钰，一个典型的“医托”。

据魏征介绍，此人是先皇驾前大臣，曾经担任兹州令，后升任礼部侍郎，跟他是结义兄弟。他死后在阴司做“掌生死文簿的酆都判官”。此君生前官至礼部侍郎，官职不小，而秦王李世民没听说过这个名字，有点可疑。或许，这是魏征瞎编的？

相传崔钰是隋唐人，唐贞观七年做官，任潞州长子县令，有特异功能，白天管理阳间的事务，晚上加班干阴间的活，跟魏征一样是个“两面派”。

他曾经断过一个奇案。在长子县边界有一座大山，经常有猛兽出入。一天，一位樵夫上山砍柴时，成为老虎叔叔的早餐。孤寡的老母痛不欲生，上堂喊冤。

人间惨案，法场奇事，难道抓老虎上堂审判？好一个崔钰，即刻命令手下，拿着符牒上山，将老虎逮捕归案。在公堂上，崔钰历数老虎种种罪行，老虎连连点头。最后，判决老虎死刑，老虎主动触阶而死。看来，崔钰具备了当阴间判官的资格和能力。

判官这个职务，是阎王爷的助理，按照现在的说法，称为助理阎王。判官的数量很多，有掌刑判官、掌善簿判官、掌恶簿判官、掌生死簿判官，其中数掌生死簿的判官职位最高，堪称首席判官，权力最大。掌握人们的生死，谁不尊敬和崇拜？因此民间信奉的就是崔判官。

说崔钰是一个典型的“医托”，是有充分证据的。

其一，从矛盾的对话来说。

阎王爷大还是判官大？答案自明。阎王爷虽然记性不太好，忘记了李皇帝的死期，为何却记住了李皇帝御妹的了账日？唐太宗旅程结束，顺便问下，我们李氏家族“还平安否”，阎王爷随口回答：“都好，就是御妹不行。”所以说，李皇帝下地狱，包括回归人间，都是一场阴谋。阎王爷的使命，就是将戏演得生动一点，逼真一点。

其二，从矛盾的手册来说。

民间人士最关心阴间什么东西？就是生死簿上，自己哪一天了账。

李皇帝初见崔钰时，这家伙“怀揣一本生死簿，注定存亡”，这么重要的“操作手册”，能随便带在身边吗？或者是职责所在，或者是想“露富”，开着“奔驰宝马”让对方知道自己的背景。

阎王爷装模作样问，崔判官装模作样查，当发现李皇帝尚有二十年的阳寿时，知道他们犯了“天条”，阳间皇帝尚且如此草菅人命，朗朗乾坤、森森地府岂不颠倒黑白？所以，狡猾的崔判官，灵机一动，告诉李皇帝说，你本来今日了账，我偷偷帮你改了，增加二十年阳寿。如此卖了个天大的人情，蒙骗了我们凡夫俗子几千年！

其三，从矛盾的见闻来说。

泾河龙王才了账几天，阎王爷便按照阴间“宪法”，根据其生前操守德行，是非善恶，“将他送入轮藏，转生去了”，大约几天时间？高估一点，一个月吧。

李皇帝在游览地府时，一开始便遇到父亲和兄弟，扯着跟他没完没了。旅游车刚到阴山，就被六十四处烟尘、十八路反王的鬼魂缠住了。

这就奇怪了，第一，李皇帝的父亲跟儿子没有仇恨，为何至今不让其超生？第二，那些反王、烟尘们，很多跟李皇帝没有瓜葛，为何将“屎盆”、“欠账”通通算在他的身上？第三，现在是贞观十三年，至少李世民做了十几年皇帝，为何不让反王、烟尘们进入“转轮藏”？

其四，从矛盾的礼物来说。

阴间也是人情世界，不送礼不行。鬼魂要过路钱，红绿灯要过路钱。小鬼要钱，大鬼更要钱。

阎王爷知道自己的任务，只是顺便敲一下竹杠。他们要什么？“我处有东瓜西瓜，就是没有南瓜。”可笑吗？阴间能栽种东瓜西瓜，不能种南瓜。鬼魂被强制性劳改吗？都是“满纸荒唐言”、“一把辛酸泪”！

好在李皇帝超级聪明，好吧，给你送南瓜吧。结果南瓜没送去，我们还能吃得到，倒是给十大冥王各送了“一个傻瓜”。

其五，从矛盾的理由来说。

抓李皇帝，是因为龙王鬼魂要对质，理由站不住脚。

或许李皇帝一眼就知道崔钰是个“医托”，但装得糊涂，被“托”得很舒服。不管怎样，崔钰这个“托”当得非常棒！充分让人领略到“熟人好办事”的人情社会真谛。

事实上，熟人办事是一把双刃剑，往往被宰得血本无归，还要痛苦地说感谢的，都是熟人的“托”。

崔判官的启示：熟稔人情社会的规则，是非常重要的。巧妙利用这些规则，可以像崔判官一样，不需要付出什么代价，就能收获一大堆利益，当然这么做有时候显得不厚道，因此这只能在阴间社会发生。在现实的人世间，注重人情人脉关系的构建，无疑对工作和生活都会带来很大的方便。

艺术六

最佳女领导为何喜欢男秘书

当下，男领导不能配女秘书，女领导不能配男秘书，是怕会发生说不清、道不明的故事。当然，企业老板除外。《西游记》中，哪位首长配备秘书？玉帝有吗？如来有吗？托塔李天王有吗？

好像都没有。如果说有，只有一人，就是大慈大悲的观世音菩萨。作为民间信仰的佛教二号人物，为了方便开展工作，如来主席给她配了一位秘书。

他是一个帅哥，出身于名门望族，老爹托塔李天王是天上的国防部长，大哥金吒是如来的司法部长，弟弟哪吒是玉帝的大军区司令员。一个字形容这个家族，就是“牛”。“牛”家的老二，当上了佛国部长观音的大内总管、“贴身”秘书，这在天宫和西天极为罕见。

“牛”老二叫木吒，关于他的工作履历有些争议，人事部门也说不清楚。

在《封神演义》中，他是普贤真人即后来转入释教的普贤菩萨的弟子，使用的兵器叫吴钩。辛弃疾有一首词叫《水龙吟》：“落日楼头，断鸿声里，江南游子，把吴钩看了，栏杆拍遍，无人会，登临意”，“吴钩”是古人使用的一种兵器，像宝剑一样，剑刃的前部是弯曲的，砍劈如剑，回拉如钩。

《西游记》中却说他是观音的徒弟，法号慧岸行者，使用的是镔铁棍。

说木吒是观音的秘书，因为在他的身上，充分体现了秘书的职责特点。

作为最高女首长，配备男秘书的一个重要作用，是既当秘书也当保镖，时刻保护首长的安全。这一点，木吒做得相当好。

观音副主席根据如来的安排，带领木吒秘书长前往东土大唐，寻找最佳合作伙伴，邀请他们到灵山签订经书出版传播的重要协议。

他们一行来到流沙河边，突然跳出一个凶悍的妖怪，像恐怖分子一样对首长进行袭击。说时迟那时快，木吒迎头而上，抵住恶人展开了殊死搏斗，保护了首长的安全。

在福陵山头，妖怪“不分好歹，望菩萨举钉钯就筑”。木吒秘书将身挡住，挥舞镔铁棍与妖怪进行恶斗，最终收服了妖邪，创造性地为取经事业贡献了力量。

有专家进行了科学分析，在最高首长如总统、总理、主席的保镖中，如果刺客向首长射出罪恶的子弹，能够挺身而出为首长挡子弹的，据说至今只有一个人。

这事发生在1981年3月30日，美国里根总统在外遭刺客连开六枪，关键时刻，总统保镖麦卡锡不顾一切地挺身挡在了总统前面，自己被击中胸部后倒地，令首长大难不死。事后，这位英雄谦虚地说，这只是“本能反应”，并非他特别勇敢！

关键时刻这种“本能反应”，是多么宝贵！木吒就具备这种本能！

当好秘书，工作能力要强，这是一条基本要求。很多秘书生活并生存在首长的光环中，首长的能力没学到，却学到了官场的负面方面。

木吒的能力是不需要怀疑的，首先是动手能力强，具备独当一面的工作能力。

根据领导的安排，他来到花果山战场，面对能独战十万天兵的齐天大圣，他“全然不惧”，与杀红了眼的老孙斗起来，虽然武功略微逊色，但有胆有识，英勇可嘉。

最能体现木吒工作能力的，是他不折不扣的执行力。领导的思路想法，必须转化为实际工作效果，否则只能永远停留在空想的状态。

唐僧滞留流沙河，观音派出木吒前往招安。

为什么叫木吒去？因为木吒值得信任，是首长的替身，工作交给他落实，领导放心。尤其是协助取经团胜利渡过流沙河，木吒的落实工作相当出色，难怪首长那么信任。

当好领导的秘书，是在位却不越位，如影却不随形，尤其是不拿领导的鸡毛当令箭，明里一套背后一套，自己捞好处却损害领导的威信。

秘书的特点，是领导到哪里跟到哪里，很多人要想觐见首长，买通秘书的关节极为关键。没有秘书的通风报信，你在与首长的交往中，就会睁眼黑，找不到北。因此，买通秘书是绝大多数求官者的招数。反之，秘书冒充首长的名义办私事、发号施令也就不奇怪了。当然，不看僧面看佛面，将秘书当领导看，也是一条潜规则。

观音副主席外出公干，木吒始终跟随左右。“菩萨带引木吒行者过了此山，又奔东土。”“（首长）捧上长街，与木吒货卖。”“那菩萨带了木吒，飞上高台，遂踏祥云，直至九霄，现出救苦原身。”你看，像这么“贴身”的秘书真不多。这个秘书，你不想与他交朋友？

当好领导的秘书，尤其是男秘书服务女领导或者相反，保持好距离是难以把握的。太近了，人家说三道四；太疏了，领导可能不喜欢你。该怎么办你心中有数。

木吒这点做得相当好，跟随女领导鞍前马后，没有闹出什么“绯闻”，也没有给首长增添麻烦，备受上下左右的尊敬。这在秘书这个行当中，是相当难得的。

作为女领导的秘书，木吒非常注意维护首长的形象，尤其是女领导的威信和权威。

女领导有其自身体质上的差距，在某些重大工作活动中，跟男同志比起来相对压力大一点。作为男秘书，要充分领会领导的意图，创造性地开展工作。

妖怪红孩儿被观音骗上真刀架设的莲花宝座，坐在了刀刃上。如果观音让刀刃变成了“吴钩”，将妖怪卡住，有点不像女干部的处事方式。这时木吒出马，用降魔杵将刀刃打成弯钩，“穿通两腿刀尖出，血流成汪皮肉开”。

这个细节很关键，既体现了女领导的权威，也体现了男秘书的特点和作用。

最后，你当男秘书的话，虽然家族背景很够劲，但绝对不能在女领导面前“摆阔”，否则将自寻死路。

木吒是李天王的儿子，谁人不知？可他从来没有炫耀家族，没有觉得自己很委屈。做事非常努力认真，处事非常谦虚，不像当今某些的“富二代”、“官二代”。

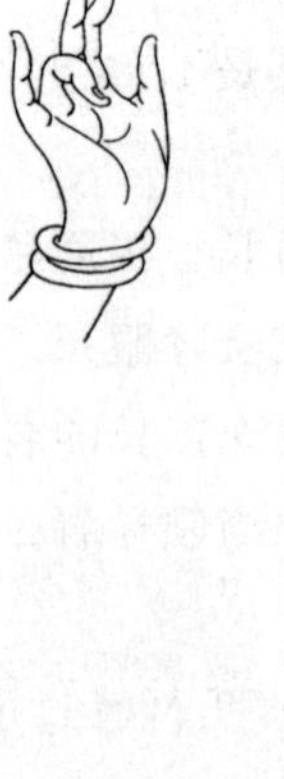

木吒的启示：不管在哪个岗位工作，不管是男领导还是女领导，如果你具备“本能反应”为首长“挡子弹”，那么恭喜你啦，说明你已进入“核心圈”。在圈子里，如果你记得不断提高能力，多干实事，不炫耀、不浮夸、不作假，时刻维护首长的威信，那么，你离成功也就不远了。

艺术七

最富有价值的“双面间谍”

唐僧一旦遇到天塌下来的危险，就会念“揭谛，揭谛！波罗揭谛，波罗僧揭谛！菩提萨婆诃！”

这是在念咒，他在咒谁呢？

这是《心经》最后的结语，前面一句是“即说咒曰”，确是一句咒语。在这里，既有咒语的魔术色彩，也有实战意义上的显著威力。原来，“揭谛”当真是“人”，不是纯粹意义上的人，是天上的神将。

跟这个古怪的名字对应，天上有一组护法神将。这一组的人口密度很大，至少有三千零五位。一个是三千位，专门听如来佛讲课的，“早见那四大菩萨、八大金刚、五百阿罗、三千揭谛……诸大圣众，都到七宝莲台之下，各听如来说法”。另一个是专指的，即五方揭谛，佛教的五方守护神，是金光揭谛、银头揭谛、波罗揭谛、波罗僧揭谛、摩诃揭谛。你看，刚才唐师父念咒，刚好是五句，对应上五个揭谛神将。

一念“揭谛”，神将马上来护驾。这是真的，否则单凭孙悟空，唐僧要么变成肉泥，要么变成病虎，到不了灵山。

在揭谛系列中，表现最突出的是金光揭谛，也叫金头揭谛。除了其他工作职责外，其中最重要的一条，是他始终不离开唐僧的左右，时时刻刻暗中保护，关键时刻敢于“亮剑”。他是取经工作的重大功臣。

金头揭谛的功劳，主要是当好“隐形人物”。

第一，当大腕的心腹。谁是大腕？当然是玉帝和如来。他们不属于同一个系统，一个是神，一个是佛。在岗位编制上，揭谛隶属于玉帝的领导；在使用上，又替如来忙活。金头揭谛能够随便进入首长办公室，放在今天，即使是个处级的县太爷，你要直进直出他的办公室，那可都是要吃不了兜着走的，何况是最高首长的办公室。五大揭谛中，只有金头揭谛具有这个特权，紧急关头，他能直通天宫西天，两边干得如鱼得水。能够在矛盾两边的鸡蛋上跳舞，说明金头的本领高，说他是“双面间谍”，也就不奇怪了。

第二，当唐僧的背影。金头揭谛日夜不离开唐僧，对其严加看护。如果说是一级警卫，那么体现了佛祖的一片苦心。如果唐僧“英勇”了，谁帮他去卖书，去搞文化宣传活动呢？有一次孙猴子发了失心疯，朝着假唐僧一棒打去，若不是金头等神将坚决顶住，“这一下，就是二千个唐僧，也打为肉酱！”

第三，当猴王的手臂。孙悟空是发挥作用的，但不是万能的，没有金头揭谛可万万不能。唐僧的白马被小龙吃掉了，漫漫灵山路怎么走？娇嫩的身子、软弱的性格，能到灵山吗？老孙火冒三丈，要到南海请观音。徒弟一走，没人陪伴，小龙来了岂不将“软包子”吃掉？急得唐僧哭哭啼啼的。孙悟空急火攻心，一点办法也没有。这时，听到暗空中金头揭谛说：“大圣，你不须动身，小神去请菩萨来也。”多亏了这只手，才解决了棘手的问题。

第四，当岗位的能手。我看这些揭谛神将都是打工专家，估计以前进过城、务过工，什么垃圾杂活都能干。天上起火了，要他们去灭火；哪里电波断了，要他们当通信兵，就去送“鸡毛信”；哪里领导不高兴，要他们“斗地主”，就将土地爷揪出来批斗；哪里需要考勤登记，就当值日生；等等。总之，天上七十二行，行行出状元，他干满了七十三行。

第五，当幕后的英雄。在取经路上，活跃着一批批无名的“英雄”，他们是光荣的战斗集体，如六丁六甲、五方揭谛、四值功曹、十八位护教伽蓝等。如果问：有多少人参与伟大的取经事业？上述神将共三十九名，加上取经五名，共四十四名。谁知道六丁六甲是谁？这是他们的职务。同样，五方揭谛也是官名。这些幕后英雄都没有留下自己的名字。最后出名的是唐僧、孙悟空，捞到好处的猪八戒、沙僧、白龙马。好在金头揭谛的地位特殊，多少还留下点名气，不会变成汤汤水水。

当然，凡事都有值得总结的地方。为什么这么多神将参与取经事业，只有金头老兄给人留下深刻印象呢？

说明凡事都有例外，看你能不能有效运作，成为这个“例外”。金头揭谛是怎样运作的呢？

巧用工作的特殊性。作为最高领导的心腹，既不能太过张扬，动不动说我能“通天”，使人家讨厌你；也要尽量利用机会接触上级，体现你的存在，并让其他人知道你关系的特殊性，就能起到“巧实力”的作用。

时刻表现无限的忠诚。跟最高首长“贴”在一起，好处是能得到首长的重视和认可，坏处是你长几根毫毛首长一清二楚。在这里，金头表现得相当好。好在哪里？检验忠诚的一个重要手段，就是你对首长交代工作的完成程度。你口口声声忠于首长，却将其吩咐事情当成耳边风，这还了得？

时时刻刻留好神。金头揭谛的重要任务，是保证唐僧的安全，是唯一的不离其左右的护僧神将。如果没有他忠于职守，唐僧很难走到最后。当然，并非说一步也不离，如果工作需要短暂离岗，一定要做好交接工作。否则，即使做好了一百件好事，一件事做砸了，一百减一仍然是等于零。当今谈恋爱尤其是这样，这要谨记！

任劳更要会任怨。金头承担的重要职责与其所担任的职务差距较大。在天庭官职设置中，排到天蓬元帅之流的，都比较靠后，何况揭谛这个职务，只是神将中端茶倒水的活计。要承担重要工作，甚至是面临生命危险的工作，却没有得到相应的待遇，这放在今天都很难协调。

该出手时必出手。把握时机，关键出击，才是真汉子。金头等在取经路上，几次出手相当及时，有效地化解了危机。你不需要表扬自己，只要努力工作，老板都会看在眼里，给你加薪。

最后，点明主题。“揭谛”是神将的官名，但在《心经》中，是一句重要的话，它告诉我们：去吧去吧，努力工作吧，只要努力了，你就能到达胜利的彼岸！不过请记住啊，你自己成功了，别忘了跟你一起辛苦过的同事和朋友啊！

金头揭谛的启示：红花需要绿叶扶，个人的成功离不开团队的合作。个人成功了，千万不要自己顾自己，要想想曾经帮助你的领导和老师，你的同事和朋友，还有你的家人。你得道了，升天了，可别忘了那些鸡犬啊。

艺术八

唐三藏装着糊涂不敢碰美女

作为灵山市重点培养的年轻干部，唐三藏终于完成了一段难忘的基层工作。

负责安排这项工作的灵山组织部长观世音松了一口气，可以向主席如来汇报工作交差了。

唐三藏，苏北人氏也。父亲原姓陈，因为地下工作的需要，改姓唐，沿用至今。父亲曾是大革命期间全国高考状元，文笔之好轰动一时，引起了洛阳纸贵的现象。后来伪装被海盗杀死，隐姓埋名，潜入江城干起了名为“特工”的工作。母亲是开国功臣的后代，是典型的“公主党”核心圈人士。由于父亲玩失踪，母亲被迫改嫁，使唐三藏成为遗腹子。

唐三藏有充满光环的背景，也有“烈士”遗孤的美誉。尤其是他曾经上过灵山干部学校，其时校长是如来主席，在书声琅琅、书香飘溢的校园中，主席开心地将小唐收为门生，成为“黄埔一期”，傍上了该市最高领导的关系。

如此看来，唐三藏既有辉煌的背景，也有现实突出的关系，成为组织重点培养的对象也就不奇怪了。

鉴于小唐长期在领导身边工作的经历对他以后承担更为重要的工作不利，随着新形势新任务的需要，灵山发展需要更多年青一代的干部，传承薪火，继往开来，如来主席高瞻远瞩，高屋建瓴，高看一眼，专门交代组织部门，尽快安排机会让小唐到基层锻炼，以便使他尽快成长并成熟起来。

观世音部长深刻领会首长意图，立即着手安排此事。为了解决广大媒体的炒作问题，她让小唐通过直线关系，悄悄地来到了大唐国，安排了一个貌似世外桃源，实则有很大奥妙的职位，类似灵山驻大唐国办事处代理主席之类的，专门负责灵山文化事业的推广工作。

唐三藏发挥在首长身边能言善辩、见多识广的优势，成为电视台“千家讲坛”等地方的常客，由于他舌灿莲花，加上专业策划公司的成功包装和运作，他很快蹿红，成为当地众多女粉丝眼中的香饽饽，经常有大批女粉登门索要个性签名，有些还明示暗示，可以跟“哥哥妙人”共度春宵，真的让人家眼红。

为让小唐的工作履历更加丰富，如来主席决定由观世音部长出面，游说大唐国最高军政长官跟灵山合作，共同开发文化事业，共同走进新时代。

观世音的公关能力一级棒，很快便同大唐国达成协议。让谁将书面合同送往灵山盖章？最后经过谨慎的考虑，大唐国邀请灵山驻唐办的三藏同志代劳，一举两得。这是一个双赢的结果，观世音满意，如来主席也满意。

接下来，就是让唐三藏如何演好“取经”这出戏了。

那时还没有火箭飞机，但组织给小唐配备了一辆“宝马”。为防止途中碰到意外，专门给唐代主席配备了一名据说精通散打的退役军人当秘书，他姓孙，比较有个性，可能有能力的人都比较高傲吧；有一位幽默大师，姓朱，有的调笑说姓猪，沿途可以给他讲讲红色的或者黄色的段子，解解闷；还有一位任劳任怨的勤杂人员，姓沙，打死他也不会多说一句话，顺便兼任保密员。

小唐开始迈上漫漫的灵山路。

一路上，这个团队让他很挠头。几个家伙老是尿不到一壶。姓孙的家伙自认能力强，曾经干出“大闹天宫”的事业，惊了天动了地，关系网特复杂，谁也说不清楚他的来历，有人说他跟如来主席关系也很铁。姓朱的又懒又滑，难搞。姓沙的打死不吭声，没什么趣味。有时候，唐三藏只能跟“宝马”说话。幸好如来主席给了自己“紧箍咒”，姓孙的还不敢挑战上级领导的权威。有几次故意将他开除出队，杀了他的傲性，效果还不错。因此，这个团队磕磕碰碰，总算没出什么乱子。

一路上，困难重重，群体性事件不断。无论是现在还是过去，当官最怕出问题。很明显，路上遇到的困难，都是观世音部长设的局。小唐其实心知肚明却装聋作哑。所以，每次事件，他都勇于冲在前面，深入一线，靠前指挥，好几次由于警卫力量不到位，被野蛮的村民围住走不脱，愤怒的村民高喊着口号，眼睛喷出吃人的怒火，纷纷说“将他的肉吃了”，吓得小唐经常尿裤子。后人无聊，给首长打报告时，添油加醋说他的肉很好吃，能长生不老——所以，不可相信媒体、不可相信汇报材料啊！

一路上，最难的是如何打发那些“车匪路霸”。从大唐国到灵山，据说有十万八千里，要经过很多国家和地区。那些地方，没有开化，就像大唐国的很多基层组织一样，雁过拔毛，毫不客气。没有见面礼、买路钱，那好，请你去住“免费旅馆”吧。在那里，要不被打，要不被吊，你看着办吧。即使到了灵山，如来主席的部下也毫不客气，没有“人事”就甭想取得真经。后来，著名作家林电锋告诉小唐，这没什么，杀威棒不打送礼人，礼多人不怪，这些都很正常，才使小唐解开了心结。

一路上，最难的是如何过那美人关。观世音真讨厌，老是下派那些全球性的美女，一个比一个美，一个比一个浪漫，白美女像山间的野玫瑰，小杏仙如珠翠欲滴的花朵，美女国王似娇艳的牡丹花……让唐三藏目不暇接，下基层前哪有这么好的艳福啊！特别是在无底洞遭遇号称“半截观音”的拦截，差点让妙人哥哥缴械投降。唐三藏喘了一口气，好险，取经事业原来是这么磨人的，不知道父亲是不是因为这个问题变节了？

观世音部长如实向主席汇报。主席很高兴，认为达到了锻炼干部的目的。当然，他还是礼节性地问观部长：小唐还存在哪些不足？

观部长说，还是有某些缺点的，譬如学习方面有点放松，可能与学习环境的变化有关；有时候性格有点急躁，尤其是处理与上下级关系方面，这主要是小孙几个的问题，工作环境变化了，没有及时调整过来……

唐僧的启示：在社会上，每个人的起点不一样，但是心态的起点是一样的。对有的人来说，在长征中会有人帮你找马、牵马，扶你上马，送你一程。但漫漫长路，不可能一直有人以强力送你到终点，缰绳始终要自己来牵，道路需要自己来跑。

真经六　炒作自己的偏方妙方

妙方一　比张艺谋还牛的魔幻导演
妙方二　把男人炒作成女人的绝技
妙方三　文殊参与一次疯狂的报复
妙方四　被误解千百年的一位奇人
妙方五　最惨烈苦肉计的广告价值
妙方六　最善于做广告的一个团伙
妙方七　没出场胜似出场的大牛人
妙方八　人类发展最需要的是什么

妙方一

比张艺谋还牛的魔幻导演

某天，如来召开干部大会，研究佛家文化发展和繁荣工作。

如来说，最近我们集中所有精英，编撰了《三藏全书》。这是全球文化史的盛事，无量的功业。考虑到四大部洲文明教化的不同，有些经文有字，有些则是无字的。

“无字也是好的”，如来对手下的营销经理说，大家要对佛教文化事业有信心，尤其是要相信《三藏全书》对推动全球文化事业、建设和谐友爱社会的重大意义。只要高度重视，团结一心，认真策划营销，一定会使我们的书籍和“如式”文化，像汉堡、薯条、比萨一样，深入到全球的各个角落，融合到孩子们的心灵中。

这样的话，我们的书就能卖个大价钱，为后代作出大贡献。

策划营销团队经过共同努力，高质量地完成了佛祖交给的重大任务，唐僧取经产生良好的社会影响。各大部洲的书店纷纷脱销，订单像雪花一样飘向灵山总部，邀请如来出席各种“文化大讲坛”、“千家讲坛”的邀请函，已经排到30世纪。

事后，如来对这次营销工作做了初步小结，秘书阿难整理了几个要点：

要点一，广告策划，要不计较时间。

大唐国的人急功近利，开汽车等一秒钟心里就冒烟，这种人能干大事业？

如来企业集团从不计算时间成本，从策划取经工作开始，整整用了一千年。首先，让舍利子变成石猴，从花果山破石而出；让须菩提变成美猴王的老师，教他一些“特工”技术；然后，通过大闹天宫，将整个天庭收编了。

为使舍利子成功打入取经团内部，如来与他唱了双簧，将他压在五行山下五百年，这是古往今来第一“苦肉计”。没有五百年的时间经历，怎能说服世俗那些人呢？

如来头上的大鹏鸟，也提前五百多年下凡。这就是时间成本。

要点二，抓住重点，要关键时刻才出手。

要使别人有求于你，必须善于制造危机。佛祖的慧眼观察到，一千四百年之后的美国，是最擅长制造危机而谋取好处的国家。

前段时间，四海龙王有点山高皇帝远，灵山总部的营销策略到那里，几乎被改得面目全非。地府也因为实行“大部制”，十殿阎王一起办公，严重削弱了工作效率。

如此这等，不让孙猴子去闹一闹，那还了得！危机出现，一切都好办！不仅火烧到这些旮旮旯旯的地方，就连歌舞升平的天宫也被烧了一把。

这一整，大家都老实了，全部服从总部的安排，营销策略得到落实。

要点三，舍得香饵，才能够钓到大鱼。

本次营销计划，美名叫“灵山营销钓鱼工程”。

危机这一招真灵，天上地狱海上关节全部打通，还顺利将野火烧到人间。人的危机是什么？当面对死亡的时候，皇帝与乞丐没有差别，就是一口气而已。

唐太宗被折磨到地狱对质，当他还傻乎乎的时候，我们开始乐呵呵地数钱了。他还以为崔钰判官私下改了年龄，增加阳寿二十年呢！

二十年，是我们营销环节的一个“香饵”，说白了不值一文钱，就像药价虚高不下，是因为众多“小鬼”要回扣一样，我们给了皇帝一点“折头”和“回扣”罢了。

不花任何血本，钓到了几条大鱼！

要点四，欲扬故抑，一出手就要大价钱。

姓唐的僧人大脑简单，要不西天路上那些假冒伪劣产品，如白骨精、蜘蛛精之流的坑蒙拐骗，为何使他屡屡中招？

他以为僧人只要会走路、会乞讨，就能要到他想要的东西。这叫弱智！

光靠人家施舍的，只能是那些猫粮狗粮，勉强糊口度生，哪能乞讨到黄金白银？哪能乞讨到佛祖真经？

我们公司从来不讨价还价，不打折促销，就是一口价，也没有白送白用的产品。猪八戒拿几张钞票或几文钱，只能买到当油纸包猪肉的旧报纸，要买好东西只能靠真金白银。

幸亏唐太宗太有才、太有远见了，当时给了唐僧一个紫金钵盂，价值多少不好说。正因为紫金钵盂无价，真经无价，两者才具有等价交换的可能。

要点五，树立品牌，不放过每一次推广机会。

如来董事长经常告诫下属，千万不要忘记“产权”斗争。不重视知识产权保护，企业的发展永远是千年老店大不了。

这一点，董事长给我们做好了表率。他不放过任何可能推广灵山产品的机会，不放过每次文化传播扩大影响的机会。每一次重大活动，董事长都会注册“商标”，让别人无法侵权，无法复制。

孙猴子与董事长的一次“网络炒作”，成为经典的营销案例，写进了“哈佛”商学教材。这次商标叫“手心赌”，同时还注册了“五行山”等牌子。即使天上开了一次文艺晚会，董事长也没有忘记及时注册，名叫“安天大会”。

主办方玉帝虽然不高兴，也没办法。

要点六，隐性炒作，不忽视人才队伍建设。

如来再能干，总不能事事亲自出马。因此，如来“商学院”培养了很多高级精英。其中，最出名的操盘手叫观音。由于她非常注重多方共赢的营销策略，有钱大家赚，注重社会责任，强调产品美德，被称为“大慈大悲观世音菩萨”。

灵山的“真经产品”价值如何，我们自己心知肚明；唐僧肉的药用价值有多高，我们更是明白得很。能给社会造成严重供不应求的错觉，确实要感谢观音一双翻云覆雨手。

西天路上，无论是大小商场，还是旅店寺庙，大家都知道有一行人要到灵山搞贸易，并且有飞机、火箭不用，偏偏要步行前往，沿途经过的地方，都要直达当地最高首长搞推销，这个广告效应太好了。

难怪，无论是美女帅哥，还是八婆丑怪，个个以能分享灵山“美容”产品而自豪。这样的营销方式，不赚钱阎罗王都不相信。

这就是人才的价值！

如来的启示：做什么事情，都是有心者得，经历艰难才能品味成功的喜悦。在这个需要名气的时代，如果仅靠“脱光”政策，无疑要有很大的勇气，甚至作出一定的牺牲。而如果能像如来一样，精心谋划，步步为营，说不定哪一天，你也变成如来了。

妙方二

把男人炒作成女人的绝技

孙悟空被老同志说哑了!

太上老君笑眯眯地说:“这猴头,是你的海上菩萨登门几次,我才借给她下来当妖怪的。俺家中的丹炉几天没人烧火,俺还不开心呢!要怪的话,怪你那位海上菩萨吧!”说罢,带着家奴扬长而去!

孙猴子一听,气得大骂:“这个菩萨真是要命,这种人,活该她一世无夫!”

孙悟空的话石破天惊,说出了一个重大问题:观音菩萨究竟是男的还是女的?在孙悟空的眼里,观音就是女的!

观音是男是女的问题,并没有那么复杂,而是一个历史演变的过程。

“观世音”的名号,是唐僧即玄奘大师之前的译名,玄奘翻译为“观自在”。学者认为,两个译名都很好,互补性强,相得益彰。

“观世音”,以能观之智,观照人世间一切音声,风声雨声,声声入耳,不起妄识妄闻,反闻自性,而入正定,这具有“智”义。“观自在”,因观察到众生的苦难,以极大的神通,随机往救,自在无碍,具有“悲”义。观世音和观自在一起,体现了菩萨“悲智双运”的境界。

如果你知道观音的前身的话,会感到“奇怪+吃惊”。

在古印度,婆罗门教先于佛教出现,于公元前6世纪至前5世纪,处于鼎盛时期,在宗教上居绝对主导地位。后来,因佛教及其他教派的快速发展,婆罗门教受到挤压而逐渐衰落。

在婆罗门教中,观音是该教的善神,并非是人的形象,而是一对孪生的小马驹,也叫双马童神。这个童神“观音”神力广大,能让枯木逢春,哑巴开口,瞎子复明,公牛产乳,公鸡下蛋,不育者怀孕等,只要想得到,就没有做不到!这样大慈大悲的主,谁不崇拜!

释迦牟尼创立佛教后，很多婆罗门教徒皈依。为使这些人保留原有的信仰，佛教将其善神吸纳到自身体系中，并做了适度的“改造”，在人身上安了马头，叫“马头观音”或“马头明王”，这是观音的自性身，也是观音最早的来历。

可作为一位善神，弄成“人头马”的怪物，也不是个事儿。后来，印度的佛教徒将观音人格化了。怎么人格化？很简单，将马头去掉不就行了！

有个人身，没有马头，那应该安个什么脑袋？在古印度，种姓制度极为森严，妇女也没有社会地位，《摩奴法典》说，“诱使男人堕落是女人的天性”，安上的脑袋当然是男人的，由此观音从“人头马”变成了“伟丈夫”。

在《红楼梦》第五十回中，李纨出了一道谜语——“观音未有家世传”，猜《四书》一句，被林黛玉猜中了，谜底是“虽善无征”，也就是说，观音的来历和生平，是一笔糊涂账，无法进行科学考证，就如天文学家、考古学家所说，大约产生于多少亿年以前的故事。

佛教传入我国后，观音形象也面临着“中国化”问题，其改造过程却不是“虽善无征”。

第一个“中国化”，观音的来历问题。

相传，观音是我国东周妙庄王的三女儿妙善，自小立志出家修道，当她下决心当尼姑时，父王坚决不肯，给她一把宝剑自裁。

妙善拔剑时，宝剑断成一千节。妙庄王非常恼火，残忍地用袋子将女儿闷死。这一次，阎王爷很给力，像哪吒化身一样，让妙善在普陀山的一朵莲花上复活。此后，妙善四处弘法，济世度人，救贫访苦。

有一次，父王得了大病，一位得道高人化身指点周王，说必须要有亲生女儿的眼睛和双手做药引，才能治愈。老大老二两个女儿吓坏了，关键时候老三出现，献上自己的眼睛和双手，治愈父王的病。此时，周王才知道救自己的是女儿妙善，非常惭愧。

为纪念三女儿，周王下令给妙善塑像，塑一个“全手全眼观音像”，但工匠听错了，塑造了一个“千手千眼”的观音像。这叫歪打正着！何谓千手千眼？即除了自己双手双眼外，左右各有二十只手臂，每一只手臂又有二十五只手，二十五只眼，变成了千手千眼。

也有传说，千手千眼是如来赐给观音的。有了这么多眼睛和手，观音救苦救难更为从容。

第二个“中国化”，观音为什么会“男身女像”？

东汉末年，汉灵帝宠幸十常侍，朝政腐败，民不聊生，爆发了黄巾起义。

其时，来了一个胡僧叫鸠罗菩谛，带着两尊佛像，一尊是阿弥陀佛，一尊是观音菩萨，准备在东土弘法。胡僧深知，如果没有强权力量支撑，依照“不依国主，法事难立”的道理，可能一无所成。

来到京都洛阳后，胡僧通过关系找到十常侍的两大头面人物张让和赵忠。两个家伙都是阉人，不男不女，虽处于高位，内心却感受到世俗的白眼，希望男根能够“雄起”，恢复男人能力。听说胡僧来访，非常好奇，想看看热闹。

胡僧讲了很多佛教的道理，诸如修道成佛等功德。张让等也希望能修往极乐世界，希望被割掉的玉茎重生，便问：“我们希望出家成佛，行不行？”

胡僧说：“这是不可能的，佛祖立下戒律，不允许太监出家，即使出家，也是假和尚。”

一句话将张让激怒了，喝令部下将胡僧砍了。胡僧情急之下，心生一计，大叫：“张老爷，别着急，我带了两尊佛像，其中一尊是观音菩萨，专门救度男根断绝的人，因此又叫‘中人菩萨’，非常有效果！”

张让非常高兴，心想自己就是一个“中人”，观音原本也是“中人”，岂不是专门来超度我等的？于是，将胡僧供养起来，命令天下广造“中人”菩萨的圣像。走狗们大拍马屁，制作了一大批观音像。为讨好十常侍，便将圣像塑造得男不男女不女，好像是太监，跟妇女一样。

无论哪种传说，观音从“伟丈夫”变成一位大慈大悲、救苦救难、受人敬仰的女性菩萨形象，有其历史的必然和现实的需要。

一方面，在古代，妇女的地位不高，人世间的痛苦尤以妇女为最，因此观音显像多以女性形象。

另一方面，随着女性信徒的增多，如果在家中供奉一位男菩萨，在那个封建时代，很不方便。还有女性显示出来的是伟大的母爱，观音以女身度人，感化世间的女人，就更为必要了。

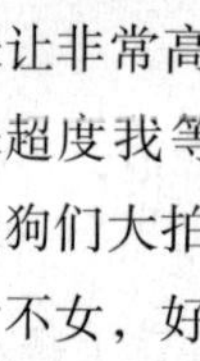

观音菩萨的启示：她毕生践行“大慈大悲、救苦救难”的宗旨，办实事办好事不是喊出来的，是实实在在干出来的；之所以在民间有那么高的知名度，不是吹出来的，也是实实在在干出来的。

妙方三

文殊参与一次疯狂的报复

一天，皇帝步上金銮殿，群臣山呼万岁。望着黑压压的一片人头，看到开创基业的无比强盛，皇帝绽放出笑脸。

此时，内侍禀报，外面来了一位自称是得道高僧的人，请求觐见万岁爷。皇帝一愣，哪方和尚？见俺何为？

内侍说："万岁，和尚说与您很有缘分，并带来一个高级的秘密，如果错过时机，恐怕您永远无法了知这个有益的秘密。万岁您见还是不见？"

说到这个份上，等于说皇帝不见这和尚，就会错过重大的历史性机遇，这个损失是无可估量的！

皇帝下旨："见。"

好失望！来到金銮殿的是一个头上长满癞痢的黑和尚，那份瘦劲跟阿难一样，风一刮飞到南天门。这家伙好像是吃过阎王胆的，见到皇帝就像孙悟空见玉帝一样，连一声招呼都不打，站在下边活脱脱像一尊泥塑的菩萨。

皇帝不高兴，强忍着。他张开金口："和尚，你是哪里来的，见朕有什么话说？"和尚说："皇上，俺是来带您进地狱的。"

如果是你，岂不当场吐血！皇帝气得脸变成黑紫色："大胆，你竟敢诅咒俺？"

癞痢僧不紧不慢说："皇上，是人皆有死，先下地狱和后下地狱，结果一样。就像去看戏，如果不考虑座位问题，先到的人肯定占到好位子！"

这真是傻到底了！谁愿意先去占这个位子，何况是皇帝呢！

皇帝一声令下："将这个恶僧拉出去，斩了。"恶僧哈哈大笑："皇上，杀我太简单了，有辱您的风范啊。没听说过吗？将头临白刃，犹如斩春风！"

皇帝更气了："好，朕不杀你，就让你求生不得，求死不能，我看你这个春风吹向哪里。"

一声令下。部下张牙舞爪，将恶僧捆绑成一个粽子，丢进了御水河。

皇帝没想到，他这下可惨了。这个和尚不是一般的和尚！他是文殊菩萨！文殊为什么来调戏皇帝呢？

据民间传说，皇帝是乌鸡国的，勤奋扎实，业绩很好，民间口碑不错。热忱的工作态度感动了西天极乐世界的掌门人如来，决定提前封给皇帝职位，叫大阿罗汉。像我们这些凡夫俗子，即使再修多两百劫，也是当不了阿罗汉的。可见，我佛忠实贯彻善有善报的佛家宗旨，委派文殊前来超度这位“乌鸡头”。

皇帝凡眼不识真佛，将办好事的文殊得罪了。由于文殊变成凡僧，在水里泡了三天三夜，差点被呛死，如此草菅人命的行径，是可忍孰不可忍。

因此，如来委派另一个使者下凡。这家伙可不像文殊那样文绉绉，很给力地将“乌鸡头”按到水井里，一“死”三年，正所谓“一饮一啄，莫非前定”。

本来好事一桩，文殊将他办砸，好事变成坏事，究竟是谁的错？

除这一次外，《西游记》中文殊出现过三次，都是当配角，不过配角的戏份很重要，每一次都是对别人进行重大考验！

第一次，四圣试禅心。观音领了如来佛旨，七凑八拼组成一个团队。队伍里都是犯过错误的革命同志，尤其是老猪和娇妻尚未来得及生子。对于这些有前科的同志，能否服从命令，观音心中没数。她设了一个局，让唐僧一行钻进来，结果唐僧孙悟空沙和尚经受住了考验，老猪则不出意料地中招了。“黎山老母不思凡，南海菩萨请下山。普贤文殊皆是客，化成美女在林间。”这一次，考验的是色欲问题。天下之人，英雄难过美人关，爱美人不爱江山的，数不胜数。

第二次，考验“乌鸡头”。名义上是冲着皇帝来的，其实是针对唐僧团队的。这一次，考验他们的“仁”。这里为什么叫“乌鸡国”？乌鸡的身子是黑的，其毛却是白的。每个人都是“乌鸡”，身体上不要紧，关键是不能颠倒黑白，心黑肉白。否则，必然像皇帝一样在“水里死三年”！这绝不是危言耸听。

第三次，魂系狮驼岭。奇怪的是，取经途中的妖怪，一般只出现一次。即使是奎木狼有两次出场，也是一次好一次坏，哪有出场两次都是坏的？文殊的坐骑青毛狮子精，是唯一两次出来当妖怪的家伙。有人说，可能吴承恩那天晚上酒喝多了，要不怎么会摆这个乌龙？

没有摆乌龙！青毛狮子是伴随主人公出现的。这一次，考验的是取经团队的耐力问题。只有忍得住，才能到灵山。孙悟空差一点忍不住，只能求佛爷爷排忧解难，这一“难”过得很勉强。好在佛爷爷出面，才为孙悟空挽回一点面子。

文殊号称七佛之师，大乘佛教将其推举为众菩萨之首，认为他的智慧第一。在有关的典故中，文殊更多是以考验别人的智慧的“考官”形象出现的。

有个叫迦罗越的信徒，很想拥有文殊一样的大智慧，只要到寺庙，便在文殊驾前毕恭毕敬，顶礼赞颂，一心希望文殊现身，为他带来好处。

有一天，这仁兄准备了丰盛的斋宴供养僧众，并在宴席最崇高的位置上，摆上一张高大精致的座椅，诚心邀请文殊光临指导工作。

这时，来了一个瘸子老人，穿着破破烂烂，看起来非常恶心。他来到这个座位前，旁若无人要坐上去。迦罗越着急了：“这是文殊菩萨的位置，你怎么能坐上去呢？”赶快将他拉下来。不一会儿，老人家又要坐上去，迦罗越又将他拉下来。如此往复七次。老人家没办法，只能找个旮旯的位子，席地而坐。

斋僧仪式结束，迦罗越来到佛寺礼敬：“弟子迦罗越，用最虔诚的仪式斋僧，愿以此功德求文殊菩萨现身，令弟子得到大智慧。”

当天晚上，他梦见文殊：“你不是要见我吗？希望我去吃斋吗？为了如你所愿，我亲自去了，可是你却将我拉下来，如此七次，我只好到边角地吃饭啰。”

迦罗越的肠子都悔青了。

文殊考验人的故事很多，故事背后，体现了每一个人的智慧高低。我们日常说的智慧，是小根小智的，不是佛家说的般若。无论是好人还是坏人，都有智慧。坏人智慧越高，作恶越大。而般若却不一样，虽体现大智大慧，但一定是善的，没有负面，没有恶，只有善！

文殊菩萨的启示：上级领导准备给你提高待遇之前，肯定会给你一些重大的考验，如果经受不了考验，你就可能会像“乌鸡头”一样，将首长的脸丢进阴沟里。在日常生活中，不能看轻任何一个人，哪怕是给你打电话推销保险的人，也说不定是哪一个上级介绍的。将坏事办成好事难，但千万不能将好事办成坏事。记住，好事一定要办成好事。

妙方四

被误解千百年的一位奇人

在庙里的大雄宝殿，佛祖塑像威仪万方，左右一般塑有两大弟子，一老一少，老同志是迦叶，年轻的是阿难。由于存在向唐僧索要“情礼”的劣迹，很多人觉得两尊者的笑容极不自在，好像有点不好意思似的。

尤其是在《西游记》中，阿难仅有“一吼一笑”，却石破天惊，让人如吃了苍蝇一样。

“一吼”是指当主动要贿赂，被老孙痛斥时，阿难一吼：“莫嚷！此是什么去处，你还撒野放刁！到这边来接着经。”“一笑”是指终于索到唐僧的“饭碗”紫金钵盂：“那阿傩（即阿难）接了，但微微而笑。”

那些管经书的“协管员”看不下去，有的“抹他脸”，有的“扑他背”，还有“弹指的，扭唇的”，一个个笑他：“不羞，不羞！需索取经的人事！”阿难“须臾把脸皮都羞皱了，只是拿着钵盂不放”，丑态百出，留下千古骂名。

阿难，做什么事情都比别人难。在梵文中，阿难的意思是“欢喜、喜庆”的意思，因他于佛祖成道之日出生，这个名字具有纪念意义，也有翻译为“庆喜”的。

阿难是千古难逢的奇才，出身显赫，是佛祖的堂弟。佛祖是净饭王王子，准备继位的，阿难也不是吃素的。

在佛祖五十三岁的时候，十九岁的阿难由于年轻，记忆力好，品德高尚，被一致推荐为佛祖的侍者，就像贴身秘书一样跟随在佛的左右，一直到佛祖回归极乐世界。

阿难在佛教的僧团中，具有两个突出特点。

第一，记忆力超群。这是大家公推他当佛祖秘书的原因。

好像圣人的脾气一样，与佛祖同时代的我国孔圣人，一生周游列国，开设私塾教导学生，只是讲课，不愿动手写文章，叫做“述而不作”，我们今天见到的《论语》，是后来学生凭记忆记录下来的。虽原汁原味，毕竟不是孔圣人亲自撰写，留下了遗憾。

释迦牟尼也是“述而不作”。他流传下来的佛经，是靠阿难等超级电脑记忆下来，在佛过世后结集的。

由于长期在佛祖身边工作，加上超强的记忆力，使阿难成为“活化石”，被誉为佛弟子中“多闻第一”。佛经中开头第一句话，“如是我闻”，即“我听到佛祖这样讲”，那个“我”就是阿难，多么崇高的声望！记录下来的文稿被整理成佛经，包括《长阿含经》、《中阿含经》、《杂阿含经》、《增一阿含经》、《譬喻经》、《法句经》等，对于传播佛法起到了很大的促进作用。

第二，人缘超级好。肯定地说，阿难一生中没有一个敌人，甚至是没有一个诽谤他的人，当然，吴承恩除外。

佛祖领导的僧团中，鱼龙混杂，林子大了什么鸟儿都有。阿难最为难能可贵的是，深知自己是受到佛法的熏陶，才变得越来越优秀的，所以虽然他出身高贵，长得英俊帅气，却从来没有自高自大，而是非常谦虚诚恳，仁民爱物。

在僧团中天天跟随最高领导，天天激烈辩论不同的问题，都没招致人家的嫉妒和怨恨，这是相当不容易的。难怪佛祖在即将登临极乐世界时，高度表扬他的仁慈和无私。

但是，阿难记忆力好，并不代表他修行就好。佛教是一个信奉修证的宗教，再好的学问只是一个佛学家，只能讲讲口头禅。平时不重视修证的阿难在佛祖涅槃后第一次结集时，就吃了修证不圆满的大亏。

为什么结集那么重要呢？佛祖在世时，有问题他老人家可以解答，涅槃后如果不及时记录下来，就可能导致教众出现很大的分歧，最终使佛教走向灭亡。

有一次，一百二十岁的阿难在路上，听到一位比丘在念叨：“人生活百岁，不见水潦鹤，不如生一日，而能得见之。”老阿难一听坏了，佛祖老人家才走了几天，他的真传就变味了，恳切地纠正：“人生活百岁，不解生灭法，不如生一日，而能了解之。”

诵念的比丘向师父报告，他的师父说：“别听他的，阿难那么老了，早已老眼昏花，记忆混乱，听我的没错。”

因此，结集记录佛祖的真传非常重要。

在结集之初，由大师兄迦叶主持工作。佛祖去世九十天后，继承传法大业的迦叶召集四百九十九位证果的阿罗汉，在王舍城附近的七叶窟集会。阿难虽“多闻第一”，是参与这项大业的理想人选，但大师兄认为他修证还不到位，悟境太低，没有资格参加结集活动。

阿难跪在七叶窟前，哭诉哀求，希望获得参与资格。师兄不为所动，毫不让步说：“阿难，你没有真正体验到悟境的经历，想进入这里参加结集，不感到羞愧吗？”师兄对着大门的锁孔说，“明天开始工作，如果你能穿越这个锁孔，就有资格参与结集工作了。”

阿难没有本事从锁孔钻进去，羞愧难当，默默而退。

世上无难事。阿难将自己关在房间里面，发愤静修，苦苦参了一个晚上，眼看天将破晓，依然老鼠拉乌龟，一无所得。这时，他想躺一下稍事休息，当后背触及床板的一刹那，灵光一闪，豁然开悟了！

朝阳升起，一切的一切变得那么美好，鸟儿唱起歌来，我们亲爱的阿难神情轻松，又来到七叶窟前。大师兄和众罗汉知道他已悟道，让他从锁孔穿了进来。

这是世界文明史也是佛教史上最为著名的一次经典结集活动，由阿难复述佛祖的言语，然后由大家确认无误后，逐步写成了经书。“如是我闻”，让阿难走进了历史，走进了我们的心中。

有人要问，阿难接触床板的一刹那，到底悟到了什么？我们不可能知道。但可以肯定的是，这是长期积累而顿悟的结果，使他达到了一心无尘的境界。

虽然之前阿难号称“多闻第一”，但悟道比不上别人。师父佛祖已回答这个问题：“我将美味佳看说给你听，你都能背诵，能解饥渴吗？”

因此，多读书多思考，还远远不够，必须实践体验才行。这是佛教修证与众不同的地方。没有经历过修证的宗教经验，妄自说三道四，是非常不可取的。

阿难继承师兄也是师父迦叶的衣钵，成为僧团的最高领导人。在禅宗中，阿难被尊为西方第二祖。

阿难的启示：得罪谁也不可得罪文人，阿难那么好的人被吴承恩的妙笔一写，留下千古骂名。唐僧亦然，现实的唐僧太伟大了，伟大得让你难以想象，却被吴承恩写成了一个软弱无能、不辨忠奸的人。理论学习再多，没有一定的实践经历，学问永远是天堂的学问，对现实一点好处都没有。

妙方五

最惨烈苦肉计的广告价值

这一次，唐僧遇到了很多奇事。

故事发生在一个牛道士的地盘，这位牛鼻子叫镇元子，是著名的广告策划大师。所以第一奇，是三条广告语。第一条，“万寿山福地，五庄观洞天”；第二条，“长生不老神仙府，与天同寿道人家”；第三条，在厅堂上供奉“天地”神位。

孙悟空的反应，一是牛鼻子说大话，即使太上老君门口也不敢贴这样的对联。二是吹牛不看对象，孙悟空是什么人物？真是关爷门前舞大刀！老猴子“笑得打跌”。

奇归奇，笑归笑，还有更离奇的事情等着他们呢。

他们面临的，是一样宝贝的诱惑。宝贝叫人参果，具有长生不老功效，一万年成熟，闻一下多活三百六十岁，吃一个增寿四万七千年！比天上最牛叉女人王母的蟠桃还值钱。

这么说，要么是他胆子大，向现代企业家学习，做虚假广告不脸红；要么就是在抢玉帝王母的风头。凭什么你能独占稀缺的资源？

这宝贝放在如今，老美岂不得航母开过来，巡航导弹打过来？

航母没来，导弹不见踪影，老孙倒见到一个“离奇 + 离奇”的人物。这位先生，竟然和孙悟空很神似。

他是道士镇元子。江湖上的酒肉兄弟说他是“地仙之祖”，就像一些地方戴着“红顶子”的“黑老大”；有人说他叫“与世同君”，有了天地，就有了牛鼻子。

重要的是，他的履历跟孙悟空一模一样！

第一，两位“宅男”的豪宅一样：一个蜗居在“花果山福地，水帘洞洞天”；

一个在“万寿山福地，五庄观洞天”。敢于将“洞天福地”做广告的，没有第三家。

第二，两人的“官”一样大：老孙被封为齐天大圣，是跟天地一样的大圣人；老道叫与世同君，岂不是“齐天大圣”？难怪孙悟空不高兴，招牌再大也不能大过花果山！

第三，两人的“父母”相同：孙悟空的父母是石头吗？玉帝说“错错错”，是“天地精华”所生的，父母是“天地”；道士将“天地”供奉在祖宗牌位上，父母岂不是“天地”？老孙更是不高兴，你何德何能，敢跟我“抢父母”？一怒之下，让人参果树断了根！

还有最重要的一条，两人都是本领超强却没有政治和社会地位的人！

孙悟空、镇元子都是神仙序列中一等一的高手，鬼见鬼怕、神见神惊的头面人物，两个人最痛心落魄的，是得不到上天的承认，不管齐不齐天，反正天上最伟大的盛会——蟠桃会，没有他们的位置！

王母娘娘老黄历定下的规矩中，即使请到“下八洞幽冥教主、注世地仙”，也依然没有两位“大圣”的名字，请帖永远派不来。镇元子曾委托朋友“海外仙客”，向王母献上无敌水果，王母还是不领情，哪怕在旮旯里留个位置，也是没门！

此路不通，只能另寻他途。镇元子只能去天上，擦擦老一辈神仙元始天尊的皮鞋，希望走后门弄一个“代表”、“委员”什么的光荣称号，获得应有的政治待遇。

这一次，老天爷给了镇元子获得政治待遇的宝贵机会。

道士最拿手的是什么？诸葛亮、刘伯温学奇门遁甲之术，宋代邵康节的《梅花易数》很出名，他们能掐会算。镇元子肯定算到这一点。当某日唐僧师徒莅临五庄观指导工作的关键时刻，镇元子却玩“失踪”、“躲猫猫”，名义是到元始天尊处听讲座。

孙悟空一听，知道是个骗局，因为上清天弥罗宫是没有太乙天仙的。

由此观之，镇元子充其量是太乙天仙，在神仙序列中，排名靠后，哪怕是地仙之祖，跟天上神仙还差几个档次。即是说，乡村的“代表委员”，跟全国的“代表委员”差距较大，广告做得再响也没用。

镇元子施展出最为惨烈的“苦肉计”，目的是避开唐僧，激怒齐天大圣。

故事进程完全掌握在牛鼻子手中。唐僧肉眼凡胎，不敢吃貌似三岁婴儿的人参果；猪八戒闻到风声，支使师兄盗窃人参果；兄弟分赃不均，惹出了大闹五庄观、刨倒果树的悲剧；镇元子知道自己的能量，用“袖里乾坤”的本事，将取经团控制在手中。

有了“赔树”的天大理由，惊动了天上地下能够助人健康长寿的神仙，如福禄寿三星、东华大帝君、瀛洲九老等，但因为镇元子的江湖地位，以及“道士支持道士”的潜规则，他们都不敢跟孙猴子玩。

解铃还须系铃人，灾难是谁设计的，请谁来解决。观音亲自出马，解决了灾难，镇元子与孙悟空结拜为兄弟。

观音为什么能医治人参果树？有一次，太上老君与她打赌，将其净瓶中的杨柳枝放在炼丹炉中炙烤，看看大慈大悲的主能否返焦为绿？老君小看观音了，只要人有善念，就没有办不到的事情。有了这个经历，善算的镇元子才敢拿出身家性命来实施“苦肉计”，最终得到了想要的东西。

这是什么东西呢?

他得到了福禄寿。如果没有人参果树的突发性事件，三星是很难到五庄观的。为了孙悟空的猴屁股问题，他们乐得做个人情，一举多得，还白吃了一个人参果。

他得到了齐天大圣。镇元子再打一百年，也无缘认识孙悟空，更免谈结拜兄弟。这才是超级的广告效应，我想下一次蟠桃会，这对难兄难弟一定会接到请帖、大驾光临的。

他得到了禅。禅是什么？就是金蝉子唐僧。唐僧在能长命百岁的人参果面前，我自岿然不动，这种极为平静、安宁的圣境，即使是地仙之祖，也是需要学习的。

他得到了大慈大悲。观音体现的是大慈大悲，要在神仙江湖上混，仅靠人参果是行不通的。再好的东西，也仍然存在很多风险，包括被“台风”刮倒的危险。只要内心做到大慈大悲，就是成仙成道成佛了。这是镇元子最大的收获。

在孙悟空穷途末路、叫天不应叫地不灵的危急关头，他有了一念之善，认识到自己的罪孽，这时大慈大悲观世音在心中显现了，为他解决了一次又一次的磨难。一念之善，一行之善，是进步的阶梯!

镇元子的启示：在这个时代中，名气是与利益成正比的。有了一定的名气，就有了一定的利益。适当给自己做广告，提升知名度是必要的。知名度的提升，不是天上掉下来的，除了科学的策划、默契的配合、积极的行动外，有时候还要先牺牲一定的利益，才能得到更大的利益。

妙方六

最善于做广告的一个团伙

你最喜欢什么样的神仙?

玉帝吗?农村的老婆婆天天拜“天公”,不见有什么好处。拜观音?大慈大悲,救苦救难,好像包治百病,其实什么病也治不好。如来?太庄严,感觉有些遥远。哪个神仙最实在,让你欢喜让你忧?

如果做个调查,我认为,答案会比较集中,就是福禄寿三星。

福星,主管每个人的运气和幸福,谁希望运气不好,生活不幸福?禄星,想当官、当大官的不会忘记他。寿星,保你健康快乐,长寿万岁。有了福有了禄,最要紧的是寿命。健康是“1”,其他是“0”,没有老寿星的关爱,再多的福和禄都是白搭。

三位好像是亲兄弟,同气连枝,体现了有福同享、有难同当的中华传统价值观。该出场时,一起出场。在《西游记》中,他们的形象,更像是当今企业的“形象大使”,非常善于跑业务、当公关、做广告,知名度相当高。

三星非常善于把握机遇。

做任何事情,当第一与第八没有差别,尤其是送礼更没有本质的差别。而如果你做事情把握好时间,适时出击,同样的价值就能够做出不一样的业绩。就如中秋送月饼,你在中秋前一个月送,人家很感激,觉得价值高;如果中秋日送,不如送红薯;中秋后送,人家说你脑袋进水。

当如来将孙妖猴镇压在五行山下,天宫恢复正常工作秩序后,为感谢我佛的大慈大悲、法力无边,玉帝专门召开胜利表彰大会,为如来记上特等功,接受众人的祝贺。

王母娘娘作为女主人,带领一班美女尽情跳舞,天上各路神仙蠢蠢欲动,看怎样给我佛留下好印象。如果我佛高兴了,没准能给一个“成佛”的指标。

最先送第一盒“月饼”的是谁？老寿星也！当众神仙目瞪口呆欣赏美女歌舞时，“一阵异香来鼻嗅，惊动满堂星与宿。天仙佛祖把杯停，各个抬头迎目候。”来者是谁？“长头大耳短身躯，南极之方称老寿。”

第一个出场的总是效果好，备受关注。老人家送什么礼？“更无他物可献，特具紫芝瑶草，碧藕金丹奉上。”

确实礼品微薄，是一些山上的“土特产”。但你别忘了，有时候几个“红薯”的价值，比黄金更大。这就是老寿星的过人之处！

三星非常善于借船出海。

由于广告做得好，孙悟空受困于五庄观、没法救活人参果树时，第一个想到三个老兄弟。

三星获悉来意后，说没办法救树，但有办法救你。你放心吧，我们一起到五庄观，向镇元子大仙和唐僧求情，你放心去寻找药方吧。老孙一听，激动地说：“感激，感激！就请三位老弟行行，我去也。”即使玉帝帮了那么多忙，也未见老孙说“感激”，好像前生前世欠他债一样。

借此机会，三星到五庄观做客，空手而来，收获“鱼虾满仓”！他们白白赚到镇元子、唐僧、孙悟空三个大人情，活生生吃了三个人参果，这在以往是不可想象的！

三星非常善于见风使舵。

看着那些大腕派出部下变成妖怪，给唐僧增加一点困难，从而达到两获其利的情况，老寿星也凑热闹，将“司机”白鹿下放，到凡间顺便找一千多个孩子心肝做药引。

机会虽好，然而由于这行径太恶劣，惊动了爱管闲事的孙悟空。老孙一顿棍棒，差点将白鹿打死。关键时刻，老寿星后台变为前台，轻轻松松保住“司机”性命。

他是怎样做的呢？一见到白鹿，就说：“孽畜！快现本相，饶你死罪！”自己先入为主，掌握主动；在老孙面前装模作样：“若不是我来，孙大圣定打死你了。”老孙吃了个“白条”，跳出来问：“老弟说什么？”寿星说：“我嘱鹿哩，我嘱鹿哩！”

一个典型的“官僚”嘴脸！

有意思的是，三星中出现频率最高的是寿星，福星次之，禄星最低。在人们看来，求福求禄难度大，而求寿是每个人都可以身体力行做到的。只要年龄大的，都可成为寿星。人生七十古来稀，现在七十正盛年。寿星越来越多，说明生活条件的进步。

三星是以人格化形象出现的，在天文学上，各有所指。

在《封神演义》中，寿星叫南极仙翁，也叫南极老人星，在天文学里的名字叫船底座α星，位于南半天球南纬50度左右，在我国北方很难看到。福星是你想象不到的木星，太阳系八大行星之一，古人称为岁星或者福星。禄星位于北斗七星的正前方，与七星相伴升起，容易看到。

在漫漫历史长河中，三星的沉浮与人世间的人文价值是相适应的。正因为如此，三星才成为人们最为景仰、最为羡慕的星星。他们不需要付出巨额的广告费，便家喻户晓了。

体现在寿星身上，是传统的尊老和孝道文化。古代是一个分分离离的时代。中国人比较喜欢当老大，有条件的尤其喜欢当皇帝，哪怕有巴掌大的地方，都恨不得马上称帝，过几天皇帝瘾，如袁世凯、刘知远、吴三桂之流。

因此，太平盛世的宝贵时间不多，一致公认的不过“三大盛世”。《三国演义》一开头，说出这种分分合合的历史必然规律。老寿星在天上，处于若隐若现的境界，正好符合中国历史那种动荡不安的局面。这种情况下，老人家承载了一种历史的传承，尊老敬老成为所谓明君的必然选择。

体现在福星身上，是人们对美好生活的向往。木星的功用，是作为“岁星”与农业的某些联系。民以食为天，古人观察木星活动的周期，气候呈现周期性变化。气候对农业的影响是决定性的。在“岁星”所在的地方，保证五谷丰登。收成好，衣食足，福气自然有了。现代人不同，好吃好喝还要精神愉悦，要求不同，观念进步了。

体现在禄星身上，是国人一种独特的进取文化。古人评价一个人是否有上进心，就看他是否热爱学习，是否考取功名，因为那时经商做工搞科技，都属于旁门，登不上大雅之堂。据说，禄星是被纣王赐死的亚相比干，死后被姜子牙封为文曲星。

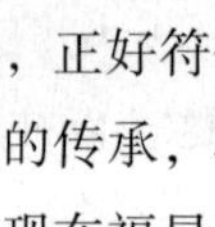

福禄寿三星的启示：他们不需要推销自己，但名声却无比响亮，说到底是因为他们与人们的企望和利益息息相关，始终代表人们的基本利益。只要你想到别人，别人就会想到你；只要你时时处处为别人着想，你的能力和声望就会日积月累，最终跟三星一样，不需打广告，声名满天下。

妙方七

没出场胜似出场的大牛人

有一位真正的神仙大腕，从来没有出过面、露过相，实际上是一位绝对权威，他会是谁呢？

他是道教的第一掌门人，道号元始天尊是也。他才是没有登台亮相的超级牛人。虽然没有亮过相，但整个进程却处处体现他的存在，至少是通过“三个一”浮现出来的。

第一个，“一席”。王母娘娘每年要设宴大吃大喝一顿，那是一个论资排辈的地方，资格老的喝上蟠桃果汁，再老的或许会闻到人参果的味道，再老再老的，吃上一粒老君丹，这是多么大的诱惑！难怪天上地下，各路神仙，纷纷以参加蟠桃会为荣，跟以前一些单位吃年饭一样，有大奖抽，头等奖是一百万美金，相当于诺贝尔奖，你不参加是因为钱太多，或者是那天不巧出国了。

这里，肯定留给道教大腕“一席之地”。孙悟空想找自己的名字，可怜数了半天，元始天尊早就数到了，职务与天一样大的孙大圣却无立锥之地，难怪孙猴子不高兴，反他娘吧。

第二个，“一贴”。唐僧来到五庄观，传说主人镇元子到天上培训去了。开设培训班的是弥罗宫中的元始天尊，高级研修的课程叫“混元道果”。

镇元子是博士的爷爷水平，凭什么到天上听课？说明不是一般的课，甚至比去蟠桃会的收益更多。利益延伸到哪里，人气就延伸到哪里，不挤破头是见外了。镇元子说：“不可违了大天尊的简帖，要往弥罗宫听讲。”除了有好处外，这一“贴”，说明学习“通知”具有一定的强制性，另外他老人家的面子也要给。

元始天尊居住的上清天在三十四重天。所谓“混元道果”，就是成就金丹大道，崇尚道法自然，让人心之本回归自然，除去各种杂念，斩去自我之念，人的本心才能回归自然之道，才能证得“混元道果”。

第三个，“一像”。这可惨了，天上第一的道教掌门人，被孙悟空师兄弟整蛊惨了。其实，无论是元始天尊，还是太上老君，在民间的形象都是很实在的，很本分，名声不错。这一次，是因为什么得罪了孙猴子他们？

在车迟国，虎力大仙等兄弟设下丰厚的供品，祭拜三清祖师爷。孙悟空要捉弄他们，顺便帮猪八戒解决“胃子”的福利问题，装扮成三清爷爷偷吃供果。要吃便罢了，开吃之前还假装斯文，滥竽充数，变成三清。

那么，原来几尊泥像怎么办？孙悟空指使猪八戒，将他们丢进“五谷轮回”之所。老猪比较老实，不知那是何方圣地，当他扛着圣像过去一看，原来是茅坑一个，叫什么“五谷轮回”之所，多亏孙猴子想得出来。

你想想，干干净净的三清爷爷，被可恶的老猪丢进粪坑。老猪还学着道士念经，取笑他们：“你平日家受用无穷，做个清净道士；今日里不免享些秽物，也做个受臭气的天尊。”是可忍孰不可忍？

元始天尊的知名度不是很高，没有太上老君高。在神仙序列中，三清是道教的最高首长，称为集体领导。

天地混沌之初，处于无极的状态，发展到了临界点，由无极化为阴阳鱼的太极，再两仪化四象，一气化三清，天地的功能和职责非常明确，各自按照秩序运转，孔子说：“天何言哉。”周易说：“天垂象，圣人则之。”

老天爷是一本超自然的书，自由自在运行，体现了很多内在规律和哲理，能不能发现靠你自己。所以说，佛祖交给唐僧无字真经，才是最高的待遇。可惜唐僧肉眼凡胎，不理解佛祖的苦心罢了。

元始天尊在“三个一”中，体现出来的是一个“幕后人物”。

在《西游记》中，如果问谁是真正的幕后人物，答案是唯一的，就是元始天尊。

整个取经过程，是一个道教和佛教相互博弈的过程。作者也有“三教合一”的思想，如孙悟空在车迟国斗法胜利后，对那位昏君说，你既要敬佛，要敬道，也要培养人才。这是“三教合一”思想的最好体现。

并非说元始天尊永远是个幕后人物。在《封神演义》中，他是作为一位实战大师、策划大师出现的。

其时，他老人家住在昆仑山玉虚宫，掌握阐教的生杀大权，自称门下十二名弟子“犯了红尘之厄，杀罚临身”，因此不高兴了，关闭宫门，不再讲课。

他门下有一位知名度高的不入流弟子，名叫姜子牙，三十二岁上山学道，活到七十二岁，一无所成。估计姜子牙的学习能力一般，但老师说他具有非凡的做官能力："磻溪石上垂竿钓，自有高明访子贤。辅佐圣君为相父，九三拜将握兵权。"看来，一个人有这份能力就足够了！

那么，元始天尊在《西游记》中，作为幕后人物究竟有什么意义呢？

元始天尊"出生"比太上老君要晚，最早拥有著作权"元始"的，是晋朝葛洪的《枕中书》，说在混沌未开之前，有天地之精，号"元始天王"。后来天地分开，天王居天中心上，吸纳天地之精，日月之华，经历了好多劫，与太元玉女相合，生了天皇西王母，天皇生地皇，地皇生人皇，就这么生生生，生出了世界，生出了人类。元始天王是人类的终极始祖。在演变过程中，天王逐步被称呼为元始天尊。

从道教的发展历程来说，就像女娲创造人类一样，元始天尊是天地、人类的始祖。将这位始祖作为稳坐钓鱼台的"幕后人物"，也就不委屈他了。

道法崇尚自然无为，《道德经》叙述了一种理想化的小国寡民的思想，一个国家，地盘不要太大，人口不要太多，那些作战、法制、祭祀、徭役等不需要了，老百姓就会重视自己的生命，回归那种自然无为、休闲舒适、安康快乐的境界，"邻国相望，鸡犬之声相闻"。这确实是一个很好的境界，很多人至今不理解。

元始天尊的启示：幕后人物经常是个贬义词，因为人们认为隐藏得很深的人物，通常危害很大。这是一个误区。幕后人物往往是做好制度设计，进行有效协调和指挥的人物，其工作更能显示一个人的智慧。现在这个社会，个个喜欢出风头，恨不得一夜间或者半夜间成名成"家"，这种短视行为对社会风气造成了很大的危害。如果人人皆短视，会使社会名义上发展，事实上倒退。如果每个人多一点沉着和宽容，少一点浮躁和激动，对人对事对社会都有好处。

妙方八

人类发展最需要的是什么

一件人类最宝贝的东西，在取经途中，却是头疼的存在。这是什么呢？

概括来说，这是“取经劫难三把火”。俗话说，新官上任三把火，刚刚履职的新官员，总要露出一手，让下属开开眼界，知道这位新老板是有火气、有能量的。

第一把火，高僧贪欲刮黑风。

唐僧刚迈出“校门”，就遇到了危险，人生江湖是不是太黑了？这是黑风山，山都刮了黑风，什么都是黑的。活了两百七十岁的老和尚，赚了几百件袈裟的老院主，依然没办法克服贪欲，被唐僧的锦襕袈裟所诱惑。获取袈裟的唯一手段，就是放火烧死所有权人，达到永久的占有。结果袈裟占不来，反而一把火把自己烧残了。

第二把火，人小心邪现红云。

孙悟空不怕火，这一次差点被火逼死了。他遇到一个不世出的小朋友，名叫红孩儿，人小鬼大邪法大，其杀敌利器是三昧真火。我们开煤气做饭，是外部可燃物质产生的热能。小朋友的热能是从心中发出的。三昧是什么？是人的心志处于一种极为安定的状态，在这种情况下，迸发出的火是真火，其威力不是普通之火可比拟的。心量有多大，火的威力就有多大，难怪孙悟空战胜不了三昧真火。

第三把火，火焰千里见黄沙。

唐僧遇到人生无法逾越的火场，那是横亘八百里的火焰山。据说火焰山的生成是孙悟空惹的祸。解铃还须系铃人，是你放的火，必须由你来消灭。老孙是真汉子，能生火也能灭火，消防队长当得好。

这三把火，都有不同的象征意义。

黑风山的纵火，是人世间的贪欲引起的。人们心中贪欲的危害，一旦不加以约束，就会变火成灾。

红孩儿的三昧火，名虽为真火，但人小而鬼大，真心变邪心，童心变嗔心。人最怕这个嗔心，嗔心是引发“无明”的源头。红孩儿在神仙体系中，等于刚刚出世，其嗔心何其大也！跟人家打仗，还要用手自残鼻孔，如果不自残的话，这个仗是没法打的。

火焰山的烈火，既是天上掉下来的，也是心中无形生成的。每个人心中都有火焰山，一旦无名火发，女人如河东狮子吼，男人如晴天响霹雳。只要找不到自心自性，就将永远处于没有智慧的状态，痴心妄想，找不到北。

三把火，是人世间“贪嗔痴”三毒之火。取经团队经历了烈火的考验，自然得永生了。什么是永生？是开窍了，成佛了。

因此说，最宝贝的东西，放在取经路上，真的不是那么回事。事物都有两面性，既有利的一面，也有弊的一面。人类之所以能够繁衍不息，成为大自然的宠儿，说到底，是具有善于利用自然力的超然本领，才赢得大自然的尊重。

赢得大自然的尊重，首要的条件，是人类从火的弊端中，找到了利用火的办法，使之成为人类的好伙伴。科学地说，没有高超利用火的能力，人类就不成为人类，跟其他禽兽就没有差别。

在取经途中，孙悟空也想办法利用火。当然，从他自己的角度来说，都是正确的，只是有时候不太地道而已。

在黑风山，既然发现高僧的阴谋诡计，应该及时出手制止，而不是向天将借用避火罩，保护了自己的生命财产，却忽略了别人的生命财产。在大战青牛精时，邀请天上的火德星君来放火，结果妖怪没烧着，反而将借来的宝贝弄丢了。火焰山陷于困局，还是一个字“借”，向嫂子借芭蕉扇。

火是不能借的，这是先人留下的一条宝贵经验。

在古代，人们认为有一个神仙，管理天上人间的火种，他是南方之神。在古老的传说中，可追溯到炎帝的时候。

《史记》中说，上古有个国家首长叫帝喾（音库），部下有个叫重黎的，是颛顼（音专须）的重孙子，颛顼是黄帝的孙子。重黎是帝喾的火正，立下了很多功劳，帝喾封重黎为祝融。

火正是个官名，主要从事火务的工作。那个时候没有火柴这类点火的东西，火种需要专人负责保管得以传承。火正与祝融，同样是管理火种的官员。“祝”是永远、继续的意思，“融”是光明的象征。祝融是希望重黎继续用火来照耀大地，继往开来，永远给人类带来光明。

现在，人们说哪里发生火灾了，是被祝融光顾过，这是个误解。

经过长期的演绎和发展，人们将原来是朝廷掌管火种事务的官员，当成神崇拜了。说明古代生产力低下的情况下，火对人类的重要性。即使到了现在，火依然是人类生活中的第一要务。没有了火，人类的发展不可想象，可能会倒退回原始社会。

人类的历史，就是一部取火照耀光明的历史。火，成为人类文明的象征。

在我国漫漫的历史长河中，关于火的来源传说有很多，最早的是燧人氏钻木取火的故事。

相传很久以前，有个燧明国，燧明国生长有一种燧木，也叫火树，非常高大，树上笼罩着云雾。有一种鸟用嘴巴去啄燧木，竟然啄出火来。燧明国有一位天生的圣人，从中得到启发，便折下了树枝，使劲地钻，钻出了火。这是著名的燧人氏钻木取火的来源。

为了历史的发展，古代各地的先人们，都在不断地奋斗，以寻找到更好的生存、生活之道。

借来的火，始终是不受到珍惜的，火种很快会灭掉。而不灭的火种，除了自己钻出来的，还有“盗”来的。

在古希腊神话中，最著名的是普罗米修斯盗火的故事。最高神宙斯创造了人类，要求人类必须拿出最好的东西献给他。人类没有做到，宙斯作为对人类的最严厉惩罚，拒绝给予人类为了完成文明所需要的最后物品——火。没有火，人类存在就没有意义了。

普罗米修斯想出了办法，用一根长长的茴香枝，在烈焰熊熊的太阳车经过时，偷盗了火种带给了人类。宙斯气急败坏，还有人敢挑战他的最高权威，便吩咐火神给普罗米修斯最严厉的惩罚。但无论是多么残酷的惩罚，都始终没有改变普罗米修斯的信心和决心。自此，人类有了文明的火种！

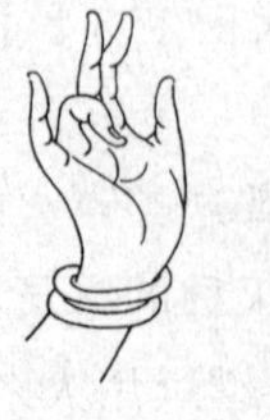

火神的启示：星星之火，能烧万顷之田。一粒火种，能够照亮整个人类。为了获取光明的种子，每个人都在努力改变黑暗的现状。孙悟空是一个叛逆者，但不是彻底的改变者，所以，他对火的处理只能靠借。我们如果要有改变，当个“盗火者”又何妨呢?

真经七 壮大力量的巧妙手段

手段一　玉帝信赖的四大“狗头军师”
手段二　孙悟空战姜子牙的惊人秘密
手段三　西天路追魂夺命“四大名捕”
手段四　镇守南天门是哪四位“牛人”
手段五　十八罗汉那些搞笑的冷幽默
手段六　孙悟空的四大无敌“铁哥们”
手段七　关云长变成佛门“保安队长”
手段八　享尽艳福的奇特“四大才子”

手段一

玉帝信赖的四大“狗头军师”

玉帝是老猪，看上去是猪悟能那样的“无能”。不是“依卿所奏”，就是“这等这等”，没有主见，没有血性。实则如此吗？

天宫机构能高效运转，玉帝能清闲自在，是因为有一个高效的秘书班子，他们就是著名的四大天师，即张道陵、邱弘济、许旌阳和葛仙翁。

这些老家伙有几个特点。一是资格老。都是神仙的祖宗，那些道教源流，如五斗米道、正一道、天师道等，大多出自其门下。二是地头熟。典型的地头熟，天天在玉帝眼前混，跟着大老板，还不熟悉那些道道？三是经验足。他们嬉笑怒骂，皆成文章。孙悟空是个牛猴子，见到老大哥不敢放肆；几位大哥没将他当外“猴”，开口“猴子”，闭口“无赖”。四是手腕多。典型的太极高手，能将死人说成活人，能量就这么大。

几个“牛鼻子”有什么来头？道哥贵姓大名，仙乡何处？为何叫“天师”？“天师”是对得道并有高度成就的道人的尊称，民间传说四大天师是张道陵、许旌阳、萨守坚和葛玄；《西游记》中，则是指玉帝殿前四位大神。

张道陵，男，出生于公元34年，字辅汉，号天师，东汉人。此人通晓四书五经，尤其是天文地理、河图洛书等玄学。小妖红孩儿诱骗孙悟空时，还说想请他算命呢。成仙后创立了五斗米道。为何这组织的名字如此粗俗？因为入道者只要交五斗米的学费，就能当上神仙，门票不贵。后世改名为天师道、正一道，被奉为道教的创立者。加上道陵先生神通广大，在道教的地位相当崇高，神仙都是他的晚辈。你说孙悟空在他面前算老几？

许旌阳，男，出生于公元238年，名叫许逊，字敬之，号旌阳，三国时吴人。许天师早年喜欢神仙修炼的道术，有一次去打猎，射中了一头怀孕的母鹿，刚好母鹿生下了孩子，在临死前不顾一切，折回头伤心地舌舔小鹿，一会儿便死去。

这件事对其触动很大，于是他幡然醒悟，将弓折断，一心追求神仙之道。曾入世当了小官，做过蜀地旌阳县令。后来得法成道，度化群生，声明远扬，被称为“许真君”。传说许逊活到一百三十六岁，于东晋宁康二年八月初一，合家四十二人一齐飞天成仙，世人尊奉他为“许仙”。“一人得道，鸡犬升天”说的就是他。

葛仙翁有点分歧，《西游记》中叫葛洪，但民间列为四大天师的叫葛玄。葛玄是三国时的方士，民间传说很多，道术跟名字一样玄，被封为“冲应真人”、“冲应孚真君”。葛洪是东晋道教理论家、医学家、炼丹术家，既有理论也有实践，尤其是所著的《抱朴子》一书，是现存较早的炼丹术著作。

邱弘济是吴承恩原创的神仙。民间所说的四大天师，是张道陵、许旌阳、萨守坚和葛玄，没有邱弘济。此君横空出世，没有人知道他的来历，有人附会是全真派的长春真人丘处机。

熟悉几位老同志的工作履历，就知道他们在天宫上的重大作用。概括起来说，他们不仅叫四大天师，还叫“天宫四大秘书长”，负责天宫“办公厅”的日常管理工作。

为什么说天宫“办公厅”呢？因为几位老人家的行动完全体现出办公部门的重要宗旨。

第一，公务接待。他们好像是机关事务局的官员，凡是要会见玉帝先生的，都要经过他们安排，如东海龙王前来告状，邱真人直接报告玉帝。擒拿了孙妖猴，玉帝召开安天大会，具体后勤操办工作，由几位“秘书长”协调。

第二，信息调研。孙悟空当上齐天大圣后，天天没事干，专门在天上跑公关，弄得天将无心本职工作。对此许旌阳进行调研，及时向老板报告信息和建议：“今有齐天大圣日日无事闲游，结交天上众星宿，不论高低，俱称朋友。恐后闲中生事。不若与他一件事管，庶免别生事端。”

第三，督查督办。老孙斗不过青牛精，跑到天上借兵，玉帝恩准，随他点将，老孙心想，除了李天王父子外，其他的都不怎么样。许旌阳非常灵活，说：“此一时，彼一时，大不同也。常言道一物降一物哩，你好违了旨意？但凭高见，选用天将，勿得迟疑误事。”确实如此，堪称“许老姜”。

第四，决策参谋。玉帝之所以不动脑筋，因为几位“秘书长”水平高，公文“拟办意见”准确，充分体现领导意图。孙悟空想请雷公出面，用雷劈死青牛精。建议很好，天师立即转奏玉帝，老板马上拍板，作出科学决策。

第五，协调统筹。孙悟空到天上告状成功，由四大天师协调太白金星，落实玉帝的批示精神。在凤仙郡，由于郡守得罪了玉帝，罚他辖区几年没雨，一片狼藉。在几位天师的协调下，郡守承认错误，积极行善，感动了上帝，终于下了及时雨。

当然，他们还发挥了很多的秘书长的作用。在具体工作中，展现了几位天师的巧实力，以及高超的职场功夫。

他们有礼有节，不越位。孙悟空自认人情通达，没有办不成的事情，天师们说，你“苍蝇包网儿，好大面皮”。本来你无须见玉帝，既然这样，我们也不包办代替。事情虽然难办，玉帝还是要让你见的。

他们嬉笑怒骂，不浅薄。听说孙猴子要告御状，天师们吃惊：“这个赖皮，不知要告哪个。”看到他不讲文明，天师笑了：“那个猴子还是这等村俗。”这样对孙大圣说话，说明他们的协调功夫，是得到认可的。

他们督促落实，不贪名。天上既是论资排辈的地方，也是讲究业绩的地方。有功劳，天师们尽量帮身边的朋友，自己不贪，是典型的“幕后英雄”。如二郎神擒拿了孙悟空，在上报材料中，天师写着：“四大天王等众已捉了妖猴齐天大圣了，来此听宣。”第一功臣二郎神不知排在哪个位置了？

他们讲究效率，不浮夸。老同志从不倚老卖老，非常尽职，是年轻一辈学习的楷模。

正是有了水平高超的“秘书长”，天宫办公厅才能高速运作，作风优良，使玉帝非常放心，也非常省心，凡事交给秘书部门处理就行。难怪玉帝工作自如，不需劳神动气。

四大天师的启示：充分调动部下的积极性，特别是发挥老同志的作用，是一个重要的领导艺术问题。玉帝从无为而治中，充分体现有所作为的思想，这是值得学习的。

手段二

孙悟空战姜子牙的惊人秘密

孙悟空大战姜子牙？

说起来让人发笑，怎么可能呢？这要从孙悟空大战杨戬即二郎神的故事说起。

孙悟空当了海归“博士”后，对谁都瞧不起，尤其是大老板玉帝。他经常违反纪律，工作散漫不说，还屡屡贪污盗窃国有资产，跑到境外洗黑钱。告状信多了，玉帝也保不住，只能发出“红色通缉令”。超级刑警杨戬出马，饶是孙悟空千变万化，采用多少规避惩罚的手段，最终还是像赖昌星一样，被抓回天上审判。

有人问，杨戬这么厉害吗？孙悟空真的打不过他？如果从结果上来说，老孙确实被小杨打败了。事后，草根人士进行总结，想找出小杨打败老孙的真实原因。

原因有很多，包括：孙悟空是孤军奋战，单丝不成线；性格高傲，藐视一切；等等。其中很重要一条原因，是缺少水平相当的帮手，没有组建起无坚不摧的工作团队。

为什么这么说？杨戬在通缉行动前，对“纪检组长”李天王说：“若我输与他，不必列公相助，我自有兄弟扶持；若赢了他，也不必列公绑缚，我自有兄弟动手。”很清楚，抓捕罪犯，“我们”自己搞定就行。这个“我们”，包括他的几位兄弟。

这些兄弟，就是赫赫有名的梅山六兄弟，即康、张、姚、李四太尉，郭申、直健二将军，加上杨戬，也叫“梅山七圣”。据戏剧《宝莲灯》介绍，他们的名字叫康安裕、张伯时、李焕章、姚公麟、郭申和直健。

在“羊猴大战”中，六兄弟主要起以下几大作用：

一是壮声威。老大前面跑，小弟后面随，从气势上压倒敌人。二是除杂草。“猴”所倚仗的是后面的群猴，当六兄弟将群猴打散，“羊”就占了上风。三是抓现成。当“猴”被“羊”追得走投无路，被“警械”打倒时，六兄弟当仁不让，死活不放地将“猴”按住了。“羊”胜“猴”的关键点，在于“羊”有六兄弟。

“猴”也有六兄弟啊，关键时刻，那号称平天大圣的牛魔王、混天大圣的鹏魔王等，不知道在哪里饮酒呢！

这就是团队战斗力的差距。

差距在哪里？主要有一条，就是团队中只能有一个核心。有道是“天无二日，国无二主”，一个团队多个核心，干起活儿来肯定不气死也得急死！

“羊”团队中，“羊”是核心，其他兄弟本领虽然高强，但人人愉快服从老大的领导。“猴”团队不同，人人是领导，人人是大哥。这样的团队，有跟没有是一样的。

在“羊猴大战”中，窃贼孙悟空被国际刑警杨戬逮捕归案，以“猴”的失败告终。

实际上，这次“羊猴大战”不是第一次。如果说第一次，是发生在周武王伐纣的时代。那时，孙悟空是什么样的“真面目”呢？他跟杨戬又是什么交情呢？

话说姜子牙率领大军挺进中原，在攻打孟津要塞时遇到麻烦。守将袁洪精通道术，变化多端。在他的手下，云集了常昊、朱子真、杨显、戴礼、金大升、吴龙等六兄弟，加上老大袁洪，号称“梅山七怪”。

此外，帐下还招聘到两位高人，即高明、高觉两兄弟。“双高”的特异功能是眼力好、耳力好，叫千里眼、顺风耳，姜子牙调兵遣将的绝密情报，全部被他们收归囊中。第二天开战，姜子牙军队被打得落花流水，“姜”找不到“牙”，爷找不到爹。

“梅山七怪”是梅山的七个成精动物，可从名字判断出其与众不同的身世。

朱子真的“朱”，是一头大肥猪。此猪的本事是将人吃进肚子后，化为大小便了账。这一次他不走运，遇到克星杨戬。“羊”像“猴”一样英勇“献身”，让肥猪吃进去。朱子真消化不了，现出猪的真身，被带到周营下汤锅了。后来，孙悟空喜欢被妖怪吃进肚子里，是不是受其启发？

常昊之“常”，是“长蛇”的长，一条蛇精。戴礼是一只山狗，杨显是山羊，金大升是野牛，吴龙是蜈蚣。在血与火的磨炼中，统统被杨戬消灭，毫不留情。

主帅袁洪看到兄弟灰飞烟灭，只能出马，跟杨戬搏命。袁洪是一只白猿精，武功跟杨戬不相上下。这个场景，就像孙悟空大闹天宫，“羊猴大战”的首发版一样。

白猿精逃回老巢梅山，一群猴子出来助阵，“手执棍棒，齐来乱打杨戬”，双拳难敌四手，危难时刻，女娲娘娘驾到，送给杨戬一幅“山河社稷图”。

杨戬将图挂在树上，白猿精被引诱进入图中，变成了“图中猴”。此图妙在于，有变化无穷之妙，想山是山，想水是水，使袁洪现出原身，被杨戬一举擒获。

在处决白猿精时，费了一番周折。刽子手砍下脑袋，在其肚子里又长出一朵莲花，变成新脑袋。姜子牙无奈，请出仙人赠送的红葫芦，请“宝贝现身”，用玄妙飞剑击毙了白猿精，除去了祸害。

在这个故事中，可以看出杨戬与孙悟空的特殊关系，尤其是与梅山七怪的传承关系。

袁洪的本相、神通以及与杨戬的争斗，说明他是孙悟空的化身。杨戬收伏白猿精，类似《西游记》中“小圣施威降大圣”的翻版。朱子真、金大升这些猪精、牛精，可看做是猪八戒和牛魔王的前身。

文学创作，妙在于优势互补，相映成趣，构成一幅生动的风景画。

在《西游记》中，孙悟空大战碧波潭的九头虫怪物，邀请杨戬和梅山兄弟帮忙，梅山兄弟称呼孙悟空为“孙二哥”，是不是暗示他们曾经是梅山兄弟呢？原来是白猿精老大，由于让位给杨戬，老孙变成“二哥”了？

以袁洪为首的梅山七怪，在武王伐纣的战争中失败了。失败不是能力有问题，而是所代表的一方不具有正义性。滔滔历史潮流，阻挡其前进方向的必然败亡。

通过各种传说和演变，梅山七怪与梅山六兄弟的故事水乳交融，“七怪”变成了“七圣”，经历了从“怪”成“圣”所经历的艰难困苦，实现了灵魂的嬗变。代表正义的梅山兄弟，就全力助大哥杨戬，打败非正义的白猿精——孙悟空了。

梅山兄弟的启示：在现实生活中，打造团队非常重要。在生活中是一个生活圈，在工作中是一个工作班子。团队容易建立，但要成为正义并无坚不摧的团队，则需要合理的优化。一个病态的工作团队或生活圈子，只能使人走向毁灭，如孙悟空“七兄弟”团队。一个健康且富有生命力的工作团队，是每个人走向成功的牢固依托！

手段三

西天路追魂夺命“四大名捕”

“冷血剑快，铁手拳硬，追命腿凶，无情的暗器……”温瑞安“四大名捕”的绝技让人瞠目结舌。当孙悟空斗不倒牛魔王的时候，突然，天上出现了“四大名捕”，合力将老牛缉拿归案！

牛魔王往哪里走？往北，五台山秘魔岩神通广大泼法金刚拦住；往南，峨眉山清凉洞法力无量胜至金刚阻击；往东，须弥山摩耳崖毗卢沙门大力金刚怒喝；往西，昆仑山金霞岭不坏尊王永住金刚出手。

佛教“四大名捕”——四大金刚联袂上演了一出擒牛大戏，“四面八方都是佛兵天将，真个似罗网高张，不能脱命”。

火焰山战役是不亚于大闹天宫的世纪大战。为了收服牛魔王，佛祖让天上地下所能动员的武装力量全部倾巢而出，并亲自担任前敌总指挥，表明这次实战演练的重要性。

在这次武装演练中，佛祖把最得力的四大护法派遣出来，这在取经途中绝无仅有。从他们出场的几次情况来看，具有与众不同的意义，最重要的是所承担的角色。

在火焰山故事中，四大护法传递了三条重要信息：

一是不管沿途什么妖魔，只要阻碍传经事业，一律“杀无赦”；二是告诉取经团佛法无边的道理，佛无处不在，只要努力了，佛就会帮你消灾解难；三是带来佛的慰问信和战时动员令，这才是要点。四大金刚对唐僧说：“圣僧喜了，十分功行将完！吾等奉佛旨差来助汝，汝当竭力修持，勿得须臾怠惰。”

这是首要一条，他们是佛祖的“心声”，真正的传声筒！

次之，他们在外镇守四方，在内镇守灵山大殿，充当佛之“手”。

五台山、峨眉山、须弥山、昆仑山是各个宗教的“兵家必争之地”。如五台山秘魔岩，苍松翠滴，山花灿烂，流水潺潺，自然景观之美，不仅为五台之最，也是世间罕有。“先有秘魔岩，后有五台山”，这里是文殊菩萨最早显圣的地方。守着一个中心，天之四角，难怪佛教发展这么快。

还有，凡是最重要的工作，总是让他们来完成，充当佛之“身”。

唐僧取经完成，沿途花费了十四年。按照这种速度回归，就如猪八戒说的，得从小走到老，再从老走到小。佛祖给出的时间是八天，为了符合所谓的“藏数”，即硬性时间指标，没有什么价钱可讲，只能八天，多与少都不行。只有心腹爱将来完成这个重大任务，佛祖才会放心。

确实如此，四大金刚高效落实了佛祖的最高指示。如此做法，与佛祖亲自出马何异。

上述分析，看出四大金刚的极端重要性，他们是佛之“声”、之“手”、之“身”，说到底，是佛祖的“代言人”或“替身”，关键时刻亮出来的“杀手锏”！他们在工作中表明了这个“优势”，剿灭牛魔王时，是奉了佛的“亲言”、“密令”，天上地下谁有这个缘分？

在佛的指挥系统中，内有八大金刚，外有四大金刚，就像天上镇守南天门的“四大天王”一样。

说起“四大天王”，这里有必要做个澄清。民间总将四大天王与四大金刚混淆，其实不是一伙的，是两个不同的战斗集体，服务的领导也不同。

四大天王是增长天王、持国天王、广目天王和多闻天王，《封神演义》中是“魔家四将”，也叫“琵琶琴瑟四大王”，手中拿着的琵琶之类坛坛罐罐的东西，谐音为“风调雨顺”，象征着国泰民安。四大金刚是四大金刚，四大天王是四大天王，混淆不得。

传说，佛祖当年成道后，到处传法，名气很大。四个家伙不服，想与佛祖比试武功，这可能是佛祖与孙悟空打赌之前的实战演习。他们约定，谁本领强，谁就是老师。佛祖说，好吧，来吧。

佛祖问：“你们有什么法力？”老大说：“我能顶破天。”老二说：“我能踩塌地。”老三说：“我能扳倒井。”老四说：“我能指捏路。”前两个好理解，什么是“扳倒井”？水井是挖到地里的深坑，谁能将它反过来？“指捏路”更难了，在没有推土机的时候，谁能将高山大河捏出一条“血路”来？

佛祖说：“你们法力很大啊，怎么比试呢？”

这时，佛看到旁边有一块四方石板，就说：“我坐在上面，你们要是能将我抬走，就算你们赢。”

这还不简单，四兄弟乐坏了，痛快地答应。佛祖坐在石板上，四个家伙过来抬。此时，佛祖将朝上的右手反转往下，结了个手印，四个人立时动弹不得，就像泥塑的一样。四人自叹弗如，乖乖地拜佛为师，修成了正果。佛祖看到他们武功不错，性格张扬，尤其是敢于得罪人，就封他们为金刚。现在庙里佛祖驾前，塑造的便是几位仁兄。

四大金刚敢于得罪人的性格，在佛祖慧眼高明的调教下，真的是物尽其用，人尽其才。

进入寺庙时，你会看到前有弥勒佛，后有怒目金刚。弥勒是笑口常开的菩萨，人见人爱的尊者，终日笑眯眯的，即使你愁得要跳楼，见到弥勒你也开心。这叫“笑口常开，笑世间可笑之人；大肚能容，容天下难容之事”。

怒目金刚不同，威猛可畏，面目可憎。有句话叫“金刚怒目，菩萨低眉”，就是说这个事。意思是，怒目是为了降妖，低眉是为了向众生显示慈悲的力量。

难怪弥勒的香火旺，金刚的门前冷冷清清，弄得金刚差点不干了，跑到佛祖面前叫苦，要求变成笑眯眯的“金刚”。

佛祖说：“如是如是，如果你变成慈眉善目的，就不是金刚了。”佛家既要有慈悲的菩萨，也要有怒目的金刚，这就是他们的定位。

这就是佛祖将四大金刚看成是自己的“声”、“手”、“身”的原因。这些英勇的革命战士，是在烈火中经受过考验，对佛高度忠心的护法。

他们意志坚定，坚持原则，嫉恶如仇，秉持敢于得罪人、敢于与邪恶势力作斗争的理想信念，经历过血与火的考验，诚为佛门的四大金刚也！

四大金刚的启示：要当“好好先生”容易，要当黑脸包公难。但是你别忘了，在历史长河中，能给人们留下记忆的“好好先生”太少了，留下的黑脸包公却不少。宋朝的包公、范仲淹，明朝的海瑞等，这些人物才配在史书上留下珍贵的一笔。

手段四

镇守南天门是哪四位“牛人”

玉帝的资源严重浪费，仅南天门的看门官，就有一个天王和四大元帅，即广目天王和马赵温关是也。

天上元帅是干啥子的？要不看门，如四元帅；要不看水，如猪八戒；要不吃空饷，如李天王。

因此，不要以为元帅是什么级别。在天上，人才济济，什么三皇五帝，道德三清，北极玄武，等等。排到元帅，跟弼马温差不多。一块小石头掉下来，能砸到一堆“元帅”，他们没事干，不去看门还能做什么？玉帝也有苦衷啊。

不过，这四元帅真有来头，每人都有一只与众不同的“眼睛”！

——正眼看人，马王爷确实不好惹！

我们经常看到，江湖侠客对决，为从气势上压住对方，高叫：“叫你知道马王爷三只眼！”

三只眼那么厉害吗？一只眼是残疾人，两只眼是普通人，三只眼肯定是神仙。神仙中三只眼的不多，有二郎神、王灵官等几个，还有这位马王爷。

马王爷即马元帅，大名叫马灵耀，道教称为“三眼灵光”。此君前身是如来佛身边的助手，因为犯了错误，被下放到凡间劳动。一出生就是三只眼，好在父母胆子大，放在今天可能被当成妖怪照B超后胎杀了。

小马从小是个混混儿，打架出了名，甚至像哪吒一样打死了东海龙王。龙王老被整死，或者是命不好，或者是作孽太多遭报应。

后来，小马得道成为玉帝驾前的神将，是二十八宿中的星日马，据说是马王爷的学名。有一次，玉帝派他和娄金狗、奎木狼、虚目鼠到人间考察，了解民情民意，以便使玉帝的政府报告能实事求是反映基层工作。

结果，狗、狼、鼠回来报告，基层形势一片大好，人民对天上的政策很满意，玉帝主席高屋建瓴，很英明，等等。

那匹一根筋的小马报告，基层工作有好有坏。玉帝主席心中生疑，再派以太白金星为领队的调查组去复查。金星报告，小马说的是真话，其他的下去是在唱“卡拉 OK”，昧着良心说假话。

玉帝主席夸奖小马做得好，赐给他多一只眼。自此，人家见着马王爷的炯炯目光，没有不怕的。民间就流传着这句话：“你可知道马王爷，三只眼不是好惹的。”

——冷眼看财，赵财神来时留个神！

赵者，赵元帅赵公明也。此君在封神大战中，没有站在姜子牙的爱国统一战线上，最后“玉碎”，被封为“玄坛真君”。

本来他并非财神，可能姜子牙跟他有什么交情，封神时给他权力，即领导招宝天尊萧升、纳珍天尊晋宝、招财使者邓九公、利市仙官姚少司等四位神仙，等于分管迎祥纳福、商贾买卖、招财进宝等工作。

这些工作与什么有关？“招宝、纳珍、招财和利市”，还不是跟孔方兄有关，后人因此尊奉他为财神。这是意外的收获。

赵公明巡视工作，骑着一只黑虎，披甲整齐，手执钢鞭，又被称为“黑虎玄坛”。在巡视中，赵财神重视一个原则，就是鼓励买卖求财，要公平交易，童叟无欺，不以次充好、以假充真。否则，赵玄坛的钢鞭会打碎你的脑壳。

当然，买卖求财革命靠自觉。天底下那么多人求着赵财神，有的要当万元户，有的要做胡雪岩，那么多要求要满足，门前香火那么旺，愁都愁死他了，哪有心思去管那些昧心人，难怪世上这么多为财而贪赃枉法者。

——心眼看事，关王爷忠义值几钱？

关元帅即大名鼎鼎的关羽也。

在三国故事中，关二爷是个响当当的人物。在世时，文有一部《春秋》不离手的佳话，武有温酒斩华雄、过五关斩六将等骄人战绩。死后，从一个将军被连连升级，由将而帅，由帅而侯，由侯而王，由王而帝，备受历代皇朝尊崇。

为什么呢？因为统治者看重他的“忠义”两字，将其当作忠义的化身，使其成为教化万民的表率和楷模。

说关羽的忠义，这是从小枝小节上来说的。没错，他对大哥刘备忠心耿耿，对小弟张飞也厚爱有加。特别是跟小弟张飞的性格正好相反，关羽爱士卒而轻士大夫，张飞爱士大夫而轻士卒，最终都因各自的性格缺陷吃了亏。

而如果从大局来说，关羽则算不上“忠义”的化身，而是蜀国的罪人。他的短视行为，破坏了吴蜀联盟；他的急功近利，丢失了要塞荆州；他的傲慢骄横，得罪了文臣武吏；等等。总之，蜀国过早败亡，关羽难辞其咎。

究其原因，我归纳为是关羽的“春秋性格”造成的。为什么？

关羽是一个普通出身的人，学历最多不超过初中，早年因为杀人而离家出走，东躲西藏，时值乱世，揭竿而起，终于成就一番功业。

但是，随着年龄、工龄以及职位的增长，学历及学识方面却没有增长。他每晚只看一部《春秋》，看到烂了。

《春秋》里面是什么？都是一些悲剧义士，固执自己的一孔之见，动不动便杀身成仁，痛快了自己，危害了大局。

关羽之忠义，便是春秋的悲剧性格。因此，我们一定要用“心眼”看事，才能拨开迷雾见青天。

——慧眼看世，温元帅曾拍案而起！

四元帅中温元帅知名度低一点，但故事精彩度却不低。

他叫温琼，后汉人。父亲是书生，由于妻子久久不孕，便向送子娘娘祷告。温夫人梦见一位金甲神人托生，产下一子，便是温琼。温琼由于有仙人的基因，从小极为聪明，七岁会推算星象，十岁通晓经典，十九岁参加科举。

可惜，神人降生斗不过命运，温琼考了几次都名落孙山。

聪明的温琼观察世相，认为奸邪当道，再好的学问也白搭，因而发出感叹：“男子汉生不能为国效力，死也要替天行道诛灭奸邪。”

有一天，他忽然发现苍龙掉下一颗珠，就捡起来吃掉了。不料这龙珠可能是含有导致基因突变的成分，他竟由一介书生变成了面青发赤蓝身的刚猛武夫。

东岳大帝知道温元帅的本领，收其为帐下大将，称为东岳“第一太保”，玉帝封他为“亢金大神”，赐给金牌，刻有“无拘霄汉”四字，可以自由出入天门，并奉旨巡察五岳名山，祛邪除妖，慈惠民物。于是温元帅成为民间崇拜的善神。

四元帅的启示：四个元帅五只眼，多了一眼不寻常。眼睛是心灵的窗户，每人都有一双观察世界的眼睛。眼是直观的，关键是靠背后心灵的选择和分析。除了天生赋予的双眼外，每个人都要运用好“第三只眼睛”，这是感知的力量。多一只眼睛，多一种判断，就会少犯错误，少走弯路。

手段五

十八罗汉那些搞笑的冷幽默

孙悟空近期生意不顺，差点连本钱金箍棒都赔进去。好在总公司老总如来及时出手，让十八罗汉拿着“金砂”来救急，才避免了资金链断裂的危险。

十八罗汉是谁？中国人喜欢十八，认为是个好数字，什么十八般武艺、十八翰林等，不过某些住宅楼却管十八楼叫十七 A，因为怕人家说是“十八层地狱”。所以，凡事都是相对的。

十八罗汉也罢，十七罗汉也然，首先要知道罗汉是什么？

佛教中认为，人通过一定的修行，能够断除一切烦恼，达到不受轮回之苦，修行圆满的涅槃境界。这是什么境界？是无上快乐的境界，没办法描述出来。只有一条，如果当真没有烦恼，就是大解脱。我们这些凡夫俗子，就是欲望太多，烦恼多多。看到这个想那个，得到这样想那样，终日没完没了。

因此，如来佛找到了一条“秒杀”烦恼的途径，你如果绝对相信这个办法，并矢志不移地坚持下去，某一天就会成为罗汉。

十八罗汉是我们的楷模，是真实存在的历史人物，受佛祖的安排留在人世间，护持佛法，都是如来的弟子。

开始，只有十六尊罗汉，在我国流传过程中又加进了两尊，总共是十八尊。据说，这些罗汉都有不同的感人故事。

有的罗汉，不愿做官只愿骑鹿。

他姓宾度罗，原来是印度王的大臣，权倾朝野，却有一天撂下老板不干了，跑去跟随如来念佛当和尚。这么优秀的大臣，不愿当官服务群众，造福百姓，国王觉得很可惜，于是亲自请他回心转意，他反而躲进了深山。

某日，他骑着鹿来到皇宫。国王依旧要他做官，他说：“我王，做官没什么好，出家修行最好。”他把修行的好处说了一堆，国王竟真被他给忽悠了，答应一起出家当和尚。宾度罗氏这个家伙，人称其为坐鹿罗汉。

有的罗汉，举钵托塔皆有情。

举钵罗汉的乞讨方式与众不同，人家将饭碗端在胸前，他却高高举钵，意思是布施者人人平等，都是有福之人，只要你真心施舍，则有无上利益。

托塔罗汉终日随身带着一塔，很像托塔李天王。他叫苏频陀，是佛祖的关门弟子。佛祖去世后，他带着塔走遍千山万水，是为了纪念老师，表示佛祖常在，多么有情有义的弟子。

有的罗汉，挖挖耳屎也是法。

人都有鼻屎耳屎，不堵住也要挖一挖。小时候妈妈给挖耳朵，那是一件惬意事情。有事没事，就缠住妈妈，说耳屎太多了，听不见了。看了图片中的挖耳罗汉，那个长长的掏耳勺，斜着脑袋，那副舒服自得的样子，让人忍不住觉得耳朵痒痒的，伸着小指尖掏起来。

有位尊者的译名叫龙军，是古印度著名的论师，便是因论“耳根”而闻名于世。

人的耳根，是人类认识世界六种根源之一，六根清净中，耳根清净是其一，它既不能听各种邪淫的声音，也不能听别人的秘密。罗汉挖耳朵，表示耳根要清净。我们就是耳根软，喜欢听别人的闲话。

有的罗汉，眉毛锡杖皆是缘。

长眉罗汉即阿氏多尊者，是一位慈祥长者，一生下来就有两条长长的白眉毛。原来，他的前世是一位和尚，修行到老，眉毛都掉了，还成不了正果。

转生来后，有人对他的父亲说：“如来佛祖有两条长眉，你的儿子也是，是佛祖相。”于是，父亲让他出家。最后他终于修成罗汉正果。

有一尊叫开门罗汉，到各地化缘，常常用拳头敲门。农村的烂房子多，有时候用力大些，将施主的房门敲烂了，还要赔礼道歉。

佛祖说：“我给你一根锡杖吧，上头装几个铁环，你到人家门口时，不需要敲门，只要摇动铁环就行了。人家如果听到声音，就会出来布施。如果没有缘分，你就到别家吧。”

这可能是锡杖由来的因缘吧。

出生长了白长眉，是往生的因缘；铁环的声音，是结好今生缘。无论什么关系，是聚是散都是缘。

有的罗汉，乾隆御笔化龙虎。

最初流传的是十六罗汉，经过中国人的演绎后，演化为十八，说明了中国人的优秀创造力。具有这个创造力的，还是乾隆皇帝。

关于谁是第十七、十八尊罗汉的问题，开始有很多版本。为了统一思想，乾隆利用职务之便，将如来弟子迦叶、弥勒，钦定为十七、十八罗汉，自此结束了争议。皇帝的权威和面子就是大。

第十七尊是降龙罗汉，传说曾经到龙宫夺回佛经，立了大功，被封为此名。还有一说，济公是降龙罗汉转世，下凡普度众生。

伏虎罗汉像是动物园的饲养员，他修行的地方，有一只饿虎终日长啸。罗汉将吃的东西分些给老虎，时间长了像养猫一样，跟虎哥成了好朋友，经常一起玩耍。我们是无法仿效的，如果非要学他，估计只能是将身体布施给老虎，结个来生缘罢了。

除了上述尊者外，余下的罗汉还有：欢喜罗汉，平时说话言谈，开开心心，给别人以欢喜；静坐罗汉，清静无为，神态自若；过江罗汉，为传佛法，跨海过江，不怕风险；骑象罗汉，驯服大象，耐劳而致远；笑狮罗汉，从不杀生，广结善缘，与狮子为伴；探手罗汉，精于禅定，安悠自在，自得其乐；沉思罗汉，冥想超凡，思人所不能思，行人所不能行；布袋罗汉，乾坤包袋，拿得起、放得下；芭蕉罗汉，芭蕉下修行，随缘而适。

释迦牟尼留十八弟子永驻人间，继续完成弘扬佛法的重大任务。如来在世时，学法有了好老师，被称为正法时代。如来去世后，他的弟子和佛经佛像流传，后人传习有榜样，称为像法时代。再往后发展，这些弟子走后，世界变化更大，称为末法时代。

如来留下这些弟子的目的，既是给世人留下老师和经法，更重要的是有了榜样的传承，他们都是做人做事的楷模。

十八罗汉的启示：佛家非常重视在生活中感悟，体味并获得人生的真理，因此说“行住坐卧皆是禅”。从六祖慧能倡导修行在自己，佛法在世间开始，“人间佛教”的理念广为弘扬。罗汉的生活处世，没有偏离生活，一切都是自然、悠闲和舒适。开心是觉悟，骑鹿是觉悟，挖耳朵也是觉悟，你能摆脱了形和相的束缚，觉悟就在眼前。

手段六

孙悟空的四大无敌“铁哥们”

在一个形似中南海的地方，有几个像国旗卫士一样帅的保安，其职责是看家护院，偶尔还充当主人的打手，他们奋斗在玉皇大帝的左右，叫做四大天王。

孙悟空在天上当官时，最大的收获是结交了这几个铁哥们，在后来的工作和生活中，受益多多。盘点一下四大天王与老孙的交情，有几个显著特点。

他们是酒肉兄弟。老孙当齐天大圣时，是天上的巡视员，手头没活，干脆外出跑公关。他“闲时节会友游宫，交朋结义”，与那九曜星、四大天王等，“俱只以弟兄相待”，长此下去，天上岂不是要发生“颜色革命”？老孙腰里藏了几个小宠物，叫“瞌睡虫”，是“在东天门与增长天王猜枚耍子赢的”。吃吃喝喝，有空还赌博，不是酒肉兄弟是什么？

他们是放水好汉。老乡老乡，背后一枪。酒肉兄弟，三日不吃，四日不喝，彻底断义。这些话用在四个哥们身上，不太灵验！好朋友也有反目的时候。孙悟空挑战了天宫的权威，玉帝决心狠揍他一通，四大哥们与孙大哥化友为敌。他们在花果山外喊喊杀杀，抓住了很多虎豹狮象、狼虫狐貉的，“更不曾捉着一个猴精”！说明什么问题，铁哥们抓了鸭子去顶鸡任务，严重放水！

他们是冒功专家。二郎神好不容易抓住了孙猴子，上天请功，代为请功的天师上奏玉帝：“四大天王等众已捉了妖猴齐天大圣了，来此听宣。”我的天，功劳变成四大哥们的了，这就像张士贵冒功一样。好在玉帝很英明，没有被部下忽悠。

他们是卖主小贩。领导需要部下做什么？危难时刻站得出来，关键时刻豁得出去。四大保镖平时貌似忠于职守，但一旦领导出了事故，或者酒场需要他们与对手“踢点球”、“拼刺刀”的时候，他们就不知道躲在哪里去了。就如孙悟空逃出八卦炉，大闹天宫时，“打得那九曜星闭门闭户，四天王无影无形”，不是“无影无形”，而是他们不知道在哪里享受“松骨”、“桑拿”呢！

难怪有一次孙悟空跑到天上求助，玉帝说没问题，你想找谁帮忙都可以。老孙心想，那些“鸟人”我都交过手，只有哪吒父子勉勉强强。这点猴心理，瞒不过每天在玉帝面前服务的老油条许天师，他说：“此一时，彼一时，大不同也。常言道一物降一物哩，你好违了旨意?”

由此可见，那一时，是天将出工不出力。不是我军无能，而是我军的将帅跟敌人是“铁哥们”，不放水就怪了。这是玉帝的悲哀，培养了一帮“白眼狼”干部，不仅要他的命，还要拿他的钱。

其实，这里有点毁谤四大哥们。民间对其崇拜是不错的，他们也尽心尽责，享受民间香火，保佑一方的平安。

关于他们的来历，有“国产说”和“进口说”两种。

“国产说”可看小说《封神演义》，四大天王是佳梦关魔家四将，即四兄弟。南方增长天王叫魔礼青，手持宝剑，象征“风”；东方持国天王叫魔礼海，背着一面琵琶，象征“调”；北方多闻天王叫魔礼红，手持一把混元伞，象征“雨”；西方广目天王叫魔礼寿，囊中藏有小宠物，外形如白鼠，名叫“紫金花狐貂”，一放到空中，现身好像白象，两肋长着翅膀，象征“顺”。

四大天王象征“风调雨顺”，表明他们心里装着人民，有着始终将人民当父母、当兄弟的阶级情怀，值得我们尊敬!

魔家四将传说的历史短暂，是汉化的产物，毫无疑问，是民间或者道教吸纳了佛教文化的重大成果，就像哪吒、观音等一样，都是洋菩萨，我们一样进口转内销。

最初，四大天王是佛教的护法神，据说，他们还是山大王呢。在须弥山腰，有一山叫犍陀罗山，该山有四个山头，天王们各据一个山头，分管四天下，即四大部洲：东胜神洲、南赡部洲（指地球）、西牛贺洲、北俱芦洲。

佛祖将世界分为欲界、色界和无色界，欲界中又有六天，称为六欲天，第一重天就是四天王天，是几位老兄的豪宅大院。

四大天王的名字很有内涵。持国天王的“持国”，即要以慈悲为怀，保佑众生，护持国土。当然，在家庭来说，当男人的要会持家，否则老婆肯定跟别人走了。

增长天王的“增长”，从佛教来说是令众生增长善根，护持佛法，护持家庭。大家别忘了，此君是我们南赡部洲的最大“保安”，以后多多给他香火，没错的。

广目天王位于西方，“广目”的意思很明确，即你要做“千里眼、顺风耳”，随时随地观察世界，惩恶扬善，护持国家，爱护家庭。他手中拿的是赤龙，龙蛇象征“顺”。

北方多闻天王，又叫毗沙门天王，实际是托塔李天王的前身，“多闻”说明见识广，以福德多闻于世间。右手拿宝伞，左手握银鼠，专门祛除魔怪，造福人民。

如果让我来评价“四大哥们”，我会结合现实人生和职场，用四句话来概括：“跟着领导走，天天求进步，强身多学习，走上阳光路。”为什么呢？

跟着领导走。持国天王教导我们，在家要能持好家，在国要能持好国。如何持好家国，当然要跟着领导的脚步，跟着时代的脚步。无论是当国家元首，当老板白领，还是当父母家长，都要尽职尽责，尽量将事情做圆满。否则，“三个代表”岂不变成代表人民币、代表贪官污吏、代表黑恶势力？

天天求进步。增长天王教导我们，不仅要做好本职工作，“持好国”或“持好家”，还要具有天天积极向上的进步思想，做什么事情都要有“增长”的信心和冲动，即使“日行一善”，十年之后，你不成为雷锋叔叔，也会成为孔圣人！如果“日行一恶”，或者“十年一恶”，会“增长”到哪里？到阎王殿里！

强身多学习。“广目”要求我们要多看，多观察，多发现、总结规律性的东西；“多闻”要求我们多听，博闻强记，尽量增长自己的才干。怎样做到“广目”和“多闻”呢？古人说“读万卷书，行万里路”，就是最好的座右铭！

走上阳关路。只要学好四个哥们的典型经验，你就能走上阳关大道！

四大天王的启示：佛教的文化，是真正的文化，无论是什么塑像，无论是什么题材，都是教导人们做好事，积善业。麻烦的是，我们很多时候，不思积德行善，只是对着佛像礼拜，希望献上几个香蕉，就能回报一百个香蕉。如此菩萨不会当真，天王也不会当真。

手段七

关云长变成佛门“保安队长”

三国名将关羽怎么跑到寺庙当“保安队长”?

当你在寺庙观瞻时，会看到一尊菩萨像，他的五官和表情豪迈奔放，雄赳赳的眼眉，飘逸的黑色长须与深红的脸庞形成强烈的对比。身穿圆领宽大的深绿色长袍，身披厚重的盔甲，展示出尊贵华丽的气质。关键的一个细节，是手持一把商标为“青龙”的偃月刀，表现出泰山压顶、宁折不弯的英雄气概。

你一看就知道是谁了，他当然就是民间敬仰的伽蓝菩萨——关云长。关羽不是神仙吗?怎么会跟佛教联系起来的?

话说唐僧一路上，有一批“地下特工”跟着，他们是天上神将六丁六甲、四值功曹、五方揭谛和护教伽蓝。这么强大的阵容，让人叹为观止。

这些神将分工明确，有人负责值日，有人负责把风，有人负责住宿，等等，没有这班“活雷锋”，西天取经就是一句空话。当然，现实中的唐僧即玄奘大师，则是一步一个脚印前往西天的。

这些护教伽蓝，总共十八位。他们的职责是负责寺庙的保安，每个寺庙里都有伽蓝守护神。由此延伸，他们也是佛法的守护神。

护教伽蓝不仅帮唐僧打短工，还要安排好他们的住宿。在黄风岭上，孙悟空吃了黄风怪的亏，一双红眼被风刮成了黄眼，害了黄眼病。幸亏伽蓝们及时出手，变化了一座庄院，让他们在里面养病，“庄居非是俗人居，护法伽蓝点化庐。妙药与君医眼痛，尽心降怪莫踌躇”。

这个关键出手，既是对取经团队的鼓舞，也是对革命事业的鞭策。

按现在的观点看来，护教伽蓝保护的地方，即唐僧经过休息的每一个地方，都相当于“寺庙”，成为当今航空母舰一样“流动的国土”、“流动的寺庙”，意义真的很重大。

我倒担心，全世界有那么多寺庙，仅“南朝四百八十寺”，就够他们忙活了，能忙得过来吗？这倒不必担心，因为他们有一个能力超强的“好领导”，即伽蓝菩萨关羽，智勇双全，所向披靡，管理几个寺庙小菜一碟。

那么，佛家是怎样将这么好的领导招入帐下的呢？

镜头回转到乱纷纷的三国时代。刘备夺取西川，革命形势一片大好。此时，大将关羽坐镇荆州，奉命率兵攻打樊城。在这里，关羽走向人生事业的辉煌顶峰，擒于禁、斩庞德，水淹七军，充分展示了谋略和骁勇的完美结合。

月有阴晴圆缺，败走麦城成为关羽生命最后的一曲悲歌。对手孙权连审问都省了，喝令将关羽父子斩首，一代枭雄身首异处，成了他乡之鬼。

《三国演义》中描述，关羽阴魂不散，飘飘荡荡，来到荆州当阳县玉泉山。山上有一个草庵，住着著名的普净法师。之前，关羽过五关时，曾在汜水关镇国寺中相会，得到普净的帮助。后来法师云游天下，觉得此地山水很好，就在这里落脚。

在一个月白风清之夜，三更过后，普净正在庵中默坐时，忽闻空中有人大叫：“还我头来！”普净仰面一看，原来空中一人，骑着赤兔马，提着青龙刀，原来是关羽的魂魄。普净用手中的拂尘敲击庵门说：“云长安在？”

关羽的魂魄顿悟，即按下云头问：“师父是哪位啊？”

普净说：“老僧普净，昔日我们曾经相会。”关羽说：“感谢师父以前的帮助，使我脱离险困。今日关某为吴贼所害，请师父为我指点迷津，脱离苦海。”

普净说：“古往今来，谁是谁非，说不清楚。但世上事物，皆有因果。今将军被害，高喊‘还我头来’，不知道那颜良文丑、五关六将等众人的脑袋，向谁要去啊？”

关羽恍然大悟，稽首皈依而去。后人在玉泉山关公显圣的地方，建立了一座庙，对联云：“赤面秉赤心，骑赤兔追风，驰驱时无忘赤帝；青灯观青史，仗青龙偃月，隐微处不愧青天。”

而在佛教的传说中，度化关羽的不是普净，却是天台宗的创始人智者大师。

隋文帝开皇十二年（公元592年）初，智者大师来到玉泉山附近，看到这里风景独好，想建立讲坛，弘扬佛法。

在选好的地址旁，有一个大池，离池百来步远，有一棵大树，树荫茂密。大师就在树下禅定。

有一天，忽然天昏地暗，日月无光，妖氛四起，出现一条十几丈的大蟒蛇，它不仅凶相毕露，张牙舞爪，还指挥很多妖邪鬼怪、魑魅魍魉，前来骚扰，情况万分紧急，持续了七天。

大师不为所动，反而向他们说法：“你们所显示的，无非是一些罪业罢了。你们倚仗剩余的福报，贪恋世间的一切而不忏悔，有何意义呢？”

大师说完，各种恐怖的现象消失，恢复清明晴朗的天空，明月再现。

此时，出现了两位男子，年长的具有王者风范、红脸美髯，年轻的非常秀气。年长的向大师致意：“我是大汉忠臣关羽，由于壮志未酬，心有不甘，死后据山为王。大师您为何来此地？”

大师说：“我希望在这里建立道场，弘扬佛法。”关羽说：“请大师原谅我先前的鲁莽，并以慈悲摄受我等。您放心，我们一定帮助建寺。请大师安心坐禅，七日后即可完工。”

果然，大师继续入定，七日后出定时，正如关羽所言，大池已被填平，一座庄严的寺宇拔地而起。

从此之后，大师在这里演讲佛法，受益群生。忽一日，关羽又出现在大师面前说：“弟子今日得闻‘出世间法’，愿洗心革面受戒，永为佛门弟子。”

于是，大师为关羽授三皈五戒，使关羽成为佛门弟子，也成为护持佛法的护法神——伽蓝菩萨。

自此，伽蓝菩萨和韦陀菩萨一起，成为佛教两大护法神，关羽为右护法，韦陀为左护法。

智者大师给关羽讲了什么，能使数百年的冤魂得以皈依？

“还我头来！”集聚的是一股解不开的怨恨，打开怨恨之门，就是自己的认知问题。

我们时时为不正确认知所困惑，看到的是自己绝对应该获得的东西。岂知有所得必有所失，事物总是处于一种平衡状态。这与管理会计机会成本的原理一样，你的资本在某方面实现的收益，将成为在其他方面投资收益的机会成本。

护教伽蓝的启示：正确看待得与失的关系问题非常重要，有利于每个人明了自己的心智。俗话说舍得舍得，舍的目的是为了得，舍去越多，得到的也会越多。佛家倡导布施的真谛，是要真布施，舍出去了要无欲无求，这样换来的得，将是圣人之得。

手段八

享尽艳福的奇特“四大才子”

同人不同命，用在龙王身上，叫同龙不同命。

水中纵横驰骋着一个庞大的家族，跟封建家族一样，有嫡系的，有旁支的，有亲生的，有野生的。就像在大革命风雨飘摇的岁月，家庭的衰败伴随着历史的进程。这个家族，更多的是体现了没落和危机。

他们中，有被斩首的，如泾河龙王；有当牛做马的，如小白龙；有差点被当成鱼吃掉的，如洪江龙王；有被灭族的，如碧波潭万圣龙王；有境界最低、身家最穷的，如乌鸡国的井龙王；有没得到好处而被严厉惩罚的，如黑水河的小鼍龙。

这些龙，遍地都是，有水就有龙，龙像泥鳅一样多。

小小碧波潭，是山里小水潭，比不上滇池、洱海，却住了万圣老龙一大窝；鹰愁涧更小，小白龙勉强度日；水井里、溪流里，以至大江大河里，塞满了龙子龙孙。说明龙的家族生活环境太优越，没有计划生育，严重超过定员编制，生活质量下降，生存环境艰难，只能混迹于溪流之中、池塘之内。

由于生活质量不行，幸福感较差，他们中有些很不安分，像万圣老龙一样，慢慢积聚力量，说不定哪一天揭竿而起，革了玉帝的命，或者在龙族中推行“颜色革命”。

与这些小鱼小虾不同，龙里面也有活得相当滋润的，并且左右逢源，上得玉帝老板的信任，下得代表时代主流的取经团队的拥护，中间也能让大龙小龙服服帖帖，组成一个独立的小王国，他们是四海龙王。

他们是玉帝下派管理天下海洋的神仙，“三山六水一分地”，整个地球被他们控制了六成。几位龙王是亲兄弟，老大是东海龙王敖广，还有南海龙王敖钦、北海龙王敖顺、西海龙王敖闰。

孙悟空说过："何愁海龙王无宝。"见多识广的孙大圣都这么说，至少反映龙王非常富庶。概括起来是"五有"：

一有地盘，天下海洋皆为龙族掌管，地盘大得很，有自己的根据地。二有资源，人多势众，"虾兵蟹将"拉群结队，数也数不清，谁都没有他的力量大；有数不清的宝贝，像孙大圣的金箍棒，就是龙王的定海神针。三有关系，上通玉帝，下达地狱，中联黑道，人神鬼通杀。四有担当，完成上级指令不折不扣，该死则死，该献则献，连"心肝"都奉献给王母，还有什么不能干的？五有艳福，这一点玉帝都比不上，老龙一家其乐融融，龙子龙孙满堂，妻妾成群，当领导做到这个份上，也就值了。

有人要问，四海龙王的位子那么好，放在今天，岂不四处起火，若有本事有关系的"野龙"、"野猫"、"野狗"什么的，纷纷前来竞争上岗，想要分一杯羹，老龙兄弟该如何保住"锦绣江山"呢？

第一，老龙一家非常团结，团结出智慧，出战斗力。

官场的人喜欢说，相互补台一起上台，相互拆台一起下台。很有道理！一个不团结的团队，内部消耗严重，力量相互抵消，必定难成大事。

四个哥们相当亲密，他们学习"烽火戏诸侯"的做法，人家用烽火，他们用钟声，只要听见钟声，三秒钟内必到，比维稳综治要求五分钟到现场还快。

听说孙恶猴闹东海龙宫，哥们商量怎样对付他。四条"臭龙"胜过诸葛亮，大家决定，与其劳心动气，吃力不讨好，不如将矛盾转移给玉帝，一来表示对上级的尊重，二来自己不承担损失或责任。多好的哥们，集体智慧就是不一样。

第二，分工合作，明里暗里拉关系，形成牢不可摧的"爱海爱龙"统一战线。

四哥们善于发挥各自优势，采取不同策略拉关系，弄地盘。

他们有个好大哥。敖广是龙族支撑门面的模范人物，他这个领袖做得颇为不易。哪里有需要，哪里就有他。他谦虚谨慎，不卑不亢，充分展示灵活圆滑加绵里藏针的功夫。尤其是对付孙恶猴时更显功夫，在老龙面前，孙大圣始终被牵住鼻子。在大哥的周旋下，龙族建立了非常广泛的关系网，为发展打下坚实的基础。

他们有个好小弟。北海龙王敖顺是一个彻头彻尾的烂仔，勾结黑社会的典型。因此说，龙族"红黑通吃"。

为什么这样说？小鼍龙要吃唐僧肉，必须报告老舅爷，如果舅爷装糊涂，不就吃了“好处”吗？几头犀牛精作乱，被众神围剿时，跑去北海避难，说明什么问题？碧波潭的九头虫被打伤，也逃亡北海了。这些说明北海是藏污纳垢的地方，加上敖顺一向所为，虽不一定要列入黑社会范畴，也可算是黑恶势力的“保护伞”。

第三，消灭异己，培植自己力量，逐步巩固并扩大地盘。

泾河龙王是谁？四条老泥鳅的妹夫，关键时刻，老泥鳅不出面，致使泾河龙王被杀。我认为，其原因是泾河龙王坐大了，没有一切行动听从妻兄的指挥，所以得不到帮助。

黑水河是脏得鬼也不去的地方，他们派出小外甥去“养性”，弄个基层锻炼的经历，以备日后使用，一举两得。

对待井龙王、潭龙王这些异类，一是剥夺他们的资源，二是借助别人的力量绞杀，让小鱼小虾边缘化。

第四，翻云覆雨，玩转乾坤，大事讲原则，小事不糊涂。

如果是严重违反组织纪律的事，老龙一定委婉谢绝。孙悟空几次强迫老龙私自降雨，都被软钉子顶回来，心中虽然吃了苍蝇，但也不好发作。

如果事情确实可行，便顺水推舟，扩大自己的人情网。孙大圣斗红孩儿，以及要无根水治疗朱紫国的皇帝时，老龙不讲价钱，一律照办。

第五，攀住主流，与时偕行，充分展示大智慧。

这才是老龙的处世和生存之道。

唐僧取经，代表时代的潮流和方向，谁参与其中，谁就能得益，甚至不干活也能流芳百世。

很多神仙妖怪，没有悟出其中道理，所以没有得到好处。

老龙悟出来了，并精心落实到行动中，成为对取经贡献最大的神仙。

你说，如此“干部”不重用，那还要重用谁？

四海龙王的启示：注重团结，提高会团结的能力，是战胜困难、保存自己、取得发展的秘诀。生活中灵活处事，既要讲原则，也要讲策略，注意人情关系网的培育，特别是要积极融入时代主流，这样才能获得真实的能量。

真经八　阴差阳错的意外成就

成就一

惊天地却落魄的悲剧英雄

既是孙悟空的对头，也是他的好友的是谁?

那便是大名鼎鼎的二郎神！俗名叫杨戬，我小时候叫他“三目杨戬”，两眉之间竖着一只眼睛，像怪物。第三只眼的功能类似孙悟空的火眼金睛，能够看到一些表象外的东西。

杨戬是一个比较复杂的人物。在《封神演义》中，他是一个顶天立地、完美无缺的英雄好汉。在《西游记》中，则时好时坏。

说他坏，二郎神代表天庭的势力，将可爱的孙大圣镇压，使老孙第一次“农民革命”失败了。

说他好，在取经途中，帮助老孙战胜了极为厉害的九头虫。这一次，趾高气扬的孙大圣很感动，卑躬屈膝，连连叫杨戬为“大哥”。杨戬的酒肉兄弟称呼老孙为“二哥”，让人世间的专家们研究了半辈子。可见，孙大圣对二郎神的尊敬，不是停留在口头上的。

说二郎神是个复杂的人物，因为他在民间的形象并不太好。小时候看了《宝莲灯》的戏剧，他对妹妹三圣母那种六亲不认的态度，让我气愤到现在。

在三圣母的故事中，二郎神的妹妹喜欢上凡夫俗子刘彦昌，两情相悦，山盟海誓，结成了对子，生下了儿子。杨戬看到妹妹私自嫁人，非常生气，决意不让妹妹得到幸福的婚姻。可是，妹妹有一盏宝莲灯，只要亮出来，杨戬就没辙。

这个世界上，只要是坏人想办法要干的事情，几乎没有干不成的。杨戬的哮天犬充当主角，盗走宝莲灯。丧失了宝贝的妹妹，只有任哥哥宰割的份了，被镇压在华山下，一家人被无情地拆散了。

好在儿子沉香很争气，长大后学到高强的武艺，战胜了舅舅二郎神，用斧头劈开华山，救出了母亲，一家人团圆。

但是，这好像是从杨戬救母的故事脱胎而出，使他蒙受了不白之冤。

当二郎神接到娘舅玉帝的征召后，带领梅山六兄弟，还有哮天犬出征花果山。严格来说，除了哮天犬外，还有一只老鹰，鹰犬鹰犬，鹰不离犬。

二郎神一见孙悟空便自报家门，他说："你这厮有眼无珠，认不得我么！吾乃玉帝外甥，敕封昭惠灵显王二郎是也。"我的舅父是玉帝老人家，这个背景放在今天，肯定又是广大网友炮轰的对象。

孙悟空一听，也想恶心一下杨戬："我记得当年玉帝妹子思凡下界，配合杨君，生一男子，曾使斧劈桃山的，是你么？"揭出了杨戬的老底，难怪此君非常恼火，立刻舞动三尖两刃刀，跟孙悟空干起架来！

这可看出，二郎神与舅父之间，存在某些过节。作为舅父，玉帝基本了解外甥的能力，但在天庭被孙猴子闹得危在旦夕的关键时刻，舅父从来没有想起这位能力出众的外甥，还需要佛家的观音来"推荐"，才被迫宣召外甥前来"平叛"。

听到观音的推荐，玉帝却笑不起来。没办法收拾孙猴子，难道玉帝不着急吗？佛家的人倒着急了，跳出来推荐一位替身人物。可见，玉帝对类似李天王、杨戬这类被佛家看好的"干部"，是不会太赏识和重用的。难怪二郎神空负一身本领，只能在地下的小地方，搭建个小庙，勉强收点人间的香火。毕竟手下有一千二百个草头神之流的，也要穿衣吃饭，没办法，只能终日牵鹰带犬，打些猎物解决温饱问题。

玉帝说话不算数，明明开了金口，说只要打败妖猴，便可加官进禄，给予重赏。结果妖猴打败了，二郎神的官还是那个官，庙还是那个庙，只获得一些小奖品，如金花、洋酒之类的。舅父还特别交代，不得自行享用，要分些给部下。你看，连一点"积累"都不给，杨戬想干点"革命性"的事情，难度可想而知。

这里看出，舅甥之间的矛盾，并非是父母的爱情被舅父所干涉而引起的。杨戬接到舅父的圣旨，"大喜道：'天使请回，吾当就去拔刀相助也'"。说明他早就盼望舅父给予重视，找点更为重要的工作，才不辜负自己的一身本领。可惜，即使打败了花果山，他还是回到自己的边远小庙，该干吗的还是干吗。

杨戬对舅父是"听调不听宣"，什么意思呢？有圣旨的，即正儿八经的事情，我杨戬一定执行；至于口头的卿卿我我，尽量不要来麻烦我。这是外甥与舅父之间一条不成文的约定。

这条约定，跟吴承恩写书的明朝时代非常相似。

明太祖朱元璋建国后，吸取前朝的教训，做出了一些重大制度安排。一条是严禁宦官干政，谁触犯这条底线，杀无赦。一条是对皇子采取封地政策，皇子长大后到一个地方为王，如果朝中有大事，则朱家一家亲，可以勤王救难。

什么制度时间长了就会走样，第一条宦官问题，这个血的教训不仅没有被子孙记住，相反，明朝的阉宦之祸在历代算是较为严重的，如大名鼎鼎的九千岁魏忠贤公公。这岂不是咄咄怪事？

第二条更离谱，朱皇帝两脚一抬死掉了，儿子朱棣立刻起兵夺取了孙子建文帝的江山，说明这个制度很有问题。

好在朱棣就是从这里混出来的，立即总结经验，修改了老子的旧规定，今后凡是非主流的皇子皇孙，长大后一律必须到封地去，“听调不听宣”，不能参与政务工作，说到底只能终日无所事事，吃吃喝喝，哪怕做点出格的事情，皇帝也是睁一只眼闭一只眼。而皇子皇孙想危害皇权，就像二郎神一样困难了。

明武宗正德天子是有名的花花太岁，一生最没有的本事是生孩子，死掉的时候没有一位合格的继承人，给朝廷出了个大难题。如果在以往的朝代，那可不得了，争夺皇位会弄得头破血流。这一次，在首辅（相当于宰相）杨廷和的主持下，召开了“民主集中制”的会议，商定了旁系的接班人嘉靖皇帝，开创了封建王朝选拔皇帝的“民主”先河。

玉帝心中更为明白，我老人家只有七个女儿，还要继续努力“造人”，你外甥本领这么高，如果给予重用，哪一天还不把天宫给占领了？自己养一个“白眼狼”？这比孙悪猴的危害大多了，妖猴再厉害，能够剿灭；自己外甥之流的一旦作恶，后果就严重了！外甥本领再高，坚决不能用。

这就是才高盖世的杨戬的悲剧！

杨戬的启示：时势造英雄，如果没有合适的时机，应该寻找自己更为合适的位置，而不能怨天尤人。裙带关系固然重要，但有时候却是成功路上的绊脚石。

成就二

让当官的丧胆的超级家伙

日常生活中，你最怕谁？是你的上司、竞争对手、父母爱人，还是冤家对头、突发事故？这些都不可怕，最可怕的是阴间天子阎罗王。

唐太宗李世民最厉害了吧？某一天接到阎君的“请帖”，一下子“死”了过去。在阳间呼风唤雨，到了生死关头，一切的面具通通摘下，求生的欲望让人难以忘怀，好死不如赖活嘛。

不管是谁，只要向一个“人”学习，就能彻底战胜阎君！他是谁？齐天大圣孙悟空！

对付阎罗王的正确态度，第一是“打”，第二还是“打”！见到孙悟空那种剽悍、凶横的态度，师父唐僧用一句经典话概括：“鬼也怕恶人呢。”

透过孙悟空大闹地府的恶性事件，可以看出那里也不是公平正义的地方，“阴间”跟它的哥哥“阳间”一样，同样是一个“有钱能使鬼推磨”的地方。

那里，机构臃肿，人浮于事。如果说阎罗王最牛，其实是错的。阴间领导职数严重超标，大哥“阳间”超标的是“副职”，有的机构一正五十副；在阴间恰好相反，是“十正零副”，没有副职，都是正职。孙悟空问：“你等是什么官位？”十个家伙躬身说：“我等是阴间天子十代冥王。”悟空说：“快报名来，免打！”十王道：“我等是秦广王、楚江王、宋帝王、仵官王、阎罗王、平等王、泰山王、都市王、卞城王、转轮王。”

那里，人人负责，人人无责。十大天子谁说了算？谁说了也不算。阎罗王老兄排名第五，不知他老人家对着阴间文件，是不是签“拟同意，请谁谁阅示”？反正，在恶人孙悟空面前，一切的阴间政策法律都是空设。

那里，官官相护，欺软怕硬。因为是阳间的皇帝，明显油水多多，不管他生前是否作恶，到了阴间享受的政治和经济待遇，明显比别“人”高得多，甚至还派出地狱观光团，让其好好地旅游，没钱可以借贷。“穷鬼”到了阴间，就别做梦了，所以生前要多积点德。

那里，作奸犯科，毫无原则。本来李皇帝的寿命到贞观十三年了账，小小的地狱文秘人员崔判官，轻轻一笔，改为三十三年，说明地狱作弊成风。阎君的大脑很好用，还创新出什么“借尸还魂”的把戏。

那里，人情至上，没钱扯淡。孙悟空跟十大冥王成为好兄弟，工作生活都得到他们的高度关照。有一位寇洪善人被盗贼踢死，老孙跑去将灵魂要回，马上复活。地藏王看在老朋友的面上，特批寇善人增加寿命十二年。

那里，红黑交织，黑白通吃。乌鸡国窃取皇位的狮子精跟十大冥王是兄弟，狮驼岭的三个妖怪更厉害：“四海龙曾与他为友，八洞仙常与他作会，十地阎君以兄弟相称，社令城隍以宾朋相爱。”看来，阴间也是红顶商人最佳的营商之处。

如果要历数阴间的“阴暗面”，还有很多。是不是说，这个人们高度信任，主持公平正义的轮回之所，真的藏污纳垢，恶人坏人、贪官污吏到了那里，依然逍遥自在呢?

这个不是，坚决不是！那里，还是比较客观公平的地方，凡事都有例外，齐天大圣是谁？亿万年来才出了一个，再说美猴王是“英雄”、“正义”的化身，因此，“英雄”和“正义”到了地府，没有化身，依然是“英雄”和“正义”，“鬼”见了你都害怕，这就对了！

恶人坏人等既不是“英雄”，也不是“正义”，到了那里，肯定要接受地狱法官最公平的审判，该下油锅的要下，该挖心砍头的坚决不饶。好人走上阳关道，坏人连独木桥也没有，从无可“奈河”中游过去，彼岸是十八层地狱！

所以说，好人看了我这段文章，一定很高兴；坏人看了可麻烦，因为即使游到了十八层地狱，那里还有地下室，深不见底啊！

说到阎罗王的崇拜，很多人不清楚，这是一个洋神仙呢。

我国古代没有阎罗王这个概念，直到佛教于西汉末年传入后，阎罗王的信仰才逐步为国人所接受。阎罗王是个梵文的音译词汇，也有译作“阎魔”、“琰魔”等的，是捆缚的意思，即捆绑有罪的人。在古印度，阎罗王的传说由来版本很多，传入我国的渠道与佛教文化的传播直接相关。

中国人富有创新精神，可能跟国情有关，因为中国的坏人太多了，居民群众怕一个阎王爷太忙审不过来，加上本土宗教的影响，演变出阎王汉化的形象，即阴间十大冥王。这么说，十大冥王的版权，实打实属于中国，可以申报世界文化遗产。

中国人富有创新精神还在于：给阎王改头换面，加装新的形象和内容。

在历史上，国人都喜欢偶像崇拜，如土地爷，虽然在神仙系列中职权最小，但鉴于他们与百姓亲近，造福乡里，因此如岳飞、赵云等猛将名流，都曾被封为土地爷。还有著名的门神，那就更多了，什么关公秦琼、吕方郭盛、小李飞刀、华山剑客等，只要条件允许，都可以贴为门神，甚至毛主席也行。

那么，谁有幸被封为中国的阎罗王这个崇高待遇呢？

在民间传说中，有“四大阎王”，分别是包拯、韩擒虎、范仲淹和寇准。也有“三大阎王”说，即包拯、寇准和范仲淹。

这有什么特点呢？除了韩擒虎外，其他的都是北宋名臣！

说明什么问题？北宋的统治者比较开明，宋太祖立下了善待大臣的遗嘱，所以宋朝皇帝对大臣比较宽容，很少像朱元璋一样大面积诛戮大臣，客观上造就了一批敢于犯颜直谏的大臣，如“三大阎王”都在宋真宗、仁宗期间，说明了那时朝廷的宽容，才出现了北宋几个著名的“孙悟空”！

几个“阎罗王”的共同特点，就是代表“英雄”和“正义”！

关于韩擒虎，很多人不知道他的先进事迹。他是隋初大将，在隋朝统一全国的灭南陈战争中，率先进入建业（今南京），立下大功。后来病重，有人看到一个豪华迎宾团迎接他，一问，回答说：“迎接阎罗王。”这个故事记入了正史，是唯一记载在史册中的“阎罗王”。这是对他的英勇事迹和正义之身的褒扬。

阎罗王的启示：地狱无情，阎王有情。地狱无私，阎王有私。这些情、这些私，是对那些像孙悟空一样，具备“英雄”和“正义”特质的人士开设的。如果你没有积善累德，即使拥有高官巨富，到了阴间依然游不过“奈河”！

成就三

老君为何变成农民企业家

每个人都希望有一份体面的职业，要么自主创业当老板，要么投身革命当白领，要么捡捡垃圾当盲流。神仙也不例外，无论是何方神圣，都有自己的“活儿”，玉帝的活儿是当大官。有没有当农民企业家的神仙呢?

答案是：有！他就是大名鼎鼎的太上老君。他是一个贯穿取经过程的人物，大事小事烦心事，都有他的身影；大宝小宝连活宝，都是他的宝贝。

孙悟空的金箍棒，猪八戒的钉耙，还有一系列的宝贝，都出自老君之手，展现了一个神奇而刺激的神话世界。没有这些，我们能看到战天斗地的美猴王形象吗？能看到美女爱八戒的场景吗?

金箍棒是什么？在农村是棍子。棍子用途多，扁担是最原始的运输工具，上山砍柴禾，没有两头尖的扁担，肯定寸步难行。

棍子还能防身，后世好事之徒，发明了“棒法”，典型的如“打狗棒法”。你知道吗？打狗棒既能打狗，也能作为棍子挑东西，好处多的呢。

在广大农村，最不缺少的是扁担。好一个老君，为了确保扁担的持久耐用，两头加上两个铜箍儿，中间写上“如意金箍棒，重一万三千五百斤”，就将聪明的世人忽悠了。

猪八戒的钉耙，更是典型的农耕工具，筑菜地种田，哪里少得了它?

说老君是个典型的农民企业家，除了这些品牌产品外，更重要的是他的“企业文化”。

在营销理念上，推崇一个健康的商业环境。

一个打打斗斗、政治混乱、民不聊生的社会，肯定不适合人当老板，即使生意做得活，也容易受到强大的市场风险冲击，孙悟空的“花果山集团公司”是典型例子。

当孙悟空暂时离职出国学习考察时，市场被一家不讲商业道德、不讲市场规则的公司占领，其老板叫做“混世魔王”；当集团发展壮大后，作为一个民营草根企业，花果山竟然想兼并天上的大型国企、垄断企业，还搞非法重组，私下转移国有资产“蟠桃”、“御酒”等，动了既得利益集团的神经，差点被做掉了。

老君不一样，倡导“和谐发展”、“和谐共处”、“合作共赢”的理念，有钱大家赚，你赚大的，我赚小的，这次不赚白忙活也不要紧，下次再合作。因此，这个商业环境一定是“甘其食，美其服，安其居，乐其俗”。

在产业产品上，重视提供优越的服务品质。

老君非常重视产业的优化组合，从农业到手工业，体现了社会的分工和进步。农业方面，他始终保持良好的品牌，如优质“葫芦”。

天地开辟时，他种了良种的葫芦瓜，为保证质量，每根藤只产一个。法国的葡萄好，因为每根藤的产量有限制。因此，老君的“葫芦”可当蔬菜、当酒器，甚至具有装天装人的功用，这种产品怎么可能滞销？你有钱也买不到。

那些金箍棒、钉耙之类的产品，更不用说，动了念头促销都是错误的。量身定做，宝马奔驰，天下无二。

在发展扩张上，谋划出合理的产业布局。

老君是“农转工”第一个吃螃蟹者。从发展超级水稻，到进军手工业，发展的思路清晰，布局合理。

天上开设的集团总部，生产的“老君牌”仙丹，是千金难买的妙方，能将死人变成活人，附加值相当高。老君还顺便增加了兵器制造业，利用剩余产能，生产了金箍棒等长枪短炮。

由于天上的市场饱和，老君因地制宜，立即派出心腹，来到著名的火焰山开设分公司，并实现了产业的集聚，带旺了铁扇公主的宝扇出租业，实现了著名的“火焰山战略合作”。

在成本控制上，追求理想的风险回报。

皇粮国税是必不可少的。除了这些，还要考虑天灾人祸等风险，其中有些是不可抗力，有些则是能够采取措施避免的。

首先是税收问题，有人认为老君为玉帝炼丹是拍马屁，没办法，不交“国税”哪行啊。这些不要紧，关键是产品生产出来后，不是被孙悟空那些偷天大贼一网打尽，就是被员工无端损耗。青牛精私下到民间“炒更”，耗费了企业资源，是因为看守的童子（员工）偷吃了掉在地下的仙丹，睡了七天，导致企业机器空转了七天。以这样的企业管理，不倒闭很幸运了。

在广告推广上，抓住一次难逢的营销机遇。

唐僧取经，是多么富有广告效应的一件事，如果参与其中，就像举办奥运会一样，出点小力，就能达到较好的广告效应。这方面，老君做得相当棒。

他从提供一点“赞助”，如金箍棒、钉耙之类入手，参与了伟大的取经事业。途中，派出金角、银角、青牛等员工友情客串，拿到丰厚的酬金，自己则分文不花。最后，连主角孙悟空沿途也帮他做广告，要求那些国王们，既要敬僧也要敬道，广告好评如潮！

在社会地位上，聘请了一个高级的专家顾问。

企业效益好，社会的影响越来越大，各种收获越来越多，这叫名利双收。

在天上，老君被聘为“代表委员”，还进入了常委会，获取了一定的政治地位，成为社会名流。老君的产品失窃，震惊了整个天宫，刑警部门立即调查。老君亲自到天上常委会报告，四大天王等警察头目见到他说：“太上道祖来了。”玉帝与王母亲自出迎，超过一般人的待遇。

由于是农民企业家，再红也不过是“红顶商人”，因此老君在与政界打交道时，始终处于被边缘化的地位。加上农耕时代向手工作坊时代的转变，别人开宝马奔驰，他依然不改本色骑青牛，酷虽酷矣，企业发展的局限非常明显。

尤其是企业产能跟不上市场的需求，大部分“老牌”产品无法批量生产，仍然需要老君亲手制作，扩大再生产受到了限制。天上的业绩不佳，火焰山分店也是惨淡经营，特别是灭火之后，恐怕要关门大吉。

这是农民企业家的真实写照，虽然他们经过努力，找到了自己应有的位置，但由于思想观念的差距，加上各种社会风险的挤压，在夹缝中生存何其艰难。他们的结局往往跟老君一样，折腾了半天，别人还不知道他是干什么的。

太上老君的启示：在这个时代里，每个人都要找到自己合适的位置，尤其是洗脚上田，进入陌生领域的人们。寻找位置是一个艰难的过程，有时候要面临艰苦的抉择，因此第一次择业定位非常关键，选好了决定一生的命运，要慎之又慎。

成就四

玉帝藏在人间私生子秘闻

玉帝没本事，生了七个女人便搞计划生育了。按照天上的律例，还没有允许女王登基的规定。如此的话，难道玉帝真的万岁万岁万万岁？

他老人家会无动于衷吗？放在今天，很多人肯定要红旗不倒、彩旗飘飘了。据我观察，有一个人就貌似是玉帝的私生子，他会是谁呢？

孙悟空在小西天遇到了麻烦，那个黄眉怪武艺不怎样，但是怀里揣了一个"人种袋"，一看不顺眼，往上一抛，不管是男是女，都变成"人种"。此时此刻，老孙发现如果不请外援，肯定收拾不了这妖怪。

跟以往不同的是，这次求人另辟蹊径，跑到大唐帝国的地盘来了。首先，他来到武当山，求北极真武玄天上帝帮忙。真武不想出面又推辞不了，随便叫几个打手应付一下，去了也白去，妖怪多了几个"人种"。

聪明的孙猴子大脑不知断了哪根弦，玉帝不敢见，观音不敢求，那还能求谁？

好在天上的监工日值功曹提醒他，离武当山不远的地方，有一位国师王菩萨，神通广大，特别是他手下有个小张太子，更加厉害，曾经生擒水母娘娘，如果能来帮助，那么妖怪指日可擒也！

既然如此，老孙连忙赶到盱眙山，求见了国师王。由于老孙没学过公共关系学，在求助国师王时说，我这等这等，求助武当山的真武大帝，没有打败妖怪。你想一下，如果你是国师王，会怎样想？会不会想，你小子为什么不先来我这里？说明我在你的心里分量不够。

当然，国师王是得道之人，不会鸡肠麻雀肚——小心眼。菩萨说，由于他坐镇淮水，刚刚收服水猿大圣，如果走开的话，就会失控，后果不堪设想。这样吧，我派部下小张太子和四大神将帮助你。

假如国师王亲自前往，会不会被包做人种？没有发生的事情，猜测也没有用。反正小张太子出马，依然摆脱不了当人种的命运。

小张太子横空出世，他是谁呢？确实是一个让人充满想象的神话人物。

书中介绍，第一，他是国师王菩萨的徒弟，武功十分高强。第二，他姓张，这是毫无疑问的。第三，他在自我介绍的简历中说，祖籍是西天流沙国，父亲是国王，小张是太子。第四，修道出家是因为年幼时，身体较差，与佛家有缘，不做皇帝。第五，社会地位高，佛祖的生日会上，能见到他的身影。在老百姓中，口碑也不差。

小张太子跟玉帝有什么关系呢？我认为，他可能是玉帝的“私生子”。

其一，担任监军的日值功曹亲自推荐。不仅介绍其师父国师王的丰功伟绩，更重要的是，让孙悟空知道有一个叫小张太子的。日值功曹是谁？他是玉帝派遣的，对天上地下情况超级熟悉。他知道小张太子的来历，也就不奇怪了。

其二，为什么姓张不姓李？太子自称“祖居西天流沙国”，也就是说，出生并工作于西天，跟东天东土相对应，那边的人物怎么可能姓张？《西游记》中哪位神仙姓张？就是“玉皇张大帝”，玉皇大帝姓张！有人说他叫张自然，也有人说叫张友仁。玉帝的孩子为“太子”，也就对上号了。

其三，从现实需要来说。像当今一些较为封闭的国家一样，皇位的继承需要有出息的接班人，才能确保政权的顺利交接，确保子子孙孙保住那个位置。让子女参与锻炼的最好机会，就是当兵取得功业，并且在军队里面树立威信，这样一来，继承皇位便顺理成章了。

小张太子当年率领部队，降伏水母娘娘，就是一个壮举。

传说泗州城是一个繁华之地，当时水母娘娘要报丈夫龙王被害之仇，准备用两桶水将泗州城淹没。两桶水是两个海的海水，不得了的容量，小小泗州城哪受得了？

八仙中的张果老闻讯后，立即倒骑着毛驴赶过来，路上碰到挑着一担水，累了正在休息的水母娘娘。就说，我的小毛驴渴了，能不能给点水喝？水母娘娘一听，觉得无所谓，自己挑着两个海的海水，能喝多少？

水母娘娘没想到，毛驴喝光了一桶水后，又将另一桶喝了差不多。水母娘娘一见着急了，将脚一踢，桶里剩下的水流出去，化作浊浪滔天，一片茫茫，将整个泗州城淹没了，并永远沉到了水底。汪洋变成了现在的洪泽湖。

不过这里有个疑问，就是“调戏”水母娘娘的，是张果老，恰好同姓，是否与小张太子是同一个人？肯定不是。从《西游记》来说，擒住水母娘娘的绝不可能是张果老。或者，在创作的演变过程中，小张太子的故事，是否借鉴张果老的故事？这倒有可能。

其四，小张太子的师父是谁？他叫大圣国师王菩萨。考究菩萨的来历得知，他的原型应是著名的僧伽大师。

僧伽大师是西域人，唐高宗时来到长安、洛阳一带化缘，后来到泗州一带。大师在这里传法度人，广为善业，尤其是在他的身上，发生了很多神奇灵异的故事，使他受到朝廷和人民的崇拜。

后来，唐中宗时，大师被封为“国师”。宋太宗又封大师“大圣”的谥号，称为“泗州大圣”。因此，大圣国师王菩萨这个名字，符合了僧伽大师的基本履历。

大师去世后，唐中宗问万回大师：“僧伽大师是哪里人?”万回告诉皇上：“他是观音菩萨的化身。”

由此观之，国师王菩萨其实就是观音。孙悟空一见到国师王菩萨，毕恭毕敬地自称“弟子”，能够让孙悟空自称弟子的对象，无非是如来、观音、唐僧和弥勒佛几个，老孙对其他菩萨哪会自称“弟子”？

可以这样说，玉帝有了个重要的“儿子”，为了使他将来能继承大业，便将他托付给观音，让他得到了佛家的强大支持，有了更为强硬的靠山！再者，让他直接介入军队建设，在里面培养自己的亲信“四大神将”等，有机会出去打打仗，参与一些重大行动，丰富自己的履历和执政经验。这些对他将来的接班大有帮助。

这种做法，在中外历史上都有很好的范例！玉帝真是苦心孤诣的一位“好老爸”！

小张太子的启示：骑马的原则是，别人可以帮你扶上马，但一旦马跑开后，需要自己弄缰绳，把方向，找窍门，别人是替代不了的。

成就五

包青天的大黑脸跟谁换错

北宋有一件著名的疑案，就是同朝为官的文武名臣包公和狄青，两个人的脸长反了。包公是文官，长了一副武将的大黑脸；狄青是猛将，却长了一副文绉绉的文官像。这样，就给喜欢嚼舌头的后人，带来了遐想的空间。

话说北宋真宗天子一直生不出儿子，便日夜向玉帝祈祷。玉帝本来不想去干预民间的事务，但被搞得心烦意乱，无奈进行民主决策，征求哪位部下愿意去过过地方最高首长的瘾。

赤脚大仙无意搭上线，被迫下凡。临别前有个要求，要老板给他配几个好部下，处理内忧外患的事情，这样这个皇帝当起来不会太累，毕竟赤脚大仙是长期享惯清福的嘛。

玉帝说："你不是要文有文，要武有武吗？我将文曲星、武曲星都给你，这个皇帝还不好当？"

大仙光着脚基本满意地投胎去了。可是，他跑得快，两个星官却跑得慢。他们也不乐意下来，磨磨蹭蹭，在搞"下有对策"。这下光脚的家伙着急了，一出世就"呜哇呜哇"地哭个不停。

哭声又把玉帝惹烦，发了狠心：文曲武曲，赶快下去，让光脚的家伙不哭，不然你们是严重违反组织纪律。吓得两个家伙差点尿裤。没办法，只能做些准备工作，下基层挂职锻炼。

天上规定，"南斗注生，北斗注死"。凡是要到凡间投胎的，必须到南斗星君那里注册，拿个"营业执照"，特别是天上的仙体和魂灵一样，每个"个体户"都要有个"店招"——脸谱，才会生出个性不同的"猫猫狗狗"来。

当文曲武曲两星来到南斗星君处领脸谱时，发现这个家伙上班不干活，跟北斗星君正在下棋厮杀呢。这事放在今天，如果网友发帖，来个"人肉搜索"，俩星君肯定吃不了兜着走。但是南斗星权力大，牛过玉帝，对两星不搭不理，继续杀棋。

文曲星性子急，可能当文官的比较清高，受不得别人的冷落，自己动手丰衣足食，直接在南斗星君身旁装脸谱的乾坤袋，摸了一个脸谱匆匆走了。

这一走可不得了，当南北斗这盘棋下完，听了武曲星说明来意后，才从乾坤袋中找脸谱。他打开一看，糟了，那个武士脸谱给文曲星拿走了，想去追他回来更换，这个急性子早就投胎出生了。没办法，事情总要办理，南斗将错就错，将文官脸谱交给了武曲星。

之后，文曲星投胎变成了包拯，由于带来了武士脸，一出生就是个大黑脸，吓了父母一跳，以为是什么怪物出生了，便将他抱到村头的暗沟里扔掉。天上神仙降世惊天动地，这个小黑子疯狂大哭，声音惊动了他的大嫂子，将他抱回家中，并由嫂子养大。后来包拯有了长进，称呼嫂子为“嫂娘”。

包拯好不容易考上了状元，皇帝赐他游宫，皇后娘娘看到那张黑脸太吓人了，赐给他三尺红布遮住面皮。好像“遮羞布”一词，就是从这里来的吧？

这就是急性子人的报应。

不过，武曲星也好不到哪里，他的“转世灵童”是名将狄青，长得非常文弱，眉清目秀，一个典型的书生。由于是武曲星下凡，因此狄青有一身韬略和武艺，南征北讨屡立奇功。

受人引荐，狄青受到当朝名臣韩琦、范仲淹的赏识。范仲淹送他一本《左氏春秋》，对他说：“如果当大将的，不知道古今大事，只能是逞匹夫之勇。”说白了，就是“吴下阿蒙”前期的水平。从此，狄青发愤读书，深谙古今，通晓兵法。

在与党项族为主建立的西夏王朝的战斗中，狄青骁勇善战，多次充当先锋，四年时间里，参加大小战役二十五次，屡战屡胜，威震敌胆。在狄青平南作战中，巧用奇计，一举攻克昆仑关，击败了南蛮侬智高，稳定了南方。在每次作战中，他都披头散发，戴铜面具，一马当先，所向披靡。

因此有人说，狄青戴着铜面具，是因为自己长得太“文人”了，脸白清秀，难以服众，才做了一个凶神恶煞的鬼脸壳戴着，增添了几分霸气和杀气！

在民间信仰中，文曲星、武曲星的知名度比较高，谁都希望自己的孩子能文善武，至少精通其中一行。

在天上的星座中，武曲星的位置其实并不高，它是北斗七星中的一颗。历史上，凡是英勇盖世，做了大量为人民服务的武功事业的，都被称为武曲星降世，其中最有名的，当属周武王和关羽。周武王伐纣成功，建立了大周王朝。关羽义字当头，被称为千古武圣。像狄青等能被称为武曲星临凡，是对其历史功绩最大的褒扬了。

在《西游记》中，孙悟空最应该感谢的，还有一位老同志，他便是著名的武曲星。

孙悟空被太白金星忽悠到天上做官，对老孙来说，可能是一件新鲜的事情；对玉帝来说，则是一件简单而又简单的工作。有什么了不起，一个勉强叫做妖仙的，要在这么大的天宫体系中找个职位，岂不易如反掌？

但事实上，有时候尿也会憋死人。偏偏孙悟空到天上的时候，职位爆满，幸亏武曲星慧眼识英雄，让出了一个重要职位——弼马温。为何说是重要职位呢？因为不管是地下天上，在那个冷兵器的岁月，掌管战马的职位，肯定是非常重要的了。

职位虽然重要，可是孙悟空当时的心态太特别，自我感觉良好，认为自己是天下最大的“圣人”，本领最高强的猴子，做多大的官都不过分，甚至还想革玉帝的命，这还了得？

如果做另一种选择，玉帝不让孙悟空去当弼马温，而是当托塔李天王，那会是怎么样呢？当上了天王后，是不是掩盖了一代猴王的文治武功呢？或许，会是另一种新版的大闹天宫吧。

说到这里，肯定孙悟空和狄青一样，是歪打正着了。世界上没有如果，如果老天爷给了孙悟空一个合适的职位，他就安定下来，不闹天宫了？如果狄青生下来，就是一副大黑脸，会不会被他的老子给丢掉了，甚至是给狼吃掉了呢？

武曲星的启示：人世间常会发生阴差阳错的事情，并且这种事情会伴随每个人的一生。错有错的道理，对有对的路途，我们不需要计较，就将它看成是歪打正着，顺其自然吧。阴差阳错总相逢，没有相逢的事情，就没有奇迹的人生。

成就六

一鞭炮毁了状元爷的悲剧

孙悟空任弼马温的“任职书”是谁起草的？是天上的文曲星君。

如果到庙里求神拜佛，希望菩萨们赐个神仙孩子的话，估计邀请文曲星下凡的概率很大。现实中，有很多著名的文化人士，都被称为文曲星降世。

有一位被称为文曲星的，才学相当好，却因为某种特殊原因，没能考到状元爷，成为一段悲凉的历史公案。

江西省萍乡出了个才子，名叫刘凤诰，其才学堪与同期的牛叉人士纪晓岚媲美，被称为“南刘北纪”。刘凤诰生在乾隆期间，深受这位老佛爷的赏识，称他为“江西大器”。乾隆一向性高气傲，诗格不高，却以大才自许，能给部下作出这么高的评语，亦属难得。

但是，刘凤诰在参加“高考”中，并没有取得第一名的成绩，反而是考取了第三名的探花郎，这是什么原因呢？

传说刘凤诰是一个遗腹子，出身贫寒，母亲由萍乡改嫁到湖南醴陵县。在襁褓中，刘凤诰被抱回来，由外婆抚养成人。家乡有私塾，幼年的刘凤诰在这里旁听，由于天资聪明，老师对他悉心调教，希望他日后能成大器。

萍乡是一个烟花爆竹之乡，农闲时节，家家户户熬硝制火药，人人搓纸做爆竹。在这里，爆竹就像路边的沙子一样，哪个孩子不喜欢、不懂得玩？

小凤诰非常喜欢燃放爆竹，尤其是单响的大个头。看着厚厚实实的画纸卷成的爆竹，鲜艳结实而精悍。放在地上的爆竹漠然不动，静如处子，无声无息。一旦点燃引信，则光声闪亮，撼人心魄。爆竹的强大威力，深深吸引着喜欢冒险的小凤诰，终于有一次不小心，他被爆竹爆到了右眼，落下了伤痕，影响了视力，埋下了隐患。

刘凤诰上京赴试，过五关斩六将，写出了锦绣文章，本来应获第一，钦点为状元。可惜乾隆皇帝见到他时，感到非常遗憾，因为他不仅缺少状元爷应有的英俊相貌，更惨的是，还损了一只眼睛。乾隆思考再三，决心再考考刘凤诰。皇帝当庭口出上联："独眼不登龙虎榜。"刘凤诰即刻应对："半月依旧照乾坤。"

很好！乾隆心中想，再来个"狠"的："东启明，西长庚，南箕北斗，朕乃摘星汉。"有点难，因为包括了"东南西北"。刘凤诰随口应答："春牡丹，夏芍药，秋菊冬梅，臣是探花郎。"答得好！不仅回应了"东南西北"，而且"探花郎"一语双关！

"探花郎"答得妙，却无法挽回状元的帽子，反而给自己盖棺定论了。乾隆心中赞叹：真是才子啊！但才子归才子，状元还是要考虑形象的，你去当探花郎吧。这就是命运，被称为文曲星的刘凤诰只能屈尊第三，谁叫他放鞭炮出问题呢。

嘉庆九年（公元1804年）七月，刘凤诰在山东学政任满离职时，山东巡抚、书法家铁保等人在济南大明湖沧浪亭设宴，为他饯行，席间刘凤诰吟出济南景色的联句："四面荷花三面柳，一城山色半城湖。"被铁保手书刻在大明湖铁公祠，传颂至今，他的水平可见一斑。

说刘凤诰是天上的文曲星，是因为他的才学太好了。科学上，文曲星是天上一颗星星，属于北斗七星之一，即排名老四的天权星。

民间占星术喜欢卖弄这些膏药，说文曲星五行属水，主科甲问题。需要注意的是，文曲星容易跟文昌星混淆，在风水术上来说，文曲星侧重于文艺上的表现，主考取功名方面的成就，相对感性些；文昌星偏重于刀笔典章等方面，比较理性些。

与刘凤诰不同的是，大家公认的文曲星包拯包青天，则不是以文采横溢流芳百世，人们怀念的是他那种铁面无私的高尚情怀。岳飞说，文官不要钱，武官不怕死，这个国家就有救了。包拯是文官不要钱的典型。

受戏曲传说的影响，老人家认为包拯一出生，由于长着大黑脸而被父母抛弃，幸亏大嫂子怜悯才救活下来。事实上并没有这回事。

包拯是今天安徽合肥人，他出生于一个官僚家庭，从小得到父母的宠爱，长大后极为孝顺。二十九岁时考中了进士，按照宋朝规定，进士可以做官了。包拯认为父母年事已高，需要侍奉，就申请在离家较近的地方任职。后来甚至辞掉职务，专程回家孝养双亲，直至二老去世，守丧期满，仍不想离开故土。这种情怀，在乡里颇受赞扬。

此后，包拯在官场中，以刚直不阿、断狱英明而著称于世。在任庐州府尹时，执法不避亲党；在开封时，能让诉讼者直接到公堂报案，是非曲直，决断而明，杜绝了奸吏。其时，混乱的京都在包拯的治理下，秩序趋于安定，很多权贵之人有所收敛，于是便有了“关节不到，有阎罗包老”的美誉。

后人采用传说和史实，编出了《铡美案》、《狸猫换太子》等经典戏曲，使包青天的形象在民间广为流传，成为清官的典型，据说包拯后来还当上了阎罗王呢。

在一般的民间信仰或文学作品中，被称为文曲星的，如商相伊尹、亚相比干、宋代范仲淹、文天祥等，这些人的共同特点，是为人刚直，社会形象好，最重要的是文学功底好，如范仲淹、文天祥等，都是一代文豪。

不过也有共同的缺陷：他们是治世之能臣，不是乱世之奸雄。和平年代，他们就像天上的文曲星一样，为老板写写文书，或者在地上的翰林院里，编编书，或者搞几个笑话，逗老板开心吧。所以说，秀才造反，三年不成，可能指的就是文曲星之类的大学者了。

值得欣慰的是，这些同志中大多文学成就很高，甚至超过了做官的成就。文以载道，具备丰厚的文化情怀，就能多一份悲天悯人的社会心态。作为社会脊梁的官员们，如果缺少这种心态，我认为，社会很快会偏离航向，走向乱世。

文曲星的启示：谁也没办法说，这个孩子一出生便能断定他是什么星星投胎的，只是当他年长以后，从事一方面的职业后，才逐渐显现出其才华。当前社会上，类似范仲淹、包拯、文天祥这种既有超级文采，又积极致力于社会建设的人士，是不是越来越少了？

成就七

比孙悟空还狠的超级妖怪

如来佛也挺烦。自己创立了佛教，既当董事长，又兼推销员。印制了一批经文，由于工作人员责任心不强，生产了大批残次品，其中很多经卷内文一片空白，被唐僧揭开了真相，引起舆论大哗，还认死理，说是无字真经。

除了义务向全世界“传经送宝”外，还要扫除一切阻挡“如来企业集团”发展的障碍。那时候，就像隋末农民战争一样，天上地下涌现出十八反王、六十四处烟尘之类的妖魔鬼怪，纷纷粉墨登场，下海干买卖，挑战如来的既得利益和垄断地位。

第一路反王，孙悟空领导的花果山王国。

此君倚仗曾经漂洋过海、学到几滴洋墨水的经历，不知天高地厚，上天要当大过天的“董事长”，入地不花一分钱成本，就想得到长生不老的产品。如果人人这样搞不正当竞争，如来企业集团不仅图书营销事业要夭折，实现佛教文化大发展更是一句空话。

不用说，借用超级合作伙伴玉帝的资源，如来公司巧妙地用一只“翻云覆雨手”，便将花果山公司吞并了，连骨头都没有吐出来。

第二路反王，牛魔王夫妻的宝扇租借集团。

谁敢挑战“如来企业集团”的垄断地位？牛魔王就敢！难怪是姓“牛”的。牛魔王在取经路上，开设了一个“收费站”，出租“宝扇”，坐享渔利，“火气很旺”，财气也很旺，日子混得不错。

一旦别人知道这是一块大肥肉时，各种利益集团就会将手伸过来，将利益重新分配，美其名曰“资源最优配置”。最优化的结果，是牛魔王让出了“第一股东”的地位，乖乖地被别人牵着“牛鼻子”，到佛祖的灵山“述职”了。

第三路反王，是谁也想不到的家伙，一个孤独千年的“英雄”。

话说孙悟空在一个名叫“小西天”的地盘搞营销时，遇到一个不讲市场游戏规则的家伙，他有个“人种袋”大包大揽，多多益善，只要是好处，从来都是笑纳的。

他是最高级的“山寨专家”，冒充“如来企业集团”的名义，只在“如”字之前，写上一个小小的“小”字，叫做“小如来企业集团”，像我等视力不太优秀的，总是没看到“小”字而上当受骗。

唐僧这次当了冤大头，不仅生意严重亏损，血本无归，而且连“亲戚朋友”如二十八宿等的集资款全部投了进去，全军尽没，弄得全体股东“不高兴”，在网络上发帖向唐董事长叫板，要求开特别股东会，研究是否罢免唐董事长，或者将董事会进行重组。

眼看告急，孙悟空跑到泗州国师王菩萨那里，请求菩萨大慈大悲，拆借部分资金以解燃眉之急。

菩萨说，本来我是必须亲自去的，毕竟我们同一个老板，但我这里最近经济状况也吃紧，尤其是“时值初夏，正淮水泛涨之时，新收了水猿大圣，那厮遇水即兴，恐我去后，他乘空生顽，无神可治”。

即是说，我们这里刚刚兼并了一个叫“水猿大圣”的企业，如果不尽快理顺财政以及内部管理关系，恐怕会功亏一篑，得不偿失。算了，我派一些人手，带着一些资金过去，怎样做你看着办吧。他总算将孙悟空总经理打发走了。

为什么这样忌讳水猿大圣呢？这里牵涉到很多秘密。

传说中，水猿大圣也叫水母娘娘，很多人认定他是淮河流域的绝世巨妖无支祁。在跟如来对抗的反王和烟尘中，孙悟空、牛魔王和无支祁是最顶尖的，也是如来必须置之死地而后快的。击败孙悟空，如来亲自出马；打败牛魔王，帐下四大金刚联袂；毁灭无支祁，则是“集团”老大国师王菩萨。

无支祁的名字很古怪，经过考证，这可能是一个古音。因为在语流音变过程中，其具体的意义传失了，只剩下一个莫名其妙的名字。有人考证，这是一种怪蛙的名字。如果从他的相貌来看，我觉得应是上古一种怪猿的名字。

为了确保“如来企业集团”的快速发展，企业的“得力干将”四处出击，收获颇丰，给广大股东带来了丰厚的利润，股票连连涨停板，让玉帝都眼红了。

这要归功于如来的超级策划，因为在久远的传说中，收服无支祁的英雄，并非是国师王菩萨，而是鼎鼎有名的大禹。

大禹为了治水，走遍了天南海北。他三次经过河南、湖北交界的桐柏山，每次都狂风大作，雷电交加，山石咆哮，树木惊鸣。天地显现异象，好像有一股看不见的邪恶加暴虐的力量，阻挡大禹伟大的治水工程。

大禹当然是姓“牛”的，兵来将挡，水来土掩。当他获悉是妖怪作孽时，相当生气，召集诸神和各部落的首领开会。在危险面前，很多部落首领退缩了，他们害怕打起仗来，会危及自己的利益，请求大禹收回伏妖降魔的命令。

大禹拍案而起，将这些家伙关起来，吹响了向无支祁开战的进军号角。

无支祁并非等闲之辈，他长得形似白猿，“缩鼻高额、青躯白首、金目雪牙”，力大无比，善于奔跑搏击，加之能言善辩，了解这里的山川地理，一转眼便跑得无影无踪。

双方在桐柏山下展开恶战，大禹战胜了无支祁，命人用大铁链锁住其脖子，又在鼻孔穿上了铜铃铛，并移来一座龟山，将无支祁压在山下。从此，大禹在桐柏山的治水工作进展顺利，淮河水从此安静地流入海中。

无支祁被镇压的故事，跟孙悟空被收编的情节差不多。他们都是猿猴，不管是白猿还是黑猴；都敢于向市场权威挑战，虽然同样被压在五行山或龟山下；都是大圣，一个是山顶的，一个是水里的；都与东海有缘，老孙从那里获得大禹治水的“定子”金箍棒，无支祁则是治水的受害者；都本领高强，成为一代巨妖；等等。

因此，鲁迅说孙悟空的形象来源，是无支祁的演变显得很正常。当然，我国古代的猿猴故事相当发达，如果说孙悟空的形象是一个综合体，其演变是一个流传并整合的过程，就比较科学和准确。

无支祁的启示：当个人的革命事业到达低潮的时候，应该想一想怎样改变的问题。孙悟空是一个识得时变的英雄，这一点比无支祁好。在被镇压在五行山下永无出头之日时，他能抓住唐僧取经的时机，为自己翻身做主人创造条件。没有出头之日，说什么都是废话；出来了，就好说话嘛！

成就八

违法却还光宗耀祖的罪犯

犯错误的人很多，别人没事，他却死罪，天理何在？

同一个案件，别人比他吃多了没事，他却死罪，此情何堪？

为什么，泄露天机的人，还稳坐钓鱼台？

他叫袁守诚，当朝钦天监袁天罡的叔父。袁天罡与李淳风齐名，对奇门遁甲非常精通，说不定还会呼风唤雨呢。

国人喜欢追根寻源，袁天罡那么厉害，叔叔肯定更厉害。果然，守诚叔叔确实厉害，连玉帝都听从他的指挥，要他何时何地下雨，下多少，精确到了点数，牛不牛？

我是好事之徒，喜欢刨根问底。试问，袁守诚是何方神圣，具备这样的神力？

两种原因，第一，他是玉帝的民情民意“特派员”。电视连续剧《康熙王朝》中，孝庄太后对康熙说，你不要过分相信奏折，要走出去看看真实情况才行。问题是，首长哪有那么多时间，到基层走走呢？

第二，袁守诚是个“通天的人物”，在玉帝身边，混了很多朋友。玉帝的圣旨出来，经过多少道工序，每一道工序都可能泄密。就像国家统计、发改等部门一样，数据没公布，媒体都不幸“猜中”了。此情此景，如有雷同，纯属巧合。

我看，第二种可能性最大。如此，泄露天上最高机密的，该当何罪？谁也没罪，袁守诚照样好好的。

为什么，欺君罔上的人，还立功受重用？

唐太宗下地狱，被折磨得不成人样。造成这个严重后果的，是当朝大臣魏征。

魏征是一个“阴阳人”，即阳奉阴违的人。白天给唐太宗干活，晚上给玉帝当差。如果你有部下被别人任命为“人曹官”，是喜是忧自己掂量着办吧，说不定哪一天被出卖了，还帮他一起数钱呢。

泾河龙王闯下大祸，袁守诚指点他求救于唐太宗。如果说袁守诚上知天文下知地理，那么这个指点就是瞎子点灯了。为什么？明知魏征有办法杀死老龙，为何还让自己的皇上“赴汤蹈火”呢？

很明显，袁守诚是一个危险人物，或者是玉帝、如来的替身。

魏征跟皇上下棋，没大没小，“忽然踏伏在案边，鼾鼾盹睡”，这是什么态度？灵魂出窍，斩杀皇上想救护的龙王，让主子严重丧失信用，是不是叛徒内奸？

阴阳两面派没被惩罚，皇上表扬他“贤卿真是匡扶社稷之心劳，创立江山之力倦，所以不觉盹睡”。

为什么，违法乱纪的人，还受褒扬得好处？

近日看到一则新闻，某县有个副秘书长，为帮助某地产公司拿到一块地，私下篡改政府会议纪要，造成重大损失，被判处几年徒刑。

这个故事，正好与阴间崔判官私改唐太宗年龄的勾当一样。

唐太宗胆战心惊来到地府，没有了锦衣卫，没有了御林军，来到别人的地头。凡间强龙，来到阴间，连地头蛇都比不上。

好在有老部下崔钰陪同观光，减少很多麻烦，也显示出天子身份到底不同一般。

当阎王爷假惺惺要崔钰查一查皇帝年龄时，崔钰偷偷将年龄改动，从十三变成三十三，唐太宗白赚了二十年，享福了二十年。按照阴阳平衡法则，你多用了二十年，意味着别人牺牲了二十年，道理就是这样。

私改档案，算不算大罪？无论是皇帝，还是唐僧，一路上都将这个事当圣经，四处传扬，难道不传入地狱？难道不被玉帝知悉？为什么谁都不当回事？

难道天上真的这样宽容吗？

为什么，犯大错误的没事，犯小错误的遭殃？

泾河龙王因为憋不住一口气而闯了祸。但他如果不争的话，自己的部下岂不被袁守诚“说杀”？何为“说杀”？那些渔夫要打鱼，仅花一条鱼的代价，就能得到一千条鱼，如此打法，水族岂不绝种？

作为领导，不保护部下说不过去。虽然泾河龙王有点愤青，但关键时刻敢于挺身而出，维护部下权益。跟这种领导做事，谁不尽心尽力。

由于私改玉帝计划性指令，龙王付出了生命的代价。相对于上述三人的问题，私改圣旨事出有因，并且没有造成不必要的损失，为什么玉帝一定要斩杀龙王呢？这个问题比较复杂，关系到如来佛的传经大业。在这里，我想从待人处世的角度，找出几条教训。

没有在领导身边，不受看重，往往成为“替罪羊”。像泾河龙王这样，何时能上天拜见玉帝？几乎不可能，玉帝不认识他，所以一旦犯了错误，就像一只蚂蚁一样被碾死。魏征、崔钰不同，天天跟领导泡在一起，即使做点出格事，领导念及没有功劳有苦劳也不会把他们怎么样，事情闹大了，弄个严重警告之类的处分，已是大事件了。

没有处理好亲情关系，自己清高，关键时刻没人帮忙。泾河龙王是四海龙王的妹夫。凭着四大“泥鳅”的能量，保自己妹夫的性命，应该不成问题。但为什么“泥鳅”们不出面搭救呢？说明平时亲情关系淡薄，还有下雨本是海龙王的事情，河中“泥鳅”为了业绩捞过界，引起了妻兄的严重不满。

没有绝对过硬的本事和业绩，就不要轻易出头出面。泾河龙王想出点名，出点成绩，出风头，搞创新，终于创出“祸”来。闯祸不怕，如果像孙悟空一样，本领超群，领导必须用你，最多给个提醒之类的。要不你就立下大功，江湖名气很大，别人想动你必须考虑三分。

没有好的参谋助手，事业往往要走弯路。面对袁守诚的挑战，泾河中那些鱼虾，哪有什么见识？出个主意就捅破天，这要怪老龙自己，为什么不设立个有水平的顾问委员会呢？

没有调查真相之前，不要轻易许诺或出手。老龙没有调查袁守诚的背景，以为是一个普通的八卦先生，想动手就动手。不管在那个时代，还是当今社会，你要当愤青，最好了解对方的背景，才不会吃亏。

没有足够的资源和条件，不要轻易私改领导的决定。领导就是权威，谁都不当回事，社会秩序岂不混乱？有时候，领导要拿身边最亲近的人开刀，也是政治需要，杀一儆百，老龙是否属于这个范畴？

泾河龙王的启示：生活中必须坚守一定的准则，没有原则的人，肯定不会干成大事；同样，一个国家如果没有原则，在外交上也会陷入困境。有了原则，还要有一定的灵活性，天天将原则挂在嘴边，肯定也难成大事。因此，平时要多在玉帝面前亮身份，多露脸，这样的小泥鳅，就有价值。

真经九 不为钱财的背后动机

动机一

揭穿托塔天王的丑陋面目

神仙最牛的家庭是哪一个？

是玉帝吗？不是！玉帝有老婆，有女儿却没有儿子，到现在还为寻找接班人发愁呢。除非天宫改制，向英国学习设立女王！

最牛的家庭，是托塔李天王一家：夫妻健在，子女双全。三个儿子都有出息，家中还有一个可爱的女儿。不仅如此，还有一个“义女”，在无底洞里当老大。

在这么“和谐”又让人流口水的家庭中，也有让人牵肠挂肚的事情。

有一次，孙悟空跑到李天王家里耍赖，天王一见到这个老是让自己丢脸的家伙，气就不打一处来，喝叫手下将孙猴子捆了，抡起刀来，照着猴头就砍，砍死算他倒霉！

说时迟，那时快，三儿子哪吒跑上前来，“将斩妖剑架住”，叫声“父王息怒”。这个举止，让父亲“大惊失色”，这是为何？

原来哪吒出世时，左手有个“哪”字，右手有个“吒”字，取名哪吒。小小年纪闯了大祸，打死海里的夜叉，将龙子抽了筋，踢倒了水晶宫。天王恐生祸患，要杀死儿子。

哪吒割肉还母，剔骨还父，剩下一点灵魂，跑到西天佛祖处求救。佛祖用莲藕为骨骼，荷叶为肉衣，念动回生真言，使哪吒捡回了性命，并且神通更加广大，屡次要杀父报仇。

李天王只能向佛祖求饶。我佛大慈大悲，赐给他一个玲珑宝塔，塔上层层有佛，要哪吒以佛为父，父子重归于好。自此，李天王又被称为托塔天王。

天王大吃一惊，因为今天闲暇没事，手中没有托着宝塔，以为哪吒又要造反，赶紧转身将宝塔拿在手里，然后气定神闲地问儿子，你这是干吗？

这个塔是为控制儿子的，每天辛苦托着，喝茶吃饭都不方便，世人以为这个

“塔”是享受什么待遇呢！

当你知道这段历史后，会感慨地说：“托塔李天王是神仙中最失败的父亲！”

李天王是一个重要的人物，也是一个复杂的形象。他是玉帝手下第一大将，每次打仗，都给派差，好像其他天将担当不了重任，也说明玉帝对他的高度信任。

说他很复杂，确实让人捉摸不透，除了跟儿子的关系很复杂外，跟社会上的关系也很复杂，说他是一个“坏分子”，也有让你信服的理由。

在《西游记》中，道家和佛家都在争天下，只是道家“无为而治”，以无为而胜有为，结果果然如此，不需要花太大力气，也取得了“普法”的胜利！

而西天佛祖是“全球普法运动”的始作俑者，也是最强势人物，无论是天上的玉帝，还是人间的皇帝，个个有求于他，都将他作为“佛祖”供奉起来。

在天宫与西天“和谐”局面的关系维护中，李天王一家贡献大大的有！

首先，父子重归于好，要感谢佛祖。天王拜佛求签，佛祖赐给黄金宝塔，保住了自己，也保住了家庭。佛祖使哪吒起死回生，救人一命，这个功劳不需讲。因此，父子一切行动听从佛祖的指挥，是不出意外的。

那你要问，天王父子是谁的部下？领谁的工资？他们是道家的，神仙系统的，难道玉帝对此无动于衷吗？自己手下被“赤化”，内心不着急吗？但玉帝深知，天宫的军事实力与“灵山帝国主义”有二十年以上的差距，“韬光养晦”才是明智的！

玉帝对此睁一只眼闭一只眼，在使用上深思熟虑。自此之后，天宫的体力活、“骨头活”都是李天王的差事，干好了没表彰，干差了看你往哪里摆？

李天王表面上有权有势，实际上都是吃空额，什么十万天兵，真正能打仗的有几个？那些天将更是心知肚明，出工不出力，跟孙悟空玩一下，就假装受伤跑了，弄得孙猴子以为自己真的天上天下全无敌！

可怜的李天王，处处劳而无功，事事躬亲却得不到好处，这种夹在天宫和灵山两边，两头受气的日子真难受！

这也难怪他，从他的三个儿子安排的工作中，可以看出，这家子确实是“吃两头”的。

大儿子金吒是佛祖的部下，任前部护法，二儿子木吒是观音的徒弟，老三哪吒像敌人一样放在身边，一起给玉帝当差。这家人在佛道两地都吃得开，这在神仙序列中非常罕见。我也觉得，是不是金吒、木吒在佛家那里“当人质”，所以，一旦佛家调遣，天王身先士卒，格外卖力？

在众神仙围剿牛魔王的战役中，天王父子奉如来佛旨，与牛魔王大打出手，最终他们将不可一世的牛魔王擒获。老牛发出哀鸣："莫伤我命！情愿归顺佛家也！"

为什么不归顺玉帝？为什么玉帝派李天王出征，处处失败，在这里却能建功立业？这些事情，玉帝能不看在眼里？

每一次所谓的"败仗"，李天王最拿手的"一招"是什么？马上上表要玉帝多派天兵。再多的天兵有用吗？难怪玉帝也很滑头地说："叵耐这个猴精，能有多大手段，就敢敌过十万天兵！李天王又来求助，却将那路神兵助之？"

李天王老是将矛盾上交的做派，是不是在考验玉帝这位"老板"的耐心，或者是有着佛祖撑腰，有恃无恐呢？

实际上，李天王不清不楚的事情还很多，尤其是亲生和"领养"的两个女儿。

当孙猴子找上门来算账时，天王说我只有"一女年方七岁，名贞英，人事尚未省得，如何会做妖精"！

按照天宫的律例，神仙哪能生孩子？除了玉帝外！这个女儿是在陈塘关当总兵时生下的吗？我看不是。是在天宫生下的吗？也不是。既然如此，只能是天王在哪里"违法"产下的"私生女"。

无底洞女怪是灵山的老鼠精，只不过偷吃佛祖半截"香花宝烛"，就算犯下"大罪"？竟然招致佛祖的围剿。灵山那么多武林高手，这点小事却动用了天上最强悍的李天王父子，就值得怀疑了。天王父子抓住老鼠精后，本该一棒打死，但佛祖说了一句耐人寻味的话，"积水养鱼终不钓，深山喂鹿望长生"，放生吧！

这句话，何尝不是对李天王说的？你还不是我养着的吗？天王无奈，接受女怪的"邀请"，认下这个"干女儿"。作为超级聪明的天宫名帅，哪会忘记自己做下的事情？说明天王对这个不堪回首的往事，是不想记住的，因为不值得留念！可以认为，这也是佛祖手中的"棋子"，控制李天王的"剪刀"，你要不听话，就将你"重要"的东西剪下来！

李天王的启示：李天王在家里吃不开，在外头也难受。是自己的性格缺陷造成的！他最缺少的是一个"情"字！你可能会说，生了那么多孩子，还没有"情"？那只是一种欲望。联系家庭的是亲情，职场的靠感情，尤其是对待"老板"，少了一点恩情，就容易四处碰壁，即使干得多，错得也多；四处讨好，却四处树敌。这就是李天王的失败之处。

动机二

普贤六牙白象隐藏啥名堂

如果问哪个是最笨的妖怪，恐怕会出来一堆答案。

你可以说白骨精笨，心急火燎地想吃唐僧肉，变了三次都瞒不过孙猴子的病红眼；你可以说红孩儿笨，抓到唐僧还刷什么锅，马上开吃不就行了吗？恐怕妖怪都有这个毛病。

我倒认为，普贤菩萨的白象精最笨，原因有两个：

一是从体积上讲。大象在动物中属于庞然大物，取经途中遇到的妖怪，没有哪一个比它更笨重。

二是从智商上讲。猪八戒总怪自己运气差，坏运气经常跟他过不去，即使是在他面前的好东西，如美女之类，也一定怀有非法目的。老猪碰到看起来跟白猪一样笨拙的白象精，以为可以雄起一把，跟白象掀起了世纪大战。可惜，白象不需要插葱就有长鼻子，伸出鼻子将老猪的猪手箍住，来一次亲密接触。可怜的老猪，双手被夹住，无力回天当了俘虏，万恶的敌人太狡猾。

白象精以为人人都是猪八戒，见到孙悟空同样伸出了长鼻子，却捞不到猴子的双手。老猪见了顿足捶胸："这个妖怪真是的，卷我连手都卷住了，卷那猴子哥却不行。如果猴哥拿着棒棒往你鼻孔一撇，你不倒霉吗？"旁观者清的老猪成为"主教练"，老孙用棒对着象鼻孔一捅，乖乖隆地洞，大象被捉住。这不是很笨的吗？

白象精是狮驼国妖怪桃园三结义的老二，长着一双丹凤眼，倒像关云长。最后，孙悟空请来它的主人公普贤菩萨，才将这家伙捉回去。

普贤菩萨是谁？

东汉永平年间，峨眉山有一位老人家叫蒲公，有一天在山上采药时发现一头麋鹿，便紧追到了金顶处，忽然麋鹿不见，唯有一缕紫色祥云升腾。蒲公很惊奇，便请教在那里结庐修行的宝掌千岁和尚。宝掌告诉他，那是在末法时代守护如来、普度众生的普贤菩萨的应化之身。蒲公就在峨眉山后，修建了普光寺，这是峨眉山第一座专门供奉普贤的佛家寺院。因此，就有了“蒲公开山”的故事。

传说在很久远的过去，普贤是转轮圣王的八王子，名叫泯图，曾在宝藏如来前发愿：我决心在这个秽浊的娑婆世界修持布施、持戒、忍辱、精进、禅定和般若的大乘菩萨道，使芸芸众生消除心中贪嗔痴等污垢，个个发起大乘菩提心，只有到了这个时候，我才能成就佛果。

在娑婆世界中，释迦牟尼有两位伟大的助手，一个是文殊，一个是普贤；一个驾着狮子肋侍左边，一个乘着白象肋侍右边。两位尊者不仅在空间上相对，重要的是在德行上互相依存，密切配合，意味着佛家境界的圆满完成。

连同观音、地藏王菩萨，他们成为民间最有名的四大菩萨。观音菩萨代表大悲，地藏王代表大愿，文殊代表大智，普贤代表大行。

何为大行？行就是行为、修行、实践的意思，说白了就是凡事都要行动，否则再好的蓝图都是空中楼阁。除了标志性的大行，普贤被敬仰的是他的大愿精神。

“大愿”是度一切众生成就正果的坚定决心和志向，也即人生中的理想和目标。有了“行”而没有“愿”，是盲动主义；有了“愿”而没有“行”，更是空想主义。

普贤的十大行愿，是大行和大愿两种精神的完美结合。普贤告诉人们，学佛也罢，生活也罢，工作也罢，都必须做到行与愿的结合。十大行愿：一是礼敬诸佛，二是称赞如来，三是广修供养，四是忏悔业障，五是随喜功德，六是请转法轮，七是请佛住世，八是常随佛学，九是恒顺众生，十是普皆回向。

十大行愿从敬佛信佛开始，通过修炼求法，最终成就无上正果，形成了一个大乘佛教的修行道路和结构。

这里，就有一个很有意思的问题。普贤的“行愿”精神，竟然体现在其坐骑大白象身上！

普通的大象露出几根长牙？答案是两根。如果说四根，人家会说你在市场上吃水果不给钱——白吃（白痴）；说六根，那是白痴中的白痴。偏偏普贤的白象，是露出六根长牙的，这真是奇了怪！

据佛经介绍，释迦牟尼从太上老君的兜率天降生人间，也是骑着六牙白象的。他的妈妈摩耶夫人白日做了个梦，梦见六牙白象钻入了肚子里，遂生下了释迦牟尼。

不过这个故事鲜为人知，倒是普贤的六牙白象知名度高。传说这头白象是菩萨所化，象征“愿行广大，功德圆满”。也就是说，大象本身力大无比，具有坚韧不拔、吃苦耐劳的精神，体现了“行与愿”相结合的思想，这是人们应该学习的地方。

那么，白象的“六牙”又象征什么呢?

有两层意思，一个是菩萨的无漏六神通，即神足通、天眼通、天耳通、他心通、宿命通、漏尽通；另一个是上面所说的六度，即修行成佛的六个法门，即布施、持戒、忍辱、精进、禅定和般若。

这就很奇怪了。白象是代表“行愿圆满”的，为何偷偷跑下凡来，想吃唐僧肉?

道理也不复杂：白象没有真正修成正果嘛!

有一次释迦牟尼佛心中很烦躁，因为手下跟随修行的徒弟们很多很笨很烦，弄得自己心烦意乱，走出丛林来解闷，这时遇到一只大象王，也是给那些象子象孙弄得心情烦躁，离家出走，佛与象竟然同病相怜起来。

我估计白象精就是这只心烦意乱的大象王！一旦心境不清，邪魔肯定附体，转身一变成为狮驼国的妖怪大王。

因此，“行愿”必须要有正确的目标和方向，否则就会出问题而走向反面。

在官场上，就有一些这种外表神圣、内心污秽的家伙。他们坐在位子上露出道貌岸然的样子，背后却干出偷鸡摸狗见不得人的勾当，会让你觉得其可耻还胜过那头最笨的大象。

孔子说：“乡愿，德之贼也。”乡愿指满口道德仁义，其实背后将坏事干尽的人，是伪君子中的伪君子。

我们要声讨那些“乡愿”，将白象精的阴暗面彻底消除。

孔子说：“不得中行而与之，必也狂狷乎！狂者进取，狷者有所不为也。”如果我们没办法做到中道，那么就大胆张扬个性做事吧，要不就循规蹈矩，不做出格的事情，这样总比那些伪君子强得多!

普贤菩萨的启示：要成就一番事业，必须做到理想与实践的结合，立意要高，做事坚决，就能取得一定成功。在职场上，尽量不做那些道貌岸然的“乡愿”；对待真正的“乡愿”，敬而远之吧。

动机三

谁是敢于揭开真相的牛人

什么叫“晴天霹雳”？

当你买了一张福利彩票，开奖后一看，中了特等奖，并且是几倍的，一下子可得奖金几千万，这时你的心境是不是飘在了云端？当到兑奖机构领奖时，对方告诉你，这是一张废票，经过交涉彻底无效，你的内心是不是“晴天霹雳”？

当唐僧好不容易来到灵山，取到一卷卷经文时，那份如释重负的心情，无法用语言形容。当经文被狂风刮走，掉到了地下时，重新捡回一看，全部是白纸，没有黑字！什么字都没有！拿这样的东西回去见大唐皇帝，是不是要杀头的？唐僧此时是不是“晴天霹雳”，自怨命苦？

好在没有离开灵山，折回头去交涉，不过是一顿饭的工夫。可惜，这顿饭是有上顿没下顿，为什么？因为他要砸自己的“饭碗”，自觉将紫金钵盂上交组织做“党费”。有了买路钱，才取到了“有字真经”。

这个问题，在人世间引起了很大的争论。

有人说，给了“无字真经”，就是最好的，禅宗倡导“不立文字，教外别传”，尤其是其老祖宗大迦叶在当年灵山法会上，佛祖拈花，他会心地“破颜微笑”，从此心心相印，佛祖将无上大法通过心灵电波，传授给迦叶了。佛祖要迦叶去传经，肯定是传“最好”的。什么才是最好的？当然是“无字真经”。可以说，连白纸的经卷都是多余的。事实上，唐僧到了灵山后，佛祖或迦叶只要对他“微微一笑”，传经任务就算完成，还有那么多闲工夫去选经送经吗？

有人说，这是站着说话不腰疼的说法。如果挑一堆白纸回来，第一个饶不了他的，就是拜把子大哥唐太宗。你吃了国家的皇粮，耗费了财政的资源，辱没了朝廷的门面，拿这些白纸回来交差，这种做法还需要你去吗？白纸长安多得是！

从中看出，这是所谓“形象工程”、“政绩工程”的杂念在作怪！为什么呢？

不管你是黑猫白猫，只要你抓到东西（不一定是老鼠），就能交差了！你说你的政绩再好，如果停留在“白纸”、“口头”上，有用吗？要“看有形象，听有内容，学有经验”才行！

第一条，要“看有形象”。只要经文“有字”就行，反正是从灵山拉回来的，别的地方拉回来肯定不行。至于“这些字”有没有用，不是你唐僧的责任，朕也不在乎。因为，这些“花”呀“草”呀，看得见摸得着，对国人就有交代了。

使唐僧“晴天霹雳”的，是一位老同志。他在关键时刻勇于挺身而出，“揭开了事实的真相”，让唐僧和世人看到，这不是什么“真经”，是如“真”包换的假货。

谁有这么大的能量，敢揭开如来佛祖的“迷局”？

他是著名的燃灯古佛，老佛祖。

老佛祖像太上皇一样被供奉在灵山的“宝阁”上，“束之高阁”是不是从这里走出来的？他很无聊地竖起耳朵，“暗暗地听着那传经之事，心中甚明，原是阿傩、伽叶将无字之经传去”。老佛祖也喜欢偷听吗？

当他获悉情况后，“暗”自“偷”笑：“东土众僧愚迷，不识无字之经，却不枉费了圣僧这场跋涉？”因为“愚迷”，所以只能慢慢来，如果幼儿园一下子上高中的课程，岂不将孩子废掉。老佛祖的想法没有错，如来心太急了，想通过快速的办法，将心印传到东土，占领李唐的文化阵地。

凡事凡物都有个过程。如果太急了，会适得其反，心急吃不了热豆腐。如果老佛祖此时不出马的话，将这个“无字真经”传出去，后果将会怎样？我猜想，就如之前猪八戒说的：师父你去充军，我们师兄弟重打几百，发配到地狱锻炼。

正在唐僧高兴地往回赶的“危难”时刻，老佛祖出手了，命令手下白雄尊者，将“无字真经”的谜团彻底粉碎，将真相大白于天下！

你要问了，如来是《西游记》中最牛的牛人，谁敢在灵山上动土？或者，老佛祖跟如来是什么关系？

在《封神演义》中，我们熟悉的是燃灯道人，是阐教十二金仙之一，“仙人班首，佛祖源流”，后来转入沙门，修炼于灵鹫山元觉洞，成为燃灯古佛。

传说，释迦牟尼还是善慧童子时，见到一位王族的女孩子，手中拿着很多青莲花，便花了五百钱买了五枝，供奉给燃灯古佛。

有一次，善慧童子在路边行走时，老远看到老佛祖经过。此时，童子见到地上有一滩污水，心想佛祖赤着脚多不方便，会弄脏了他的双脚，就发心扑在地上，把自己的头发铺在污水上面，等着老佛祖走过去。看到童子的表现，老佛祖很感慨，为他授记说："这么善良的孩子，这份心意所带来的功德，将使你在来世成佛，就叫释迦牟尼。"

所谓授记，通俗来说，就是对发心的信徒，对其未来成佛所作出的预言和证明。如来在《金刚经》中也说过，燃灯古佛曾为他授记。从传承关系来说，燃灯古佛是如来的老师。

佛教中分为三世佛，即过去、现在和未来三世的一切佛。过去佛叫迦叶佛，或专指燃灯古佛。现在佛是释迦牟尼，未来佛是弥勒佛。燃灯是释迦牟尼之前的佛祖，因此称为古佛。

那么，由老佛祖亲自揭开真相，主要起到什么作用呢？

首先，代表如来传出了"无字真经"和"有字真经"。只有燃灯佛祖才具备这个资格。唐僧虽没有将白纸带回去，实际上自打开之日起，"无字真经"已经诞生并传到东土大唐了。可能最初的人士包括唐僧等不识其真面目，但过了一段时间，就会明白佛祖的苦心。

其次，代表佛教传出了"希望之灯"，点燃了"理想之火"。宗教文化在于永远接续，人心中的佛性就如一盏灯，能够驱散黑暗、迎来光明。禅宗僧人把"传灯"作为对禅门的领悟。更重要的是，当自己有所领悟、有所收获的时候，应该将自己开悟得到的知识毫无保留传给别人，"千年暗室，一灯即亮"，有了"燃灯"，才使智慧之灯永传东土。燃灯并传灯，使菩提智慧照亮自己的同时，让真理之灯点亮其他灯盏，灯灯相传，传递一种永恒的真理，点燃一种伟大的精神之火。

燃灯古佛的启示：一个民族需要高尚的思想、伟大的智慧、优良的道德，但这种理想并非一劳永逸就能实现的，需要一批又一批像燃灯古佛一样的大德，以无我的精神，让真理的光芒永远传续下去。

动机四

雷公为何变成“龟孙子”

雷公电母“苍蝇戴网兜，好大的面子”，各种重要场合，都少不得他们。

惩戒罪人，雷公是先锋。玉帝对孙悟空恨之入骨，巴不得将他吃进肚子里，化成有机肥。但孙猴子的骨头就是硬，“刀砍斧剁，枪刺剑刳”，没有任何损伤。玉帝火了，拿出杀手锏，让雷公发发威。可惜，无论是雷打还是火烧，“越发不能伤损一毫”。

施恩于民，雷公是救星。凤仙郡几年没雨，赤地千里，雷公变成“无业游雷”，倒也清闲自在。后来，该郡居民群众被老孙忽悠，家家拜上帝，终于迎来了可爱的雷公宝贝。

伏妖降魔，雷公是主力。孙悟空到天上搬救兵，考虑到包括托塔李天王父子在内的神将们，都是墙头草一堆，毫无战斗力，为了给玉帝面子，特意邀请雷公助阵。在老孙看来，只有雷公具备打击敌人嚣张气焰的实力。

警戒世人，雷公是威慑。孙悟空请到了雷公发威，高声大叫：“老邓！仔细替我看那贪赃枉法之官，忤逆不孝之子，多打死几个示众！”雷公叫做邓天君，称“老邓”，一来表示哥俩好，二来表示其岁数大。

糊涂处事，雷公是帮凶。在车迟国斗法时，因为几个妖道懂得五雷法，随便一念，便将雷公电母叫来，连玉帝都没有这么灵。按照天上的潜规则，是不是雷公去炒更，反正闲着没事，有机会露个脸，帮人家一个小忙，赚点外快？

总之，整个唐僧取经的过程，也是雷公电母全程参与的过程。唐僧取得的辉煌成绩，既有他本身付出的辛勤劳动，也有雷公叔叔的一半。但如果客观分析雷公的作用，可能你的印象会大打折扣。具体来说，表现为几个特点：

第一，威力不大。

在全程参与的征程中，没有一个人死于雷公的钉子下，倒在他的轰鸣中。孙悟空还是妖猴的岁月，那些雷鸣电击，倒像是小孩子放鞭炮，凑个热闹。

面对金兜山的青牛精，不出手倒也罢了，一出手连吃饭家伙即那些铁锤、凿子之类的，通通给妖怪的宝贝没收，弄了个赤手空拳。你说，他有威力吗？

第二，庙子不小。

如果你认为天上的雷，只有雷公电母夫妻俩的话，那就错了。

雷公是天宫一个重要的衙门，总部叫做神雷玉府，下设“三十六内院中司、东西华台、玄馆妙阁、四府六院及诸各司，各分曹局”。这个机构臃肿之至，放在今天一定要实行“大部制”改革。

除机构庞大外，人满为患也是大问题。雷部最高首长叫九天应元雷声普化天尊，据说是殷纣王驾前的闻太师。雷部正式编制的神仙，叫做二十四位天君，如邓天君、辛天君等，邓天君名叫邓忠，即老孙称呼的“老邓”，其中，“邓辛张陶”四大天君，被称为雷部正神。

除此之外，还有著名的三十六雷将。孙悟空大闹天宫时，真的多亏他们，将老孙团团围住，才不至于骚扰了凌霄宝殿。在《荡寇志》中，张叔夜带领三十六雷将，荡平了梁山水泊，活捉了宋江，这是后话。

第三，好事不多。

纵观取经全程，好像雷公不是好东西，在玉帝展示最高权威时，他们是镇压农民起义的反动统治工具；在老孙与妖怪舍生忘死作斗争的关键时刻，他们出面帮助敌人；当人民处于水火之中时，他们躲在天上“叹空调”，没有想办法伸出援手。可怜的雷公！

第四，坏人不怕。

雷公号称“正义之神”，天底下谁不怕雷公，尤其是那些贪赃枉法之徒，作奸犯科之辈，开着宝马，驾着奔驰，听到雷声轰鸣，岂不闻风丧胆！这是人们美好的想象和回忆罢了。

那些终日住在高楼大厦里，享受玉液琼浆的，几个被雷打死？倒是那些雷雨天下地种田的农民，经常被雷打死。即使老孙猛叫老邓，多打死几个坏人，雷公打死了没有？

第五，心灵不直。

雷公叔叔内心有个小九九，有利者则参与之，无利者则逃避之。在哪吒血战青牛精时，孙悟空吆喝着让雷公放雷，将妖怪打死算了。当邓天君、张天君准备放家伙时，妖怪拿出宝贝，将哪吒的兵器全部套走。

两个没出手的雷公在空中暗笑："早是我先看头势，不曾放了雷屑，假若被他套将去，却怎么回见天尊？"跟着这样的打虎亲兄弟，你不吐血也会发疯。

所以，孙悟空一直不把雷公叔叔放在眼里，始终将他们当成自己的孙子。也难怪，满天下都知道老孙长着一张雷公脸，一见面，都会吓得狂喊"雷公爷爷"。老孙咧开那张猴嘴巴说："别怕别怕，我不是雷公，雷公是我的孙子，重孙子呢。"

于我看来，雷公连"重孙子"都不配，只能叫做"龟孙子"。

这个"龟孙子"，官名叫雷神或雷师，负责天下雷电的传播，他的命还真好，就像西王母给人家速配了一个"东王公"一样，雷公也"被结婚"，娶了电母做老婆。

《封神演义》中，闻太师在黄花山，收编了邓辛张陶四将，后来在战阵中"玉碎"。姜子牙封神，也不管正与邪，好与坏，一律给予神仙的待遇，闻太师被封为雷神的老大，邓辛张陶被封为雷部天君。发展到后来，雷公越来越多，人员多了，力量却薄弱了，"雷"浮于事，致使雷公的形象一落千丈。

雷神一落千丈的最典型表现，是往往雷声大雨点小。表面上轰轰烈烈，事实上却毫无作为，这就是雷神的悲哀。

出现这个问题，是形式主义害死人。本来，雷公电母一对夫妻多好，上阵"夫妻"兵，想做什么就做什么，哪会像现在雷部机构重叠，人人有责，实则人人无责？

在这种情况下，当然就会滋生腐败问题了。没事干的，喝酒打牌；再没事干的，捞点外快，赚点时间。当然，里面的水有多深，谁也说不清楚。反正，大家都希望雷公能真正负起责任来，重新唤回"正义之神"的本来面目，该主持正义的一定要主持正义，该打死的坚决不饶。不能顾此失彼，首鼠两端，见到有权有势的坏人，只是贼喊捉贼，响着无聊的雷声，吓唬谁啊？蚂蚁也吓不走！

雷公的启示：今日欢呼孙大圣，只缘妖雾又重来！面对日益污浊的世界，正义之神雷公"何日君再来"？雷公不主持正义，谁来主持正义？形式主义是祸国殃民的重要因素，要既响雷又下雨，惩处坏人毫不留情。这样才能重塑雷公在人们心中的美好形象！

动机五

黄河断流也与孙悟空有关

孙悟空是金命，命格五行属金，人称金猴。像金子般的猴子最怕什么？怕火。他在火焰山受困于火，八卦炉中受害于火，还差点被火烧死。差点把他烧死的，当然就是红孩儿的三昧真火。

孙悟空的思维简单，他懂得五行相生相克的道理。金克木，水克火。只要是火，请来水就行了。他第一想到的，是铁哥们四海龙王。然而，龙王的海水却灭不了红孩儿的邪火，还让老孙吃了大亏。在危难时刻，他一念向善，想到了救苦救难的观音“妈妈”。

观音灭火，也是同样的套路，用“水”来克“火”。观音用一个“魔瓶”来装水，这个瓶子，是她终日拿在手里的，里面插着杨柳枝的净瓶。

为什么说是“魔瓶”？你可以大胆想象，家中有一个瓶子，里面装着水，上面插着几根富贵竹，里面能装多少水？最多五升吧。即使再大胆一点，装个五百升，顶天了吧？这个容量，相当于半个水池。

这种想法，太小儿科了。观音的瓶子装的水，让魅力无穷、神通广大的酷哥孙悟空拿不动！孙悟空能移山倒海，却拿不动装了水的瓶子，可笑吗？观音告诉他，里面装了整整一个海的海水。总共四海，装了一海，究竟有多少？灭那红孩儿的一点点三昧真火，要用一个海的海水！

仅靠海水还不行，老龙王已经做了实验，海水灭不了三昧真火。妙就妙在，观音的“魔瓶”具有优越的化学反应能力。海水装进瓶子后，变成了“甘露水浆”，“比那龙王的私雨不同，能灭那妖精的三昧火”。即是说，海水不仅具备了量变，那么多的海水都被压缩在瓶子里，更重要的是发生了质变，海水变甘浆。谁有这个能力？

《西游记》中，还有一个人具备这个能力！他是受天上“水利部部长”水德星君派遣的黄河河神——黄河水伯神王。当时，孙悟空打不过金兜山的青牛精，因为牛精有一个见什么抓什么的“圈套”。老孙聪明的脑袋又想到了水，“水火无情”，圈套哪能套得住水火呢？

这一次，水伯使用了一个装水的用具，即一个白玉盂儿，水伯存放在哪里的？放在衣袖里。能放在衣袖里，可以猜到它的体积。老孙想不通，这个小小的瓶儿，能装多少水？水伯得意地说：“我这一盂，乃是黄河之水。半盂就是半河，一盂就是一河。”

神仙真是伟大，只怕想不到，不怕做不到。水伯仅用了半盂河水，便将金兜山淹了个昏天黑地。虽然大水滔天，损坏了山川，引起了山洪暴发，破坏了农田，甚至是淹死了老鼠蚂蚁、人类昆虫，也拿妖怪无可奈何，因为妖怪有抗击洪水的法宝。

孙悟空一见适得其反，赶快叫水伯干一件环保的事：将河水尽快回收！但水伯双手一摊：“小神只会放水，却不会收水，常言道泼水难收。”

黄河改道，泛滥成灾，并且河水短缺，在冬季时经常断流，是不是因为这个原因？如果是，那就是孙悟空惹的祸了！

河水真的没法回收吗？

请看大慈大悲观世音做得多么完美：“菩萨念动真言，把净瓶縈（音营）倒，将那一海水，依然收去，更无半点存留。”

这就是人们敬仰的菩萨，救苦救难的主！她能将水排山倒海般地倒出，消灭了妖邪，也能将水一滴不剩地回收，做到了不浪费，不铺张，又环保，难怪现在海水保持得那么好！

在两个用水案例中，至少可以看到几点差距：

第一，能力有大小。观音的胸怀是一汪大海，河神只能是一条河。

第二，心量有大小。心量的大小，决定装水的分量以及质量，观音既能将一海之水装进来，也能将它变成甘露，河神没这个能力和心量。

第三，慈悲有大小。观音出手前，要求山神土地清理战场，让有生命的动物搬到高处，不会影响生态平衡，不会危害生命。水伯做不到，孙悟空更是糟糕。

有人说，你放水的话，如果将师父淹死了怎么办？老孙说：“那怪物一窝子可都嚰死，我却去捞师父的尸首，再救活不迟。”这就是差距，可谓主次不分，颠倒黑白，按现在的观点来说，是乱作为！只要结果，不要过程。

在这里，我们看到对待水的两种不同态度，一种是像观音一样的，水是有用的，不能浪费，顺势而为，水就能为人们所利用，并造福于社会，造福于众生；另一种是，水对人们是有用的，但在使用过程中，却没有好好地利用，甚至是乱利用，不仅于事无补，还破坏了自然，影响了生态，祸害了民众。

古往今来，无论是帝王将相，还是平民百姓，都非常重视水，尤其是水的“品德”，称之为“水德”。说起水德，也有意思，他是管理天下水域的神仙，名叫水德星君。黄河河神帮助孙悟空，是水德星君派遣的。

水德星君负责管理“四海五湖、八河四渎、三江九派并各处龙王”，比水利部部长还要大。据说，水神的来源还很多，如屈原死后，楚人对他倍加思念，立他为水神。南海海神是祝融，东海的是苟芒，北海的叫玄暝，西海的是蓐（音入）收。

“水德”即水的品德，应该是什么样的？

有一次，弟子子贡问老师孔子，您每当遇到水时，就一定会去看，其中的道理能否给学生讲讲？

孔子凝视着泗水的波涛说，水就像君子的良好品德，它哺育一切生灵，却无欲无求，体现了君子的仁；水流往下走，一切按照万物运动的法度，体现了君子的义；水浅的则流动，水深的则幽然莫测，体现了君子的智；水穿山岩凿石壁，从无惧色，体现了君子的勇……从水里面，看到它具备了儒家仁义礼智信的信条，以及谦下处世、包容万物、洁身自好、公平公正、规制万物等优良品德。水，真是君子品德的象征。

道家老子也非常推崇水的优良品德，他说“上善若水”，最高尚的品德就像水一样，水善于哺育万物，却没有居功自傲，与世无争，处于大家都不愿逗留的地方，恩养万物生生不息，这不就是“道”的象征吗？天下最柔弱的肯定是水了，但是“攻坚强者莫之能胜”，体现了水的强大力量。水是柔弱的，也是刚强的。这就是君子的性格。

水德星君的启示：水是人类的母亲，滋养万物的甘甜乳汁。我们真的爱水了吗？水具有刚柔相济、谦卑包容等良好性格，无论处于什么位置，都安逸舒适，随意任运，享受快乐和生活，我们能否像孔子、老子一样读懂？

动机六

美猴王恩师来无影去无踪

善于学习的人，总会遇到好老师。

孙悟空是学习模范，一生遇到几个好老师，须菩提当属第一。一般认为，祖师是释迦牟尼的弟子须菩提，是一个真实存在的智者。只有他，才具有当孙悟空第一位老师的资格！

须菩提意译为空生或善业，出家前是舍卫国一个婆罗门家庭的孩子。大凡有成就的智者，出生都有奇特现象，要不梦月入怀，要不梦日入怀，反正注定孩子将来不得了。须菩提出生时，家中就出现了怪事。

这个孩子像一个“败家子”，一出生家里的钱财连同家具用具，就像给黑风刮走了，一家子“空空如也”。父母非常担忧，这样的日子还能过下去？印度人心头有困惑，请个相师来卜卦。

相师装神弄鬼摆弄了一番，突然惊喜地说：“这是可喜的征兆，恭喜你们生了贵子。贵子降生，家中的财宝一切皆空，象征这孩子将来是‘解空第一人’！取名为空生，这是大吉大利的事情。”

后来，须菩提投归释迦牟尼座下，成为僧团中杰出的弟子。他对性空的深刻认识和理解，在佛陀众多弟子中脱颖而出，享有“解空第一”的盛名。

当时，佛家弟子每天上午，都要到街坊上托钵乞食，俗称为化斋。乞食是有规矩的，弟子们要一个个、一排排，沿着街坊一家一家乞食，无论人家是否施舍，必须从他们的家门口经过。

须菩提很有个性，不与大众同行，而是一个人仪容齐整，行止安详地寻找化斋的对象。他专门向富人乞讨，从不到穷人家化缘。对此，有师兄弟取笑他：“穷在闹市无人问，富在深山有远亲啊！”

须菩提解释说：“大德！我不是看不起穷人家，不去化缘是同情他们。他们本来很穷了，自己都过不好生活，哪来食物供养我们？”

佛陀的另一位杰出弟子大迦叶却相反，他乞贫不乞富。须菩提不理解，在一次闲谈中，大迦叶说："我们是出家人，守法行道，这就是人间的福田，受人间的供养，是给他们增长福慧的机会。向贫苦的人乞食，就是给他们种福田的机会。富人们够有福气了，难道我们还干锦上添花的事情?"

两种作风，针锋相对。佛陀不赞成两个人的做法，说他们心中都有不平的思想，不符合乞食的规范："真正的乞食法，是不择贫富，不分净秽，严肃威仪，次第行乞。"

须菩提虚心采纳了老师的教法，但大迦叶比较固执，依然我行我素。因此大迦叶的苦行色彩非常浓厚，人称为"头陀第一"。

有人认为，佛教的苦行色彩很浓，跟佛陀涅槃后由大迦叶主持结集佛经有关。当时，"智慧第一"的舍利子获悉佛陀将于三个月后进入涅槃，他不忍看到这个情况，所以在师父之前，自己先涅槃了。接着，"神通第一"的目犍连被外道打死。如果由舍利子他们来结集佛经，可能佛教的传播会是另一番景象。

须菩提最有名的举动，是一次伟大的发问。有一次，佛陀准备休息，心细的须菩提起来发问："佛陀啊，善男信女发菩提心，如何才能安住？那些纷乱的妄念，如何才能降伏?"

佛陀很高兴，称赞须菩提是非常有慧根的人。于是为大众说法，讲到"因无所住，而生其心"这句话，让禅宗六祖慧能开悟了！在这里，佛陀讲到"无相布施，无我度生"的重大问题，使须菩提也开悟了，他在这次般若会上涕泪悲泣，真正成为"悟空"第一人。

这是《金刚经》中的故事。

由于真正"悟空"，须菩提成为迎接佛陀的第一人。

有一次，佛陀在忉利天三个月，为母亲摩耶夫人传道讲法。大家好不容易等到佛陀回来，希望成为迎接佛陀的第一人。

须菩提获悉师父回来的消息，心念一动，也想前去迎接。但转念一想："我现在去迎接师父，是为了什么？师父说，不认识到诸法的空性，就见不到佛陀的法身。而法身是无处不在的，我皈依奉行师父的教法，体证到诸法的空理，就不应该被事相所迷惑。"

因此，须菩提安坐不动，依然在缝补他的衣服。

弟子莲花色比丘尼第一个迎接到佛陀，高兴地说："佛陀，我是第一个迎接您的人。"本来很高兴，想得到师父表扬，但师父说："第一个迎接我的是须菩提啊！只有见法的人，才能第一个见到佛陀，第一个迎接佛陀。"

须菩提悟到空性，证得正果，还非常谦虚，也不执着，佛陀称赞他是第一离欲阿罗汉。

由此观之，真正“悟空”的人，是不是刚好是孙“悟空”的好老师？一位叫“空生”的智者，能不能生出一个“悟空”？一位“解空第一”的阿罗汉，能不能“解”孙悟空这个大“空”？

孙悟空千辛万苦，有幸拜在须菩提的门下，也不冤枉他的苦心。

当然，不能完全跟现实的须菩提相对应，只是从行为举止、思想作风等方面来分析，孙悟空的第一位师父，应该脱胎于须菩提的事迹，这是无疑的。

孙悟空拜须菩提祖师为师父，既是一种薪火传承，更重要的是拜“菩提”为师。

菩提是什么？释迦牟尼在菩提树下证道，菩提圣树就是了却生死，超越生死，达到涅槃成圣的境界，该回目为“悟彻菩提真妙理”，孙悟空完全明白菩提的妙理，初步实现了长生不老的目的。

最后问，须菩提祖师为什么赶走孙悟空，还不允许说出他的姓名？

本来是不需要回答的，因为须菩提祖师“悟空”了，说他存在就存在，说他不存在就不存在，无所从来，无所从去，这不是如来佛吗？

可见，孙悟空的老师可以是如来、观音、唐僧，甚至是妖怪，只要因缘聚合，对老孙开悟有实际帮助的，都是他的老师。老师就在当下，就在眼前，就在心中！

须菩提将老孙莫名其妙地赶走，是给他一个自由的空间，以及一个独立思考的能力，不能独立就不能获得真正的自由；他神龙见首不见尾，实则符合“悟空”和道家的无为思想，“功成而弗居”；他没给徒弟留下什么，一切都是空，真是高手无名，大音希声，徒弟走了，他并没有来也没有走。

这就是“解空第一”的祖师！

如果问，须菩提最成功的是哪方面？难道是学术方面吗？

我看，最重要的是培养了像孙悟空这样的“好干部”！名师出高徒，名师的成功，不仅在于自己的成功，更重要的在于你有没有培养出更厉害的学生！

南北朝时，有一位著名的南岳慧思禅师，道行很高，有人问他：“禅师啊，你为什么老待在山上，不下山去度化众生呢？”

禅师说：“三世诸佛被我一口吞掉，哪有众生可以度化？”这也太狂妄自大了吧？

但是，当你知道慧思座下一位高足，名叫智者大师的，是我国佛教宗派天台宗的创始人时，你会发现，名师教出名徒的重要性了！

须菩提的启示：祖师教出了孙悟空，像冯·卡门培养出钱学森一样。如果我国的老师，都能做到让学生青出于蓝而胜于蓝，那么，我们这个民族强盛就不远了！

动机七

终生难忘最有魅力的老师

老师好当吗?

孙悟空想过过瘾，伙同老猪、老沙开门授徒。徒弟没调教出来，却惹来了一窝狮子精。哥们广目天王笑他:“因你好为人师，所以惹出了一窝狮子也。”

老师有这么难当吗?

狮子精的主人给出了答案。他是太乙救苦天尊，坐骑是九头狮子，也叫九灵元圣。神仙系列中，能成为圣的极为罕有，如齐天大圣之类的，是经过天上机构编制部门核定的。如牛魔王的平天大圣，跟窃国大盗袁世凯的皇帝头衔一样，谁也没有当回事。

俗话说，人生有三大悲剧，一是跟错人，二是娶错人，三是学错东西。也有四大幸运，即上学时遇到好老师，工作时遇到一位好师傅，成家时遇到一个好伴侣，生活中遇到好朋友。

遇到名师，是一辈子的幸运，也是多生累劫修来的福气。

在九头狮子精这个故事中，出现了几组师承关系，在取经历程中极为罕见：一组是太乙救苦天尊系列的，即他与九头狮子、狮奴甚至是与哪吒的关系；一组是孙悟空师兄弟与玉华州王子的关系；一组是唐僧与孙悟空师兄弟的关系；一组是九头狮子精与群狮的关系。

第一，唐僧师父与孙悟空弟子的关系是主流的，其他的是非主流的。

不管主流支流，在传道授业解惑的师道中，各组关系都有不同的特点。唐僧名虽为师，只是从理论上进行教导，实践方面如动手能力的知识，只能高挂“免战牌”。这些生存技巧，反而需要徒弟教导老师呢。

第二，孙悟空老师教导学生，有点囫囵吞枣，为当老师而当老师。

快到灵山目的地时，老孙突然萌发当老师的伟大念头。当老师没有什么不好，关键是你必须具备这个素质。并非说我读了博士，就能当一个好老师，或者我本科毕业，就能教好小学幼儿园。

老师是一个特殊的职业，必须经过一定程序的训练，在当代要上师范学院，才能更好地适应本职工作。当然，有知识有文化的，只要愿意学习，努力工作，也可以当一个好老师。孙悟空的错误在于，教育学生只注重动手能力，忽视基本的道德教育，所以传授的学生肯定孔武有力，但只能当一个大头兵，很难成为帅才。

第三，九头狮子精的问题。

九头狮子是“真狮”，却非“真师”。为什么呢？因为它的内心是邪恶的，这是真狮与真师的本质差别。

这个回目叫“师狮授受同归一，盗道缠禅静九灵”，水平相当高。如果人心不正，师就是狮，道就是盗，禅变成缠。只要心灵如一，没有邪见，没有执着，没有分别，九头的狮子也是一心的。反之，则九灵元圣变成了九头狮子。

最后一组，是太乙救苦天尊的为师之道。

在外人面前，老师对学生呵护有加。狮奴不慎，让九头狮子跑了，本来应该责罚，但天尊说：“孙大圣在此，且不打你。”很多师父遇到这种情况，不是痛骂几声推开责任，就是假意打几下搪塞过关。有错能改，给学生改正的机会。狮奴犯错误的原因，是因为偷喝了首长的“玉液”，放在今天肯定要坐牢。天尊让他一起下凡，降妖伏魔，将功赎罪：“你且起来，饶你死罪。”

天尊更值得学习的，是对待弟子的态度。

面对犯严重错误的学生，老师们都要划清界限。天尊不是这样，还在“苦主”孙悟空面前，猛夸并推荐自己的学生：“那元圣儿也是一个久修得道的真灵：他喊一声，上通三圣，下彻九泉，等闲也便不伤生。”见到狮子精说：“元圣儿，我来了！”不像其他“大天尊、大菩萨”，见到化为妖怪的弟子，会大叫一声：“孽畜，认得我吗？”一声“孽畜”，与一声“元圣儿”，有什么不同呢？最后，狮奴跑过去，痛扁元圣儿一通，一是“戴罪立功”，二是做做样子。如此而已。

因此说，太乙救苦天尊绝对是一个魅力超群的好老师！

太乙救苦天尊，也叫太一、太乙，或太乙真人，这个名字大家很熟悉，是哪吒的老师。天尊是神仙中的尊长，玉帝的左手右臂。

从他的名号和坐骑来分析，具有佛教观音和文殊两大菩萨的职能。文殊的坐骑也是狮子精，狮子吼主管智慧。救苦的法号当如观音，只要念一声法号“太乙救苦天尊”，就像念“大慈大悲观世音菩萨”一样，能使人化苦为乐，化险为夷，离苦脱难。

说天尊是个好老师，更体现在对哪吒的调教上。成功打造哪吒，是天尊值得骄傲的“政绩”。

打造哪吒，从先天开始。这就怪了，别人的孩子出生之前，你能左右？天尊就有这个本事，孩子出生时，便带来了他的法宝混天绫和乾坤圈，就像胎记一样。如果你的孩子有这个先天性的“胎记”，就可能会闹翻天了。

打造哪吒，从挫折开始。哪吒志比天高，一出手就将巡海夜叉和龙王三太子打死，连老龙王都敢欺负，这还了得。最终哪吒得到惩罚，却完成了莲花为体脱胎换骨的华丽转身。

打造哪吒，从正义开始。哪吒是正义的化身，跟随姜子牙打游击，冲锋陷阵，一往无前，敢于藐视邪恶势力，勇于挑战旧势力，是一个真英雄。

打造哪吒，从灵魂开始。姜子牙攻占朝歌，天下归一，恢复正常秩序。这个过程中，无论是生的死的，各得其所，都能分到自己的“猪肉”，要不“被封神”，要不当大官。哪吒选择的是急流勇退，武王、太公苦苦挽留也无济于事，只得洒泪送别。这与那些为了功名利禄，投机钻营之辈相比，灵魂何其高尚！

尤其是弟子在面临重大抉择的时刻，天尊总是及时出面指点迷津，让学生克服了一个又一个的灾难。

当今，最需要的是好老师，最缺的也是好老师。

现在的老师传授学生的，更多的是生存的技巧，如孙悟空的筋斗云、七十二变之类的。关于如何让学生具备良好的人格和心智模式的指导，则少之又少。很多社会问题的出现和加重，就是由于这个原因，其根源要归于制度设计者的能力、眼光和抱负。

太乙救苦天尊的启示：老师与学生的关系，是一组互动的关系。老师既要教会学生生存的本领，更要让其学会做人的道理。好学生能够促使老师教学相长，填鸭式喂养长大的学生，很难做到这一点。

动机八

真正的倾国倾城是啥样子

孙悟空有一个“内伤”，他自称只拜如来、观音和师父三人，结果却拜了一个老女妖，一直被业界传为笑谈。

好在大圣此后报仇雪恨，将妖怪一棒打死，原是一只九尾狐狸精。孙悟空打死的，是一只长得很丑的老狐狸。但是，九尾狐狸真的很丑吗？

传说中，九尾狐狸精并不丑。天地开辟之初，它的形象非常好，并不像人们如今想象的那样。

古书记载，大禹在治水过程中来到涂山，即今天的河南嵩县，遇到了九尾白狐。

他听见涂山人唱歌：“拖着九条肥大尾巴的白狐，正在寻觅配偶；如果谁娶了涂山氏的女儿，谁的家道就能兴旺繁盛。”

大禹听了心里很高兴，不禁暗自思量：“这狐狸的出现和民间歌谣的流传，是否表示我婚姻有应？或许应验我将在涂山结婚，看来我的婚姻不远了！”

于是，大禹娶了涂山氏名为女娇的女孩为妻子，美丽的女孩就是九尾白狐。

自此之后，大禹真的后代昌盛，开启了中华盛世之先。如果说，我们是大禹后代的话，弄不好九尾白狐还是我们的太奶奶呢！

涂山氏是一个以九尾狐狸为图腾的古代部族，在这人兽婚配神话所隐藏的文化意义背后，九尾白狐被涂山氏当作自己的祖先。

由于九尾狐狸有这么一件风光的事情，因此后代的狐狸精们总喜欢骄傲地说自己是涂山后裔，炫耀血统的高贵。

九尾狐狸那么好，什么时候被人们所唾弃呢？

狐狸被妖魔化，起始于汉代。在“物老为怪”的思想影响下，原来是人们崇拜的图腾对象的狐狸，让位于龙凤麒麟，逐步丧失其神圣地位。

在唐代人的观念里，最厉害的天狐——九尾天狐虽保持着正派风范，但在唐代流行的狐神天狐的崇拜中，已经属于妖神了。九尾狐狸的光荣史终归要结束，只不过因为它神通最大，比别的狐结束得晚一些，被妖精化后也就成为妖性最大的狐狸精了。

狐狸最终被全面妖魔化，是在北宋初期。

那时候，只要认为哪个人为人奸猾，善于媚惑人，就称之为九尾狐狸。如宋真宗时高官、文学家陈彭年，被时人称为“九尾狐”；钱塘有一名官妓，也是娇艳动人，媚术高明，更被人称为“九尾野狐”。

在九尾狐狸家族中，最为出众的当属“能丧人家覆人国”的妲己和褒姒。

妲己惑乱纣王，致使天下大乱、丢了江山的先进事迹，不需表白。纣王算是男子汉，江山丢了眉也不皱，美女丢了心也不跳，在摘星楼上慷慨就义。

你死了我可不管，九尾狐狸妲己赶快跑路。然而在四面楚歌的情况下，跑是跑不掉的，二郎神将其抓获归案。

按照当时法律法规，立即召开审判大会。

主审法官姜子牙说：“你这业障，无端造恶，残害生灵，食人无厌，将成汤天下送得干干净净，罪不容诛，天地人神共怒，虽食肉寝皮，不足以尽厥辜！”

妲己娇滴滴伏地抽泣：“这等恶事，都是天子的责任。妾不过一女流，哪有什么力量？纣王失政，虽文武百官不啻千百，皆不能厘正，又岂是区区一女子能动其听也？您的德播天下，纵杀妾一女流，有何所益？”

妲己将媚眼往四周一扫，众诸侯、众将军人人中毒，“皆有怜惜之心”。

姜子牙是个孙悟空，看到美女都是白骨精。眼睛像是 X 光机，穿透美女身体，却是一副副白骨也。可怜，人世间怎么会有这种“无情人”？

姜子牙脸上没有一丝表情：“你一番巧言，迷惑众听，众诸侯岂知你是九尾狐狸，借窍成形，惑乱天子？其无端毒恶，皆是你造业！”命左右：“推出辕门，斩首号令！”

妲己的娇弱身体被绑着，跪在地上，恍然似一块美玉无瑕，娇花欲语，脸衬朝霞，唇含碎玉，绿蓬松云鬓，娇滴滴朱颜，转秋波无限钟情，顿歌喉百般妩媚。

妲己对着行刑的军士，娇滴滴地叫了几声将军长、将军短，便把这几个军士叫得骨软筋酥，口呆目瞪，软痴痴地瘫作一堆，麻酥酥地痒成一块，人人动弹不得。

监斩官雷震子没奈何，只得跑去拜见姜子牙，如实秉明。姜子牙怒火填膺：

“监斩无能，要你何用！”将他一声喝退。雷震子羞惭满面，站立一旁。

没办法，只要是男人，见到妲己不会倾倒、不会脚软的，确实还在娘胎里没有出世呢！

可惜姜太公是个例外。姜子牙亲自动手，命令排出香案，请出宝贝葫芦，揭去顶盖，只见一道白光上升，飘出一件东西，好像有眼睛、有眉毛、有翅膀、有手足，直在上面旋转。

姜子牙躬身说：“请宝贝转身！”

那宝贝连转两三转，只见妲己的脑袋落在尘埃，血溅满地。诸侯中尚有怜惜之者，无不叹赏，自恨福薄，没法与美女偷情。

从此，九尾狐狸阴魂不散，历朝历代时而出现，时而隐没。

却说这一天，九尾狐狸的阴魂在四处游荡。太上老君刚刚打发金角、银角下凡，没事可做，百无聊赖。忽然突发奇想，将手一伸，将阴魂收归葫芦中。

自己心念一动，转眼间，变成了压龙山压龙洞的老太太九尾狐狸——金角、银角大王的母亲。两个小家伙还不知道底细呢！

孙悟空自以为聪明能干，假扮成前来迎接金角、银角母亲的小妖。小妖见到长辈要下跪，急得孙悟空大哭！不跪就要走漏消息，没奈何，只得跪下来。

而这在老君看来非常好玩：贫道终于让这万恶的猴头“跪下来”了——从此，孙悟空只跪四个人，除如来、观音、唐僧外，加上老君了。

这就是老君无为而治的妙招：不花本钱，赚了个盆满钵满！

在这里，老君也不吝赐教：第一，你孙悟空法力再大，挑不动三座山；第二，你孙悟空面子再大，必须拜妖怪；第三，你孙悟空的心志再高，必须哭一哭。

在人生江湖，自大自傲是要吃亏的啊。通过让孙猴子“哭哭哭”、“拜拜拜”，使他的傲性荡然无存，从此孙悟空下跪的比例增加了，后来还拜了弥勒佛呢。

过了一段时间，真相大白。孙悟空一直耿耿于怀拜妖怪的糗事，原来是拜太上老君。大家都说“应该拜”，孙悟空激动的心情也就平复了。

九尾狐狸的启示：美丽的容颜是人生的福气，但能否带来终生的幸福，则需要个人的修为。自古红颜多薄命，美丽狐狸是非多。之所以薄命，是因为某些人将容颜当成了交易，没有善待自己，一时成为社会追逐的对象之后，最终是走向了没落。

真经十 妖眼观世的惊天发现

发现一

黄风大王的深度述职报告

又到了年终述职的时候，确实是一件令人挠头的事。

虽然灵吉菩萨将我安全“送”回灵山，既能舒舒服服听我佛如来说法，又能舒舒服服享受美好的生活，吃最喜欢的香油。但是，述职总是麻烦事。管他呢，反正上一年度，我的成绩很大。再怎么说，都能评个“优秀”，或者“先进工作者”之类的，评不到恐怕唐僧他们要造反，普天下百姓也不答应。

我的成绩有多大？说出来恐怕吓死你！

知道我是谁吗？是哪个阿哥或者格格吗？都不是。俺是西天路上黄风岭的黄风大王，知道吧？我的业绩知道吧？下面，请各位领导听听我的述职，不到之处请大家批评指正！

前年，我按照组织和领导的安排，来到黄风岭上班。那个地方就像宁夏的西海固、新疆的罗布泊，条件比较清苦。我本着对取经事业无比忠诚的态度，扎扎实实做好本职工作。经常断米断炊，肚子饿得嗷嗷叫。为了不损害与当地群众的共建关系，我们偶尔出去抓几个“外来工”充充饥。

有一次，我们按照原计划，抓来了唐僧师徒。主要目的有几个：一是吓一吓唐僧，看看他对取经工作的忠诚度；二是考验一下孙猴子，看看他是否有耐心；三是顺便考察一下几位边缘人物。总体来说，唐僧师徒非常配合，考察工作取得圆满成功。

在这个过程中，我充分发挥基层锻炼干部的积极性，凡事想在领导前面，工作部署在前面，创造性地开展工作，取得辉煌成绩，得到上级和社会各界的广泛好评。

尤其是著名作家吴承恩先生，特别将本次工作写进了“大事记”——《西游记》，当代著名作家林电锋先生专门进行解读，无论从理论上还是舆论上，都获得了双丰收。本人的能力和表现，也得到各方面的肯定。具体是：

本人，修行最深，是真正得道的。

这不是自吹自擂，灵吉菩萨代我说过了：“他本是灵山脚下的得道老鼠。”在取经路上，能与我比一比的只有太乙救苦天尊的坐骑“九灵元圣”，但人家是“司机”啊，没地位，我是谁？我只有骑人从来没人敢骑我。这就是差距！

本人，价值最高，是经过质检的。

别以为我叫“鼠”，就将我当成家鼠或田鼠，错了！我的官名叫“貂鼠”，尤其是黄色的貂鼠。黄色是什么？天下最尊贵的颜色！我的毛皮谁都喜欢，女士们更喜欢，将我的毛皮裹住她们曼妙的身子，你嫉妒吗？只有我才具备与美女们“贴皮贴肉”的资格！（作者暗笑：被扒了皮还这么得意，真乃天下奇葩也！）

本人，能力最强，是如来替身的。

西天路上八十一难是观音设计吗？没错。谁执行和落实的呢？娇滴滴的观音做不到！是我落实的！我最强的本领是“三昧神风”，我一吹，天地变色，孙猴子无影无踪。这一刮，将那些即将出场的妖怪演员全部刮到位，什么青狮白象之流，金鱼墨鱼之类，乘着这股风各就各位。你看，我多伟大！不过，这些成绩都是如来老板的功劳，我没这么大的力量，是老板给力协助的。

本人，眼界最棒，是不吃唐僧的。

我跟那些“同行”的差别，就是不吃唐僧肉。这算啥呀？在我看来，跟红薯没差别，比不上佛灯里的香油。哇呀，我又流口水了。孙猴子算什么？在我眼里，“原来是这般一个骷髅的病鬼”！

本人，排名最牛，是天下公认的。

通过全球性的民主测评和投票，大家对“妖怪”进行打分，如牛魔王、虎大王、玉兔精，还有小鼍龙、大蟒蛇、羊力仙等，经过民众公推，三上三下，几轮超级大 PK，你知道最后排名是什么？老鼠第一，老牛第二！我的努力，终于为鼠族赢得了名声。后来，那些见不得人的家鼠、田鼠通通“冒牌”沾了光。

我认为，上述的能力和表现实事求是，没有放大也没有缩小。作为如来的形象代言人，我落实了八十一难的创意，对自己的贡献是满意的。当然，如果说有不足，我经过认真思考，也有几方面：

第一，我是有贵族血统的，他们却说我是老鼠。黄色的皮毛，说明我具有皇家风范；黄色的风，说明我有皇家的“口气”。在南赡部洲大唐国的东北，我与“人参”、“鹿茸”并称为“东北三宝”。但世俗的眼光，为什么都说我是老鼠呢？

第二，我是得道的大王，他们说我是偷来的。“道”有偷来的吗？孔夫子偷老子的“道”吗？有时候，我对社会那些弱智和无知的人很无语，可又能说什么呢？

第三，我是吃香油的，他们说我偷吃。我在灵山生活多久了？记不清楚，反正有佛的那一天，我就存在。我要生存，能吃什么呢？难道像家鼠一样，偷偷摸摸吃点玉米、大米之类的？我是神仙，我是佛祖，我天生就是吃香油的！佛祖让我吃，为了利用我，又不承认我吃香油的历史，致使灵山法会“会议纪要”记载我“偷油”，我冤枉死了！

第四，我是有超级贡献的，他们却不给我位置。盘点一下取经历史，谁有我的贡献大？我矫正了孙猴子的红眼病，不然到灵山早就瞎了；我包装了“唐僧肉”，广告做得多好；工作多有创造性，八十一难这样谋篇布局；等等。他们那些当权的，什么时候给我地位？你一只老鼠跳跳跳，能跳多高！李天王不拉屎，也能占着茅坑！

我是什么？什么也不是！

反正，我被世俗的眼光害死了。所以，我要离开这个论资排辈、死气沉沉的灵山。我是药，我是火，反正我要在取经中，留下自己光辉的一笔。

不是吗？我出来了！

黄风大王的启示：即使我是灵山的老鼠，在世人看来，还是鼠不是貂，再牛也上不了厅堂，因为大家习惯了。在这个习惯于背景和名声的时代，尽量包装好自己，减少像“鼠”一样的标签，多做一些“貂”的广告，这样就能逐渐摆脱论资排辈的命运，具备参加蟠桃会的资格。

发现二

让孙悟空服输的魅力女妖

猪八戒说：在“四圣试禅心”一出戏中，我老猪被观音伙同文殊等几位牌友坑了一把，吃一堑长一智，自觉动起脑筋了。

以前无论是在福陵山云栈洞，还是在高老庄，我老猪就是一个超级愤青，只想立功表现，总是认为成绩好，福利待遇就好。

后来，我知道自己彻底错了，这是极为有害的思想。因为，待遇好甚至有进步，与业绩没太大关系。所以，第一要务，就是要处理好与师父的关系。

我知道观音她们设的骗局，目的是坑一坑师父。危难时刻，俺老猪站得出来；关键时刻，俺老猪也豁得出去。最终，师父满意了。师父满意了，菩萨也就满意了——这是我揣摩出来的逻辑。

我告诉你绝对的秘密。观音通过假扮成美女，将师父和我的心态试探出来了，我们虽然有些小错误，但毕竟组织看出来了，可以通过培训学习等形式，提高业务以及拒腐防变的能力。

但是，大师兄没考察出来，这种猴其实更严重，因为他对取经事业是否忠诚，就是个未知数。没有错误的同志，不一定是好同志；我老猪有缺点，却是值得培养的好干部，有前途，这就是观音对我考察后的结论——我心里暗自高兴，那个死猴子汤也捞不到，水也捞不到……

因此，组织对大师兄非常不放心，需要继续考察。至于采取什么措施，暂时保密。

我们一行踏上取经新征程。师父不是很开心，因为被观音委婉地批评了。虽然是自己的上级，但批评总不是开心的事。我也装着不开心，有时候还对师兄横个眉、冷个对的。大师兄依然没心没肺，嘻嘻哈哈，我见到那猴脸就烦。沙师弟事不关己，高高挂起。这一天，是冬天吃雪糕——冷冰冰的。

我们来到一座高山前面，奇怪，为什么都没留下叫什么山的记忆，诸如五行山、两界山、黑风山、黄风岭之类。师父似乎有高山恐惧症，一见高山尿也撒不出来。

师父是个好领导，一看我们兄弟没事干，就想办法找点事给我们做，这叫人不能闲下来，一闲准把天宫给闹了。师父找个事很简单，就是愁眉苦脸地说："徒弟呀，我肚子饿了。"

对这个伎俩我无所谓，反正分工不是我。大师兄突然不高兴地说："师父，这前不挨村后不着店的，去哪里化斋？"

很明显，他不喜欢上级老折腾，刚吃了午饭，马上肚子就饿，典型的没事找事。师父不高兴，声泪俱下，给予痛骂："你这猴头太没心肝，你在五行山下五百年，不是我给救出来，你还在那里喝西北风呢。今天就这么懈怠了。"

猴哥马上赔上笑脸说："师父啊对不起，我知道领导永远是对的。我认错了，就去化斋吧。"

大家知道，这猴子哪一次化斋是在十里范围内的？在印度路上，一个筋斗云跑到白宫黑海里化斋了，还端来洋饭呢——有人说是西餐——西天的饭吧。

大师兄前脚一跑，主角登场。它（说实在的，至今我还不知道是男是女）看起来真美，有诗为证："冰肌藏玉骨，衫领露酥胸。柳眉积翠黛，杏眼闪银星。月样容仪俏，天然性格清。体似燕藏柳，声如莺啭林。半放海棠笼晓日，才开芍药弄春晴。"

我的色心被充分调动起来了。这是真话，虽然我判断来者有些问题，至于什么问题，真的不知道，但是我想又该我跳火坑了。因为大家都知道，我太喜欢美女了。

正当我想扭扭捏捏与美女搭话时，大师兄突然回来了。他睁着"火眼金睛"——那双极为严重的病眼，一看是妖怪，不分三七二十一，掏出烧火棍，恶狠狠打下去，"嘣"，躺下来的是个女尸。

这不是捣乱吗？我正在兴头上，为何不让我乐一乐呢？我真的很生气。

师父一看打死人了，气得直骂猴头长猴头短，祖宗十八代都遭瘟。大师兄说："师父啊，这是妖怪，不信你看看。"

师父一手将眼皮拉高，一看貌似妖怪。我看师父这么容易被师兄蒙住，便私下对师父说："那是不是师兄做了手脚啊。"

师父一听有理，那个紧箍咒说念就念，差点将猴头咒死。我内心真的乐开花了。

猴头好说歹说，让师父的气消下来。师父说："你以后如果再没规矩，我一定不饶你。"

这猴头就这么自专，一而再再而三，见到第二个老女人，一棒打死；见到第三个老男人，也是一棒打死！如此挑战领导权威，就是我也不能容忍。

本来，我是能帮师兄说几句话的。但是，大师兄对我不仁，我也决心对他不义；你不把我当兄弟，我就当你是敌人！所以，我给师父说，什么"白骨夫人"，那是师兄使的障眼法。

师父一听，感到自己的权威受到挑战，个人受到忽悠，决心将紧箍咒进行到底，将猴头咒得满地翻滚。我真的开心死了！这猴头，你以为你行啊?!

最终，师父将大师兄扫地出门，成为被美女妖怪脱光底裤的第一猴。我老猪临时当上掌门师兄，看着猴头灰溜溜滚开的场面，突然感觉到活着就是一种福气！

后来，听说广大网络知道这件事，说什么白骨夫人就是白骨精。我暗自冷笑！

什么白骨夫人，什么白骨精，都是忽悠人的。说白了，就是观音菩萨伙同黎山老母、文殊、普贤几位大仙，继续考察我们而已。百般聪明的大师兄，没想到什么白骨精的，都是观音搞的鬼，最终遭遇了滑铁卢，被人家打跑了还不知什么原因。我真的有点可怜大师兄。

白骨精是谁？是男是女？我基本弄明白了。你说是观音，就是观音；是文殊，就是文殊。其他的，亦复如是。

是不是妖精，不是你孙悟空说了算。你说黄袍怪是妖精吗？猪八戒是妖精吗？我们都是天将啊。因此，警告孙猴子：第一，是不是妖精，不是个人说了算；第二，不仅要保护师父，还要协调好与师弟们的关系；第三，要学习智慧，不能动不动就举起那支哭丧棒；第四，要懂得江湖规则，没有规矩不成方圆。

白骨精的启示：说到底，认定妖怪是一件复杂的事情，是一件技术活。你说他是妖怪，其实都不是妖怪，你自己才是妖怪。当你具有认为别人是妖怪的心理时，你自己就是妖怪了。为什么，其实人世间，本来就没有神仙，也没有妖怪，是你自己认为罢了。

发现三

玉帝向孙悟空学习成功学

玉帝举办了一个小型私密家宴。

今天的座上宾，是刚从基层回来的三位得力干将——车迟国的三位大仙，即虎力、羊力和鹿力也。

几个“妖怪”，在车迟国时，与孙悟空斗法，被“暗器”所伤，貌似变成虎、鹿、羊牺牲了。实际上，大家都被玉帝骗了。这三个家伙，并非真正的妖怪，他们是二十八宿，即尾火虎、鬼金羊和张月鹿也。

他们赖以吃饭的招数——五雷法，是谁传授的?

唐僧会念的紧箍咒，是如来佛心苗所发，念什么“曲子”都不重要，只要想到了紧箍咒，心中的电波就与我佛对接上，所以，真正念咒的是我佛，并非唐僧。如果佛祖亲口传授给观音，难道六耳猴听不到?因此，观音忽悠的紧箍咒，一定是假的。

同样，五雷法也是玉帝心苗所发，只要虎力大仙形式上做足，心念一动，就与玉帝老板的电波对接。玉帝心念一动，天上所有资源都能调动，难怪四海龙王、雷公电母等，那么害怕五雷法。

玉帝激动地说：“众爱卿辛苦了，今天是私密家宴，大家不要拘束，知无不言，言无不尽，就当一次经验总结会，看看这次车迟国之行，有什么值得总结的地方?”

作为带头大哥，尾火虎即虎力大仙端着酒杯站起来，激动地对玉帝说：“首先，请允许我代表小羊、小鹿，对陛下的厚爱和关照，表达最为诚挚的谢意！没有陛下的英明决策，就没有这个宝贵的实战机会。要不，我们长期待在机关工作，如何与孙猴子这帮流氓竞争呢?”

“这一次，给我最深刻的教训是，对付恶人流氓，一定不能怀有妇人之仁。

你一旦心慈手软，错过下刀的机会，对手一定会毫不眨眼，将你的脑袋砍下来。”

玉帝一听，马上来了兴趣：“很好，说到点子上了，再细里说说。”

虎力脸色涨得通红：“我们在车迟国工作，严格遵守基层锻炼工作守则，一方面，那个昏君要我们求点雨、来点风之类的，在陛下的英明领导下，我们都满足他的要求。那些无能的僧人，平时骗吃骗喝，假冒神仙求雨，糊弄老百姓，被昏君严惩，让他们从事一定的劳动，是必要的。他们从来不干活，靠别人给饭吃。干一点活就寻死觅活，惊天动地，真不像个样儿。

另一方面，我们要做好宣传工作，让道家文化得以弘扬，让老百姓知道您的大恩大德。我们每天早晚，都坚持做好早课晚课，让道家先进文化大发展。

可恨孙猴子不讲江湖规矩，出手狠毒，一棍子打死了我们的两个徒弟，二棍子端掉了三清祖师。更可气的是，还将祖师爷的圣像丢进了化粪池，是可忍孰不可忍！”

玉帝大吃一惊：“真的吗？日夜游神为什么不上报？”

虎力说：“确实是真的。我们没去招惹他，他却打上门来。我们难道装孙子，给陛下丢脸？不行！豁出去也要干他一下。

我没料到的是，孙猴子竟然有通天的本事，甚至能够指挥天上的兵将啊。”

玉帝脸色雪白：“此话怎讲？”

虎力说：“陛下传给我的五雷大法，能够指挥天上地下的千军万马，但这次失灵了，什么原因呢？说明孙猴子在天上当官时，搞公关，将机关干部都腐蚀了，关键时刻，个个给他面子。如不彻查此事，恐怕天上要发生‘革命’。”

玉帝说：“这是你们下基层最大的收获！你们不知道，孙猴子还不是靠前的，他有个后台在撑腰。通过这事，我清楚谁对我是否忠心了。”

“陛下，这是其一。”虎力又端起一杯酒，仰脖一吞，豪情万丈。

“其二，我最大的收获，是在基层学到了真正的成功学。”

“第一，酒肉朋友关键时刻靠不住。天上这些哥们，平时与我们吃吃喝喝少吗？在危急关头，被孙猴子的棍子一挥，个个吓得尿裤而变节，既出卖陛下，也出卖朋友。以酒肉和色欲建立的朋友关系，就像墙上的茅草。”

“第二，不灵活运用规则往往会吃大亏。在与孙猴子打赌过程中，我们严格遵循老板的谆谆教诲，按既定的路线方针办。可那猴头不管，以‘赢’为目的，坑蒙拐骗的丑事都脸不红心不跳地一出又一出，像我们这些高学历高智商的人，就吃大亏了，这叫乱拳打死老师傅。”

“第三，不能依赖利益维持的关系。我们以为昏君会动用一切资源，帮助我们打败对手。往往你最需要关心的时候，他们却站在旁边看热闹，那些丑态让我终身难忘……”

此时，虎力大仙情绪激动得流泪。

玉帝安慰说：“小虎啊，你做得真好，总结也好，我很受启发，这就是派你这个心腹下去的价值。你们给我带来了真话，你看，我都几亿年听不到真话了！”

玉帝说着，眼眶也红了，尤其是痛恨那些临阵变节的部下。

羊力大仙说：“我们非常幸运遇到了好陛下，真是三生有幸！我还有一点补充，就是在生死关头不能爱面子。”

鹿力大仙抢着说：“是啊，陛下，我们确实有些爱面子，平时总是一副大仙的模样，总是装出那副道骨仙风的派头，高高在上，严重地脱离了当地的居民群众，包括土地爷等小神仙，危难时刻都不帮我们，这是值得我们深思的。”

玉帝说：“众爱卿，我代表组织感谢你们的辛勤付出，这次私密家宴意义重大，让我的决策有了新的参考和依据，我决心在天上开设成功学培训班，以后凡是下基层锻炼的，必须先拿到毕业证书……”

虎力大仙的启示：生活中需要学习一点成功学，如果遇到像孙悟空一样的对手，你只能先下手为强，否则会后下手遭殃。该出手时就出手，出手还要稳准狠，如果给对手留下喘息的机会，就意味着自己将前功尽弃，或者付出生命的代价。

发现四

如来最忽悠人的一个骗局

如来董事长又搞新创意，搞一次“顾客满意度调查”。对我佛来说，就是对我佛取经事业的忠诚度，勉强说是归属感。

因涉及对首长的忠诚度这个私密问题，为了确保结论真实、客观、准确加可靠，所以特别邀请了全球保密局参与全程监控，全球纪检监察部门暗中盯梢，全球刑警组织秘密跟踪。

如来亲自设计了调查方案。

首先，不仅西天极乐世界要有代表性，东土大唐世界要有代表性，还要让天上地下鬼神界，甚至动物界，都具有代表性。如果样本全部集中在某地区，或者结果大好，或者大差，都失去应有之义。

其次，最头疼的是找谁去上门调查呢？如果委托社会第三方机构，由拿最低生活保障的人士出马，估计结果是代表底线民生的民意。如果由如来商学院刚刚出道的大学士出面，估计结果会散发浓浓的愤青味。如果聘请天上二十八宿那些公职人员，估计结果是革命形势一片大好。如果聘请地下那些穷鬼，估计还没有调查，经费会被吃掉百分之二百，伸手就是钱！钱！钱！

调查社会的忠诚度，关键是看调查人员对如来董事长的忠诚度。否则，出来的调查报告一定是沙漠中喝石油，只会被呛死。

如来终于想出一个好办法！

他使用一个障眼法，将孙悟空找过来，通过最先进的设备，将猴子复印出一个，无论从什么角度来看，都跟孙悟空一模一样，唯一差别的，仅在思想意识上，简单来说，就是“心”的不同。这叫“三心二意”，“三颗心”就是三只猴，六个耳朵，后人称为“六耳猴”。

让千变万化的孙大圣负责调查，简直是物尽其用，人尽其才。

如来为自己英明的决策而骄傲，亲自表彰了自己。这时，问卷也设计出来了，只是一个简单的问题！

真孙悟空与假孙悟空吵吵闹闹，来到上门调查的对象门口，只问一句话：“请问，我们哪个是真的，哪个是假的？”

第一个接受调查的，是与孙悟空日夜相处的沙师弟。

沙僧代表什么？代表进城务工人员。

此仁兄无论在天上当职员，还是在人间干活，左看右看，只能干粗活，他代表了广大的务工人员，覆盖面够大了。

沙师弟非常糊涂，竟然将假的说成是真的，将真的说成是假的。他见到花果山的假猴王，高喊“师兄”，师兄却不认识他！说明假的没有“心”。反而到了南海观音处，见到真猴王，却想跟他搏命，“就掣降妖杖望行者劈脸便打”。

沙僧填写问卷：“不认识。”

第二个对象，佛门大腕观音副董事长。

观音是“二号首长”，代表佛国的广大高层干部。

看到调查问卷，二号首长叫手下工作人员，将两只猴子分开，口里念念“紧箍咒”，谁脑袋进水头疼了，谁就是真的。怪哉，两只猴子一起头疼。突然，观音叫一声“孙悟空”，两只猴子同时答应，没有亿分之一的误差，精准之至弄得首长没辙。

首长填写问卷：“不认识，鉴于此猴大闹天宫时，神将皆认得你，你且上天界去分辨回话。”

第三个对象，南天门的众元帅、众天将。

他们代表天上广大公职人员，代表老孙的酒肉兄弟，“众天神看彀多时，也不能辨”。

填写问卷时，互相推诿，怕担责任。最后，广目天王作为责任人，无奈写上：“不好意思，见识浅，看不出。”

第四个对象，天上集团大老板玉帝。

玉帝代表全月球首脑以及世界 500 强 CEO。

玉帝以前被这个强买强卖的家伙搞烦了，一个够可怕了，还来了两个？“唬得那玉帝即降立宝殿”。

了解情况后，玉帝松口气，说这些小事还烦我，去，找托塔天王吧。

玉帝耍了太极，顺手将问卷塞给了李天王。

第五个对象，天上武装部队总司令李天王。

毫无疑问，李天王代表军方。

李天王立刻拿出军队最高级秘密武器——照妖镜，这个武器在孙猴子大闹天宫、牛魔王大闹火焰山时，发挥了无可替代的作用，轻易不拿出来，除非是海湾新战争。

李天王老眼昏花，拿着镜子找了半天，里面依然是两个葫瓜，既然高科技手段用不上，也怪不得俺，老李心安理得填上“辨不出”。

第六个对象，是唐僧同志。

该同志代表广大教育界，还有人间俗界。

唐老师也是一招，“紧箍咒”，念完后没招。弄得调查人员意见很大：“我们这等苦斗，你还咒我怎的？莫念，莫念！”

唐老师无奈，只能写下：“水平有限，无法辨别。”

第七个对象，是阴间十大天子，即阎罗王等。

他们代表地狱众生，也就是鬼界。听说调查人员打上门来，吓得几位王爷胆都裂了。赶紧拿出“生死簿”，一查完了，猴子猴孙的名字早被孙爷爷一笔勾销，“无名号可查”。

阴间天子双手一摊，写下：“无据可查，建议到阳间去折辨。”

第八个对象，地藏王菩萨和宠物谛听。

地藏王代表广大后台老板，谛听代表天下油滑分子和动物界、宠物界。

地藏王说：“等我着谛听与你听个真假。”

谛听是一只狗，善于辨别天上地下离奇之事。谛听装模作样半天，跟地藏王说，我知道谁真谁假，只是不能说出来，说出来就糟糕了，他们会大闹地府的，你说一只猴子那么麻烦，两只猴子怎么办？

地藏王说，你说怎么办？谛听说，装着糊涂吧，解铃还须系铃人，“佛法无边”。

地藏王明白了，高兴地在问卷上写下：“不好意思，看不出。如果要弄明白，建议到雷音寺释迦如来那里吧。”

地藏王将脚一踹，将两只猴子踢到了灵山，本次社会调查圆满结束。

孙悟空递交了调查报告，只有几行字：“本次调查，在董事长的精心组织下，取得圆满成功，达到预期目的。各方对如来集团和董事长的满意度，达到100%。”

看了报告，如来董事长怎样也高兴不起来。他知道，有些不认识的，是因为温饱问题没解决，哪会管你真和假；有些大腕是在装糊涂，背后目的深不可测，市场风险增大；有些则是不懂装懂，忽悠上级。不过有一个共同特点，就是都善于耍太极。

六耳猴的启示：忠诚是事业的生命，也是个人立业之本。面对物欲横流的社会，忠诚呈直线下降的趋势，确实是需要社会和每个人重视的问题。

发现五

拟定提拔的“八好”妖怪

在下派到基层挂职的“干部”中，经过首长的指示，民意推荐和测评，以及工作实绩等考察，道家元老太乙救苦天尊的专职“司机”脱颖而出，成为第一位拟提拔重用的幸运儿。

为做好本次考察工作，玉帝下令组成了以文曲星君为首的考察组，浩浩荡荡开赴天尊办公大楼。考察组贴出考察公告，向天上地下、各路神怪通报，拟提拔重用元圣儿先生。

元圣儿是天尊的专职司机，某时某日兼任天尊的首席秘书（正局级），为充实其工作履历，三年前因工作需要，下派到玉华州挂职锻炼。在工作中，积极肯干，深受驻地广大干群的爱戴，由于具有高度智慧和狮子一样的精神，被老百姓称誉为“九头狮子”、“九灵元圣”。

本次考察，本着对事业高度负责的态度和公平公正公开的原则，广开言路，实事求是。期间，要遵守组织纪律，严禁请客送礼，搞不正之风。考察组分成几个小组，开赴玉华州、竹节山、豹头山等地，走访了玉华州主、唐僧、孙悟空、猪八戒、黄狮精等与元圣儿并肩作战过的同志，广泛吸收民意，以便为天庭事业输送优秀人才。经过几天几夜的连续奋战，完成了考察事项。

经过认真的讨论和梳理，考察组认为元圣儿同志品德优秀，政治素质高，工作能力强，业绩过硬，具体是“八个好”：

第一好，政治素质好，与太乙天尊保持高度一致。

这一次，元圣儿受到“唐僧肉”的绝对考验，面对实实在在的利益，以及唾手可得的“巨额回扣”，他心不动摇，体现出优良的品德，成为面对“唐僧肉”毫不动心的廉洁战士，在这个物欲横流、人心不古的时代，能够洁身自好，起到绝好的表率作用。

第二好，遵守纪律好，严格执行领导指示。

有些同志到基层后，不注意形象，不遵守纪律，这一点，元圣儿做得要更好一些。他的领导太乙天尊评价说："我那元圣儿也是一个久修得道的真灵。他喊一声，上通三圣，下彻九泉，等闲也便不伤生。"像一些同志如奎木狼之流的，原是天将出身，到基层后鱼肉百姓，吃人放火，无恶不作。元圣儿面对手下骨肉被孙悟空所杀的情况，依然忍住悲痛，要求部下善待取经干部，"不可伤他性命"，体现了高风亮节、忍辱负重的崇高品德。

第三好，学习提高好，从草莽司机变成问题专家。

人称他为"九头狮子"，是因为他想事情、做工作，深谋远虑，不搞短期行为，不搞政绩工程、形象工程。工作之余，利用一切时间学习，成为天尊手下自学成才的"超级强人"。首长称赞他是个"得道的"，就是最好的肯定。

第四好，智慧谋略好，工作中敢于出奇招。

鉴于孙悟空在市场竞争中不讲规则，单打独斗时使出分身术，采取死缠烂打战略，给对方造成严重损失。关键时刻，元圣儿亲自出马，暗自定计，以牙还牙采用分身术，让部下缠住孙猴子，趁这个机会，他"暗自飞空上城"直捣后方，将对手的指挥系统全部破坏，取得阶段性重大胜利，被誉为市场竞争经典案例，载入"如来商学院"教材中。

第五好，人际关系好，尊上爱下备受称赞。

在天上机关工作时，善于搞好与领导和同事的关系。几亿年来，首长从来只有表扬而没有批评。急首长之所急，想首长之所想。与厨房人员狮奴同志关系也很好，虽是老资格，但对新同志非常关心爱护。由于狮奴同志对他下基层锻炼有点误解，曾经用拳头打他几百下，口里大骂："你这畜生，如何偷走，教我受罪！"他能从大局着想，任劳任怨。在基层工作时，与玉华州地方百姓关系也不错，没有倚仗高级背景，鱼肉地方。对待手下干将黄狮精等，一视同仁，量才为用，形成了坚强的战斗团队，多次荣立集体"一等功"。

第六好，谦虚谨慎，对敌对友虚怀若谷。

该同志在同道中，享有崇高的威望，被称为"祖翁九灵元圣老大人"，这在天上地下极为罕见！他对部下，满怀关爱，从不以专家权威自居；对待部下胜似亲人，尊称他们为"贤孙"；当部下壮烈牺牲时，泪眼倾盆，连声"叫苦"，感动得天地变色。对待对手孙悟空，始终从战术上重视敌人，从不贬低对手，深受对手尊敬。

第七好，履职能力好，体现了超强的领导艺术。

该同志工作能力突出，在恶劣的市场竞争中，不需要资源和外力，“身无披挂，手不拈兵”，轻而易举地战胜对手，扶摇直上九万里，最强劲的竞争对手孙悟空，也被轻轻地拿下，创造了取经路上的新历史。

第八好，工作绩效好，高质量完成上级交给的任务。

给取经团队制造危机，是天上组织的英明决策。在具体工作中，该同志本着大胆创新的精神，遇到绿灯快步走，遇到红灯绕道走，将上级精神与本地实际很好地结合起来。尤其是在处理孙悟空非法竞争案件中，视野开阔，措施得力，让负有领导责任的唐僧董事长吃了点苦头，更是让顽皮的孙悟空尝了“柳棍子”的厉害，取得领导最满意的效果，成为创造性贯彻落实领导意图的典范。

当然，基层同志也实事求是地反映了元圣儿同志的一些问题，主要有平时不注重密切联系领导；在重大利益面前不动心，不符合正常人的心态；处理问题有时拖泥带水，太过考虑部下的情感，偶尔错过最佳时机等。

考察组已将问题情况与该同志做了深入交流，本着“有则改之无则加勉”的原则，希望在未来工作岗位中修正，以便创造更多更好新业绩。

九灵元圣的启示：不管是什么工种，只要你努力了，一定能成为那个领域的“圣人”。狮子努力了，成为狮子系列的圣人；人是万物之灵，哪能比不上狮子？有个同事，在报考公务员系列中，考了近三十次，入围七八次，最终成功了。这就是九灵元圣的启发。

发现六

谁是西游记最有价值的人

取经团队遇到新危机！

从灵山总部脚刚迈出来，大家对如来主席的任命都有意见。

唐僧最不爽。作为分公司的CEO，最高首长身边的红人，整个营销工作的直接执行者，理所当然要嘉奖、要升官。首长随意给个“佛”名，却没有“佛”实，跟部下小孙平起平坐，真的想不通。名义上都是“佛”，实际上差远了。就像银行行长，如来是总行行长，我和小孙也是行长，不是分行行长，是支行行长，听说支行还分为一二三四五等级呢！

孙悟空不高兴。自己出的力最多、贡献最大，混了个“佛”名，却无名无实，既无职权，也无待遇，排名还比较靠后，比不上猪八戒的净坛使者，那是富得流油的位置，那个“佛”位，只能喝西北风。

猪八戒更是骂骂咧咧。“如来就是如去，眼睛长在裤裆里，我老猪辛辛苦苦，将货物送到总部，一路风餐露宿，少得了我的功劳吗？关键时刻没有我行吗？凭什么师父师兄都成‘佛’，我就是个二等货？还到处打扫卫生，帮人家净坛？”

沙僧憋出病了。本来不想讲，既然开民主生活会，现在不讲，以后也就没了机会。那些能上去的人，很多靠关系、拍马屁、送大钱，我老沙是优秀员工典型，最高首长知道俺没关系，好欺负，随便弄个职位糊弄俺，这是啥子意思啊？老实人、干活的人就吃亏？

一路上，大家各怀嗔心，脸和心不睦，来到通天河畔干脆不走，甚至还下海进行“游泳比赛”，将经书弄湿了。如此下去，经书哪能送到大唐国？

二号首长观音心里着急，得想个办法，理顺关系，抚慰情绪。观音的最大长处，就是救苦救难，天大的问题，她都能想办法解决。

观音现身，吵吵闹闹的场面得以控制。观音说，如来主席知道大家有想法，这很好，希望尽量满足大家的愿望。经历千山万水，不为名位为了什么？

观音带来主席的最高指示，体现从善如流的服务态度，考虑让取经团队推荐一人，到灵山干部学校进修，这是总部“十百千万人才工程”的一部分。从学校出来的，跟黄埔军校的效果一样，可以从“小佛”升为“中佛”，再由“中佛”升为“大佛”。一句话，从支行行长升至分行行长，其中跳过了“一二三四五级”。

为挖掘人才，以示公平，如来主席采纳观音的建议，搞一次“海选”。就是说，四人都符合推荐条件，实行民主投票，现场唱票，得票高者，即为考察对象。

反正大家都有机会，对这个方案又没意见，那么开始投票吧。观音首长已做好准备，发放了四份表格，里面写有四人的名字。很简单，在你想推荐的人选前面打个勾即可。

效率很高，很快结果出来。观音叫秘书木吒唱票：“唐僧1票，孙悟空1票，猪八戒1票，沙僧1票。”

面对这个结果，师徒四人面面相觑。很明显，每个人只勾自己的，沙僧也不例外。

这样的结果，跟没有一样。站在同一起跑线，谁也出不了线。如此接着投票，估计投到50世纪，一定没有结果。好在观音的脑子好用，征求大家意见，怎样才是最好的投票方式？

经过唇枪舌剑，反复协商，大家终于找到一个共同点，那就是请白龙马老弟参加投票，并且说好，候选人还是四个人。这样的话，马老弟的票起到板上钉钉的作用。

在选择马老弟的问题上，各人都打着自己的小九九。

唐僧认为，小马天天跟他贴身贴肉，是自己的心腹，对领导的指示具有绝对的执行力，这一票不投给我还投给谁？

孙悟空早将此票揽入怀中。为什么这么自信？因为一路上，俺老孙最关心马老弟。有一次八戒要欺负小马，是俺帮其解困。并且只有俺内心将其当兄弟，八戒和沙僧总是欺负他。老和尚天天骑着小马，如果将票投给他，估计小马是疯了。这一票还不是俺老孙的？

猪八戒觉得小马值得信任，在危难时候，是小马求自己去花果山义激猴王，难道忘记了这份恩情？

沙僧口里不说，心中明白，几个做领导的是白痴，我老沙跟小马，是平起平坐的患难兄弟，经常一起开小灶、吃宵夜，这一票还会跑？

师徒四人都在做着好梦，就等小马这一票，好让自己再赴总部进修，弄个“中佛”当当。

第二轮投票结果出来，木吒唱票："唐僧1票，孙悟空1票，猪八戒2票，沙僧1票。"

真相大白，小马将票投给了八戒师兄，弄得唐师父差点晕掉，孙大哥差点撞墙，沙师兄几乎崩溃。只有老猪开开心心过大年，唱着山歌："今天是个好日子，啦啦啦……"

观音马上启动考察程序，不用说，小马是重点谈话对象，他旁观者清，对师徒四人的评价更为客观。

小马说，之所以选择八戒师兄，是有足够理由的。概括起来是两句话，第一，八戒师兄是"敢于担当的"；第二，"八戒师兄关键时刻敢于跳进去"。

面对总部给出的考题，每个人的答案不同，彰显了他们的心态，对此，小马心里明明白白。

在"四圣试禅心"中，在"戏水盘丝洞"中，虽然八戒师兄犯了错误，但这个错误犯得值，充分领会了首长的意图。

唐师父，他装聋作哑。因为他知道那是领导设的局，目的是考验自己。尤其是面对那些如花似玉的美娇娘，不动心除非是木头人。为了渡过难关，他不敢睁开眼睛看，只能闭着眼睛想。有人说，心里想的，比口里想要或者眼睛看见的更可怕。我看师父就是这种人。

孙师兄，聪明过头了，什么圈套什么事情，都瞒不过他的眼睛。但是人家是考验领导的啊，好歹你要想办法，不能老是看领导的笑话，这种人不值得信赖，也不能重用。

沙师兄，是笨过头了。人家冲在前面看风景，他老是躲在后面"看马"，这种人放在今天，只能等待退休吧。

八戒师兄不同了！他有担当，明知山有虎，偏向虎山行。领导遇到困难，明知那是火坑，该跳进去就跳进去。你看，四圣装扮成美女，他敢于杀进去，给领导分忧，如果不是他，这个难就过不了，这个任务不算完成。总之是要有人跳进去的，谁都不跳，如何完成最高首长的"八十一难"啊！

所以，我还是选择八戒师兄！

白龙马的启示：当局者迷，旁观者清，这是普遍的处世原则。选择一个人，不仅要看他的本质，重要的是有没有担当，关键时候能不能担负重任。人生究竟为了什么？该为什么就为什么，只要把握好时机和分寸，就一定有闪光的一瞬。

发现七

神仙界最懂维权的女专家

男人离婚，越离越穷；女人离婚，变成富翁。如何使天上的时尚美女尽快学习到新婚姻法精髓，特邀请火焰山知性女生罗刹女开设讲座。由于该女士有超级维权的经验，所以这次讲座一票难求。嫦娥妹妹没办法，只好贡献一个吻，才使净坛使者猪八戒抢到一张，激烈程度可见一斑。

罗刹女者，火焰山人氏也。该地处于东西交通要道，天上有十个太阳普照，地下山火爆发，致使气温升高，热浪难挨。

该女士与一位姓牛的当地名人结婚后，过着相夫教子的闲逸生活。但是牛总富了变坏，跑到外面倒插门，当二爷。该女子无奈之下，为了抚养幼子，只得摘取当地独有植物芭蕉的叶子，编成芭蕉扇出卖，并且效益看好。特别是市场上广为传颂具有灭却心火的独特功效，很多客户纷纷前来订货，一时供不应求。

该女子成为当地著名的扇子大王，被尊称为“铁扇公主”。

面对爆棚的场面，黑压压的人群，一双双渴望的眼神，罗刹女心潮澎湃，激动的情绪难以言表。虽然花了三天三夜，通宵熬夜写稿，但罗女士不知道哪来的灵感，竟然脱稿演讲，让参加学习班的女生们享受了一次超级维权大餐。

罗女士说，我的出发点并非是为了维权，那是后来大舌头记者们编的。我的初衷很简单，就是抢回老公，战胜情敌，保护好自己的一亩三分地。

一直以来，我都在思考这个问题。你想想，我为了相夫教子，辞职不干，回家当“保姆”，是要付出很大代价的。像我的年龄也是“4050”人员了，以前在太上老君那里上了几天函授班，拿到一个天上“夜校”本科文凭。

由于不是全日制的，也没有什么学位，参加各种职员考试，要么年龄不合格，要么学历学位不过关，要么存在性别歧视。总之，像我这样的，除了在家中“清修”外，还能干什么？

尤其是人到中年，我们的美貌“流水落花春去也”，家里的男人正是事业有成、风流倜傥的时期，外面花花世界，当广大女生以能“抢来”当炫耀的资本时，你能真正拴住他的心吗？即使拴住他的人，又怎么样？

我们这种年龄，一旦婚姻上出现问题，真的好凄凉，“再就业”难乎其难。我有几个闺蜜，是要貌有貌、要财有财的高级白领，离婚后多年，门可罗雀。当然也有，都是那些想占便宜的。

说到此处，下面出现了某种共鸣，有几位女生眼眶红了。

罗女士说，人要时刻准备着，女生们也不例外。我时刻准备着，时刻为了自己、为了孩子准备着。

功夫不负有心人，我终于等到了绝好机会。

唐僧要路过火焰山，需要借我的扇子。其实，说破不值一文钱。扇子没有像吴承恩那位胡编乱造的书呆子说得那么神奇。只是说，当你拿到我的扇子后，摇一摇，就会产生一丝丝凉风。在高温时刻，有了这丝凉风，你就有活下去的勇气。“灭却心头火自凉”，可能就是这个意思吧。

你想想，芭蕉扇能放在口里吗？那是我忽悠广大媒体的，也是市场营销一个小伎俩，要不，我的生意能那么好？扇子能卖到非洲欧洲等地？

这里，我要给大家讲的，就是如何把握好机遇这个问题。

每个人都有机遇，只是大小不同而已。如果一生把握好一次机遇，你就能改变自己的命运。

自从我的孩子红孩儿出事后，我就在想怎样做到雪恨与维权两全其美的事情。第一步，我买通了当地的土地爷。这些吸血食的“地里鬼”，只要给点钱，他们就会为你舍生忘死。

第二步，打杀叫嚷，吊起来卖高价钱。

如果将芭蕉扇的秘密轻易告诉孙猴子，我还有什么资本与情敌叫板呢。其实，孙猴子也是一个贪名喜功的人，为了出名什么招数都敢使。就像大坝上只有一个巴掌大的小孔，水泄出来，你看到后堵上去就行了，但出不了“政绩”；他偏偏搞炒作，先把小洞弄大，再把首长忽悠过来，将小洞补上，劳民伤财，展示他所谓的“能力”，我真的瞧不起他。

但是，为了自己的私密，我当然要利用他的好强心理，跟他大打出手。

我“砍他的头”，出手要狠；我“说话不算数”，砍完脑袋，我说不会借给你扇子的，做梦吧；打不过他，给他“一扇子”，让他滚蛋；即使被贼猴插进“肚子里”，我也心不慌，就当他是我儿子；为了打发他，我用“假扇子”骗他。

折腾几个来回，才让土地爷出马，时机恰到好处！

土地爷说，要借到芭蕉扇，只有找到牛总。你想想，即使老牛回来，我会借扇子吗？孙猴子真是笨蛋，真的去找老牛了，进入我设计的“黄金圈套”。

故事结局大家都知道了，我亲爱的牛牛回家当“家长”，可恨的情敌化为云烟，我保住了火焰山一亩三分地，保住了宝扇出租行业，并且感谢天上的首长们，还教训了我们家的老牛，以后看他还敢放肆。老娘给他十八个胆他也不敢！

亲爱的姐妹们！通过这次维权事件，我有几点切身体会与大家分享。

第一，自立是基础。除了经济能自立外，人格的自立很重要。遇到问题，你不能除了哭骂还是哭骂，要用智慧找到办法，只要用心，办法总是有的。

第二，能力是骨干。你再如花似玉，总有落花流水的一天，因此必须始终培养自己独到的能力，尤其是魅力，才能坚守到永远。

第三，关系是绿叶。不管何时何地，都要给自己织造一个良好的关系网，包括一些官方非官方的关系，关键时刻是能发挥作用的。即使小小土地爷，也能帮大忙！

第四，名气是本钱。通过火焰山借扇的新闻炒作，我的知名度如日中天，说实在的，老牛能否归家，我还要看看他的表现，否则老娘坚决将他扫地出门，后面还有一个排的人在等待呢……

“哗……”响起如雷鸣般的掌声，打断了罗刹女精彩的演讲。

铁扇公主的启示：善于把握机遇，是人生的重要主题。很多人一生中苦苦寻找机遇，却不知机遇经常光顾而错过。我们常说，机遇是给有准备的头脑的。不仅要时刻准备着，而且要枕戈待旦，一旦机遇出现，要毫不留情地抓住，就像罗刹女一样，该亮剑时就亮剑！

发现八

最雷人搞笑的牛魔王自述

我叫什么名？没文化的叫我牛魔王，有文化的叫我牛王，以为我是牛，就姓牛？错了！

我父亲叫红百万，我叫红十万，儿子红孩儿，官名牛圣婴，山妻和二奶的贱名就不说了。

可恨孙猴子这个江湖败类，像宋江一样叛变革命后，第一个革的就是他大哥——我的命。名义是借芭蕉扇，实则包藏祸心，你们被他狡猾的嘴脸蒙蔽了！

我最大的失误就是小瞧他，几百年没见面了，这变态猴的社会关系搞得那么复杂？连神仙佛道都跟他尿在了一壶。可怜，这个世界为什么那么黑呢？

我就是咽不下这口气，尤其是作为小弟竟然欺负他的嫂子，作为男人的我，儿子的恨可以忍一忍，心爱的女人被欺负能忍吗？这样我还怎么在江湖立足？

我单丝不成线，被万恶的旧势力镇压——跟五百年前孙猴子一样，被“三座大山”镇压了，如来佛将孙猴子弄在五行山下。我呢？还不是被放在火焰山下。这一压啊，也是五百年。

你说，我被压在火焰山下五百年，能做什么事情呢？

第一个百年。我骂如来，骂孙猴子，骂天兵天将，还骂那不要脸的土地。

我终日昏昏沉沉，一点儿劲都没有。我的心乱糟糟，总是心浮气躁，爱发无名火。

“气死我了，你们凭什么将我关起来。”“如来，如来……”你这个光脑袋遭瘟的，你弄什么经文啊，自己印出来跑到大唐国去推销就行了，装什么斯文，扮什么玄虚。

我骂如来，有这样强买强卖的吗？如来要我反省，寻找自己的“本来面目”，我不知道自己的“本来面目”吗？

难道我这个“铜牛”会变成“金牛”？有这样逼人家做学问的吗？我就是这个德性，无非是喜欢吃吃喝喝，喜欢那点情色罢了，难道我“包二奶”捅破天了？

我最烦土地那些小丑，平时牛王长、牛王短，这些坏小子吃我的还少吗？关键时刻落井下石，一副卑鄙的嘴脸，小人的做派，阴险！毒辣！

忽然，好像听到如来的声音：“大力牛魔王，你……”

我听不清楚，骂累了就睡觉，睡觉后又骂，骂累了，倒下身子继续睡吧！

第二个百年。先痛骂孙猴子，后痛骂自己。

我生气，我不吃不喝，偶尔吃一点青草充饥。

如来对我很好，给我青草吃。不像孙悟空，只给他挖个坑住，美名叫五行山别墅，连上厕所都不行，弄得那猴子睡在那里，吃在那里，拉也在那里。

我清楚得很，在花果山时，这家伙就是个色猴。如来关住那猴子，因为有了狠毒的想法，必须绝了猴子的命根，才有上西天的可能。如果“色猴＋色猪”，唐僧上西天取什么？带来一窝猴仔猪仔罢了。

怎么了，我老想别人干吗？那只两杯“椰子酒”就想“释兵权”的恶猴，那只可悲可恨可怜可耻的色猴！

我始终不能原谅自己。我怎么那么愚蠢呢？得罪谁都不要去得罪那尊佛。所以，如来对付我什么的，一定要小心，伪装要好，不然命根也被“泡坏”了，怎么对得起“山妻夫人”呢？怎么对得起玉面美人呢？

忽然，好像又是如来的声音：“牛魔王，你……”

第三个百年。我逐渐不生气，气也没有办法。

我天天吃呀睡呀，简直变成蒙古肥牛。没办法，又没有健身房，减肥是不可能的，只能省点吃，要不等到有朝一日出头了，老婆可能认不得我。

算了，别想了，生气有什么用呢？我还不如静静地躺下来，动用自己最聪明的大脑，给自己放连续剧，重温一下老子的辉煌岁月，检讨生命中的是非得失。

我想起来了，孙猴子借扇原来是一个圈套！实际上往西行不一定要穿过火焰山，稍微忍一下酷热就过去了。我们这里去西天取经的、搞贸易的多得是，不往西走难道往东走，谁也没有向我借过扇子啊！

我真糊涂！如来借要扇之名，事实上是要我的地盘。

这里，是我们道家神仙的世外桃源，灵山边的一块自由国土，佛教想进来没门儿，因为这里的人都听俺老牛的，包括表面一套背后一套的臭土地。

那孙猴子，原来是“医托”……

忽然，好像如来的声音传来："魔王，你……"

第四个百年。我觉得孙猴子是孙猴子，不值得为他生气。

虽然房间有点窄，但空间还不错，至少比孙猴子在五行山下好十倍百倍，还有小厕所，不大不小，管用。如果像孙猴子一样，不需要五百年，五天就会要了我的命。我一泡尿足够将火焰山的烈火浇熄了，所以，你说火焰山的火算啥！

突然，我觉得如来不错，貌似对我很好。像我这样严重阻碍取经重大工作的，在西天路上弄不好会被妖猴棒杀。孙猴子的棒子重，打死了不交税，有时候想起来直冒汗。

对了，我在想，如来不是说普度众生吗？芸芸众生皆可成佛吗？是不是他觉得我也可以成佛，想尽办法超度我呢？像我这样乱七八糟的人，真的能从此岸渡到彼岸？

别想了，气也找不到了，睡也够了，不睡感觉精神挺好，我觉得自己是不是像佛了？

忽然，"王，你……"

耳畔仿佛听到如来在问，你还生气吗？

第五个百年。我自己都糊涂了，气是什么？

近来，我感觉不错，小房间不大，但我的思想、我的灵魂已超越这里，有时候感觉我是佛祖，这里是灵山。

有时候感觉我是唐僧，为什么我也去取经了？是不是产生幻觉了？

不过，我倒是有个绝密的发现，本来是不能告诉别人的，说出来肯定错了。不说出来谁知道呢？不好说。

我发现，我是孙悟空，"牛王本是心猿变，今番正好会源流"。一千年前我曾经在这里，对了，这是五行山。

一缕阳光照射进来，仿佛如来的身影，在呢喃："……"

忽然，我不小心打碎了一个茶壶，"嘭"的一声，我发现，热腾腾的气冒起来，散失了……

牛魔王的启示：人最难的是调整自己的心态，最难战胜的是自己的杂念。孙悟空也罢，牛魔王也罢，还有如来、观音，都是我们自己。认识自己，了知自己，超越自己，永远是一个全新的自己。